1.

De sa place au living où il lisait le journal du soir, le rabbin David Small entendait son épouse, Myriam, s'affairer à la cuisine. Au bruit qu'elle faisait en remuant les casseroles ainsi qu'aux battements de la porte restée ouverte, il savait qu'elle était énervée. Il n'ignorait pas la raison de son énervement : elle venait de régler les factures du mois.

Elle s'approcha de la porte du living. Il nota avec plaisir qu'elle avait gardé une silhouette de collégienne. D'un geste impatient elle balaya une mèche de cheveux blonds lui barrant la figure.

— David, il nous faut plus d'argent, annonça-t-elle.

— Oui, ma chère, répondit-il machinalement, le nez enfoui dans son journal.

— Peut-être me chercherai-je un emploi.

Du coup, il posa son journal.

— De quoi ?

— Peut-être de dactylo. Non ; dans ce cas je travaillerais dans un bureau et il n'y aurait pas beaucoup de gens pour m'y voir. Je vais tâcher de trouver plutôt une place de caissière dans un supermarché ; beaucoup de gens m'y verront et réaliseront que leur rabbin est sous-payé.

La sonnerie du téléphone retentit. « Rabbin Small », se présenta-t-il. Puis : « Oh, comment allez-vous?... Non, nous n'avons rien de prévu... Bien sûr... Certainement... Vers huit heures?... O.K.! Comme cela vous arrange... Au revoir. » Se tournant vers Myriam :

— C'était Sam Feinberg qui voulait savoir si nous serions à la maison ce soir ; il a l'intention de passer.

— Bon. Tu pourras lui demander une augmentation.

— Simplement comme ça. Et que fera-t-il là-dessus ? Il sortira son portefeuille à moins qu'il ne me demande un stylo pour établir un chèque ?

— Tu sais parfaitement ce que je veux dire. Je n'ignore pas qu'il faut l'avis favorable de la commission des finances, probablement sur une proposition de la commission des rites, avant que le conseil d'administration émette un vote sur le sujet. Mais il faut que quelqu'un soulève la question, mette le train sur les rails. Alors qu'y a-t-il de mal à solliciter M. Feinberg ? Il t'apprécie. Vous vous entendez bien. Cela fait plusieurs années qu'il préside la Communauté et tu n'as jamais eu de différend avec lui. Du moins, pas à ma connaissance.

— Nous nous entendons très bien.

— Alors pourquoi pas...

— Je ne peux rien lui demander, Myriam.

— Mais pourquoi pas? L'inflation a réduit ton traitement...

— J'ai une allocation de vie chère.

— Mais elle n'est jamais suffisante et n'est réévaluée qu'à chaque renouvellement de contrat. Au moins, si tu ne devais pas reverser à la Communauté les honoraires que tu encaisses...

— J'en suis convenu à mon arrivée ici.

— Mais nous avons besoin de cet argent, se lamentat-elle. Pour le mariage Berenson, tu as reçu deux cents dollars.

Il émit un ricanement.

— Je suis certaine qu'ils ne m'en auraient pas donné le quart s'ils avaient pensé que c'était pour ma poche. Ils savent que je reverse cet argent à la caisse de la Communauté et cela les incite à être généreux afin que tout le monde soit au courant.

— Tu devrais inscrire toutes les sommes que tu leur reverses et leur demander d'augmenter ton traitement au moins d'autant. Ce ne serait que justice. La plupart des rabbins conservent leurs honoraires.

Il demeura silencieux pour indiquer qu'il ne désirait pas poursuivre cette discussion. Bien qu'ayant à peine atteint la quarantaine, le rabbin Small avait parfois des allures de vieillard avec son dos voûté d'érudit et son visage pâle duquel émergeaient d'épais verres de lunettes. Il lui arrivait comme maintenant, d'avoir un air de garçonnet entêté qui, sachant qu'il avait été dissipé, refusait de s'excuser.

Elle ne lâchait pas prise. « Vas-tu jamais demander une augmentation, David ? »

Il dit doucement dans un sourire :

— Écoute, Myriam, pour moi demander une augmentation serait... serait dégradant.

— Mais c'est une question d'affaires, insista-t-elle. Tu as un contrat.

— Bien entendu, donc je traiterai cela comme une affaire, le moment venu.

— Que veux-tu dire par traiter cela comme une affaire ?

— Leur en parler quand je serai en mesure de leur dire : « Si vous ne m'augmentez pas, je m'en vais. » Ne comprends-tu pas que solliciter une augmentation alors que, de toute évidence, j'ai l'intention de rester, c'est comme... comme mendier. Je leur demande la charité. Et si jamais ils ne me l'accordent pas? Devrais-je bouder? Je ne puis faire cela. Si j'établis les relations entre eux et moi sur cette base, je perds toute autorité.

— À la conférence rabbinique de Providence, Sara Metzenbaum m'a dit comment Jack s'y prenait lorsqu'il voulait quelque chose. Il mobilise ses proches amis membres du Conseil d'administration pour soulever la question lors d'une réunion.

Il pensa qu'un des aspects les plus négatifs des conférences rabbiniques était que, tandis que les rabbins étaient assemblés pour écouter des exposés, leurs épouses se rencontraient de leur côté pour échanger des impressions.

— Jack Metzenbaum est un garçon avenant, aimant sortir, se faisant facilement, presque automatiquement des amis. Ce n'est pas mon cas. Cela demande des efforts; il faut faire ami-ami, manger avec eux...

— Qu'y a-t-il de mal à cela?

— Combien de membres du Conseil d'administration ont-ils une cuisine casher * de nature à ce que nous puissions manger chez eux? Par ailleurs, je ne joue pas au golf.

— Chester Kaplan et son groupe sont tous casher chez eux à la maison.

— Voilà exactement ce dont j'ai besoin, railla-t-il. Actuellement déjà la plupart des membres du Conseil sont persuadés que je prends le parti du groupe orthodoxe.

— Alors quelle est la réponse? Tu ne veux pas

* À l'usage du profane, les astérisques renvoient au glossaire des termes hébreux et yddish figurant à la fin du volume.

demander une augmentation et tu n'as personne pour le faire à ta place. Du moment qu'ils n'y ont pas pensé jusqu'à présent, il n'y a aucune raison pour qu'ils y pensent davantage à l'avenir.

La voyant ennuyée et colère, il tenta de l'apaiser. « Je trouverai un moyen. Ne t'en fais pas. »

Mais elle n'était pas d'humeur à lâcher prise. « Avec les règles de conduite que tu t'es fixées, j'aimerais bien savoir comment. » Elle était menue, juvénile, de sorte qu'on avait peine à imaginer qu'elle était la mère de deux adolescents. Ses grands yeux bleus, habituellement gais, dirigeaient sur lui un regard acéré, voire accusateur. Son menton avançait, soulignant sa détermination, son abondante chevelure blonde menaçait de s'effondrer alors qu'elle reculait la tête d'une façon impérieuse, ce qui le mettait toujours sur la défensive.

Il temporisa. « Eh bien, lorsque mon contrat viendra à expiration, je suppose qu'ils m'en enverront un autre, et... et je ne le signerai pas. C'est tout. S'ils me demandent pourquoi, je dirai que je ne peux pas continuer avec mon traitement actuel.

— Combien demanderas-tu ? »

Il était exaspéré. « Je ne sais pas. Ça dépend...

— Il nous faut au moins quelques milliers de dollars de plus par année.

— Je demanderai donc une augmentation de deux mille.

— Deux mille cinq cents.

— D'accord. Deux mille cinq cents.

— Et s'ils ne te les donnent pas ?

— Alors je ne signe pas le contrat et je me mets à la recherche d'un autre poste. Contente ? »

Elle hocha lentement la tête en signe d'approbation. « Toutefois, ne serait-ce pas une bonne idée de profiter du passage de Feinberg ce soir pour faire une allusion à ton plan afin qu'il avise le Conseil de commencer à y réfléchir ? »

Il secoua la tête. « Cela peut les amener à se mettre en quête d'un remplaçant.

— Alors au moins tu saurais où tu en es et tu pourrais commencer à chercher autre chose avant l'expiration de ton contrat.

— Ecoute Myriam, dit-il patiemment, j'ignore pourquoi il vient et de quoi il désire me parler...

— Mais si l'occasion se présente...

— Parfait. S'il me parle d'un gros surplus dans la trésorerie et me demande un conseil pour le dépenser, je mentionnerai que le Conseil pourrait envisager une augmentation de mon traitement. Es-tu satisfaite ? »

La porte arrière de la maison s'ouvrit et se referma avec fracas. On entendit, venant de la cuisine, la voix stridente de leur fille Hepsiba, treize ans, aux joues rouges et à la chevelure blonde, courtaude et trapue. « Jonathan est un porc, annonça-t-elle. Il s'est fait emmener en voiture par Al Steiner et ils sont passés devant moi sans s'arrêter ; Jonathan m'a fait un signe de la main pour me narguer. Salut, Papa ; salut, Maman. Est-il en haut ?

— Il n'est pas encore rentré, répondit Myriam. Regarde l'heure, si tu ne te dépêches pas tu seras en retard à l'école hébraïque.

— Peux-tu m'emmener, Papa ?

— La marche te fera du bien, rétorqua le rabbin.

— Ton père est occupé, Siba. Bois un verre de lait. Tu as largement le temps à condition de ne pas traîner.

— De toute façon, pourquoi faut-il que j'aille à cette sacrée école hébraïque ?

— Parce que c'est mercredi et que tu as cours », répliqua simplement sa mère.

On entendit des pas montant l'escalier, des bouquins jetés par terre, des pas descendre l'escalier et la porte arrière de la maison se fermer avec fracas. Myriam soupira.

Il y eut un quart d'heure de silence, puis la porte claqua de nouveau.

— Jonathan ? appela Myriam.

Leur fils, dix-sept ans, grand et mince, dégingandé, entra au living. « Salut, P'pa ; salut, M'man.

— Pourquoi n'as-tu pas ramené ta sœur à la maison ? demanda le rabbin.

— Parce que nous ne rentrions pas ; nous allions chez Al Steiner. Et puis, elle est une peste. Al vient d'avoir un ordinateur ; je voulais le voir. Bon sang, c'est formidable. On peut taper sur l'écran, faire toutes sortes de corrections ; ensuite, on appuie sur un bouton et tout est imprimé avec marge, cadrage etc. Même après, on peut corriger les fautes d'orthographe simplement en appuyant sur un bouton.

— Vous auriez au moins pu l'emmener jusqu'à Main Street, remarqua Myriam.

— Elle aurait insisté pour venir avec nous. Tu fais des petits gâteaux ?

— Il y en a là-bas dans le pot, dit Myriam. Ce soir, tu fais du baby-sitting chez les Colemans, si je ne m'abuse ?

— Oui. Tu pourrais pas m'y emmener, Papa ?

— Je ne pense pas. Nous attendons de la visite ce soir. Prends ta bécane.

— Je dois y être à sept heures, donc si tu te rends à la synagogue pour l'office du soir…

— Par ce temps, je préfère de loin marcher. Par ailleurs, comment ferais-tu pour rentrer ? »

Jonathan marmonna quelque chose, puis monta dans sa chambre. Une fois de plus, la paix descendit chez les Small.

2.

Howard Magnuson, vêtu d'une chemise et d'un pantalon sport ainsi que d'un blazer bleu, descendit pour le petit déjeuner dans la salle à manger ensoleillée de sa maison avec vue sur le port de Barnard's Crossing. Il se pencha vers sa femme Sophie pour déposer un baiser distrait sur son front avant de s'asseoir à sa place de l'autre côté de la table. Désignant d'un signe de tête le troisième couvert, il demanda : « Laura ? »

— Elle dort encore, répondit sa femme. Elle est rentrée tard hier soir.

La bonne, une fille du cru peu dégourdie, lui servit des œufs au bacon, mit à côté de son assiette un exemplaire du *New York Times* qu'elle avait coincé sous son bras, et remplit sa tasse de café après avoir failli renverser sur la table la lourde cafetière en argent. Il prit une gorgée.

La fille dit d'un ton hésitant : « Mamzelle Hagerstrom veut que je vous demande si vous désirez une autre cruche de café.

— Non, cela ira.

— Voulez-vous qu'on le réchauffe ?

— Non, c'est très bien comme ça. »

C'était un homme d'une cinquantaine d'années, de bonne apparence, aux cheveux grisonnants et au regard bienveillant. Au grand amusement de son épouse, la fille lui lança une œillade enamourée avant de retourner à contrecœur à la cuisine.

— Elle plane, cette fille, constata-t-il.

— Elle a le béguin pour toi.

— Ridicule, trancha-t-il, faisant semblant d'être ennuyé alors qu'il était secrètement flatté. À quelle heure Laura est-elle rentrée hier soir ?

— Deux, trois heures, comment savoir ? Je l'ai entendue venir sans regarder l'heure. Pourquoi ?

— Pourquoi ? Parce qu'elle est notre fille. C'est une fille...

— Elle a vingt-cinq ans, Howard.

— Oui ?

— Elle vient de passer trois ans en Angleterre, et avant elle était partie à l'université.

— Tu n'as pas tort, admit-il un peu confus. Cependant... Est-ce qu'elle ne te dit pas toujours où elle va ?

— Quand elle y pense ou si je le lui demande. Hier soir elle est allée à Cambridge. Il s'agissait de politique.

— Ah, la politique.

— Pourquoi pas ?

Sophie Magnuson était une femme de grande taille, au visage long et fin, plutôt beau que joli. Même là, en robe de chambre, elle avait suffisamment d'allure pour ne pas déparer un bal d'ambassade. « Tu devrais également t'engager, Howard. Oh, pas pour te présenter à une quelconque élection, mais pour conseiller, user de ton influence. Ce serait normal pour un homme occupant ta position. » Elle posa la main sur le journal local qu'elle venait de lire : « Ils écrivent que Ronnie Sykes a été appelé à Washington pour y faire partie d'une quelconque commission travaillant pour le président. Pourquoi ne fait-on jamais appel à toi ? »

Il leva les yeux. « Sans doute parce que je ne m'occupe pas activement de politique. Ronnie Sykes est membre du Comité républicain de l'État. Pourquoi es-tu intéressée ? Désires-tu aller à Washington ? Pour y faire quoi ?

— Nous pourrions y rencontrer différentes sortes de gens, des gens importants qui ont une action efficace. Tu verses bien une contribution au parti, non ?

— Rien de très substantiel. Quand il organise un banquet j'achète un certain nombre de cartes d'entrée, ça ne va pas plus loin. Par ailleurs, Sykes est grec. Il s'est appelé Skouros ou quelque chose d'approchant.

— Qu'est-ce que cela a à voir ?

— Cela signifie qu'il est en contact avec une minorité, de sorte qu'il peut être utile à l'administration.

— Ne sommes-nous pas également une minorité ? Pourquoi ne pourrais-tu pas servir de contact pour la communauté juive ?

— Il n'est pas simplement grec ; il est très engagé dans ce domaine. Si je ne m'abuse il a été président de l'Ahepa, l'association des originaires de Grèce.

— Tu as bien fait partie une fois du Conseil d'administration de la synagogue.

— J'ai été vice-président. C'était il y a sept ou huit ans, alors que habitions encore à Boston. À vrai dire, je ne me sentais pas vraiment concerné. Mon grand-père avait pratiquement créé la communauté dont il a été le premier président. Ensuite, mon père lui a succédé à la présidence durant plusieurs mandats. Par conséquent, je ne pouvais guère faire autrement que m'engager à mon tour. Mais, pour parler franchement, un des avantages de notre venue à Barnard's Crossing était que cela m'a servi d'excuse pour quitter cette fonction.

— Pourtant tu t'es inscrit à la communauté l'année de notre arrivée.

— Ceci est différent. C'est la seule organisation juive dans cette ville. Si j'avais porté un nom typiquement juif comme Cohen, Lévy ou Goldstein, il se peut que je n'aurais pas fait cette démarche. Mais Magnuson, cela peut être n'importe quoi, anglais, suédois. Je ne voulais pas que quiconque puisse penser que j'ai honte de mes origines, aussi me suis-je inscrit comme membre à la synagogue.

— D'accord, mais l'année dernière tu es devenu membre du Conseil d'administration. N'était-ce pas exagéré ? »

Il eut un petit rire. « Il fallait que je le fasse. Voyons, tu étais à Paris quand cette histoire de servitude de passage a surgi. Mon premier mouvement avait été de consulter mes avocats à Boston. Pis, j'ai réalisé que ça pouvait être la mauvaise approche. Je me serais engagé dans une longue procédure avec la ville, où celle-ci aurait produit des certificats, des témoignages et des cas de jurisprudence en sa faveur. J'ai senti que c'était une mauvaise voie. Le Conseil municipal est composé de membres originaires de la ville, souvent assez simples ; l'un d'eux, par exemple, est coiffeur. Ils se seraient braqués contre moi. Aussi ai-je décidé de me rendre à la mairie pour éclaircir la situation. Il y avait un tableau au mur avec les différentes attributions et j'ai constaté que l'adjoint chargé des affaires contentieuses était un certain Morris Halperin. »

Elle sourit d'un air entendu. « Je vois.

— Il se trouvait justement dans son bureau ; j'en ai

profité pour lui faire un topo et lui demander d'être mon avocat dans cette affaire.

— Et ?

— Il a refusé.

— Savait-il qui tu étais ?

— Bien sûr, mais il m'a expliqué qu'il avait un conflit d'intérêts et qu'il ne pouvait pas me servir d'avocat dans une affaire où la ville était impliquée. Il a continué en disant que je n'avais pas besoin d'avocat et que, s'il exposait ma position au Conseil municipal, cela ferait meilleure impression que si c'était un homme de loi venant plaider pour moi. Ensuite, il m'a jeté un clin d'œil avant de conclure : “ Par ailleurs, si c'est moi qui soumets la question au Conseil municipal, mon opinion peut avoir de l'importance. ”

— Je dois admettre que c'était très gentil de sa part.

— N'est-ce pas ? Finalement, on ne lui a même pas demandé son opinion. Une décision à l'unanimité a été prise en ma faveur. Après que cette décision eut paru dans le bulletin officiel de la ville, ce qui la rendait officielle, je suis revenu le voir. J'estimais lui être redevable de quelque chose pour... pour m'avoir conseillé de ne pas prendre d'avocat.

— Je parie que cette fois-ci il était plus avenant.

— Tu te trompes ! Il m'a dit qu'il ne pouvait pas accepter un paiement pour un conseil donné dans le cadre de l'exercice de ses fonctions d'officier municipal.

— Quel âge a-t-il, ce Halperin ? »

Il se pinça les lèvres dans un effort de réflexion. « La quarantaine.

— Cela fait plaisir de constater que certains jeunes ont un sens moral élevé. » Voyant son regard interrogateur, elle ajouta : « Y a-t-il encore autre chose ? »

Il rit. « Pas vraiment. Nous avons bavardé et la

conversation vint à porter sur la synagogue. C'est alors qu'il m'a demandé de but en blanc si j'acceptais qu'il propose ma candidature au Conseil d'administration.

— Simplement, comme ça ?

— Tu vois, il savait que je lui devais quelque chose.

— Mais tu ne t'intéresses pas à la religion, et...

— C'est ce que je lui ai expliqué mais cela ne l'a absolument pas dérangé. Il m'a dit que très peu de membres du Conseil étaient religieux, sinon qu'ils sentaient qu'ils avaient un héritage à préserver, héritage lié à la synagogue. Il réalisait que j'étais trop occupé pour assister régulièrement aux réunions et j'ai cru comprendre que cela ne ferait rien si je ne venais à aucune réunion du Conseil. Le but poursuivi était de faire figurer mon nom sur la liste des administrateurs. J'ai donc donné mon accord, ne pouvant pas faire autrement.

— Mais tu as assisté à plusieurs réunions, au moins de temps à autre ? »

Il sourit de façon embarrassée. « À quelques-unes. Je devrais y aller plus souvent. Ils ne semblent pas savoir mener les affaires. Je pourrais ls aider à mieux se débrouiller.

— J'en suis certaine. Alors pourquoi ne te présenterais-tu pas à la présidence ?

— De la synagogue ? Pourquoi le ferais-je ?

— Peu importe. Si tu voulais, pourrais-tu devenir président ? »

Vu de cette façon, comme un problème social et politique, la question méritait d'être soulevée. Il pencha la tête en y réfléchissant. « Eh bien...

— Voudrais-tu en parler au rabbin ?

— Ah non. Il secoua la tête avec impatience. Ce n'est qu'un fonctionnaire de la communauté. Je suppose que... sais-tu ce que je vais faire ? J'en parlerai à ce Morris Halperin.

— Parce qu'il a été le premier à te proposer d'entrer dans le Conseil d'administration ?

— Non, parce qu'il a un certain savoir-faire politique. Le fait qu'il soit devenu adjoint au maire, bien qu'il soit juif, suffit à le démontrer. Il pourrait me servir en quelque sorte de directeur de campagne.

— Qu'est-ce qui te fait croire qu'il accepterait ?

— Je le pense. Il est jeune et ambitieux. Je suis sûr qu'il ne laissera pas échapper la chance d'associer son nom au mien.

— Comment sais-tu qu'il est ambitieux ?

— Dans le cas contraire, accepterait-il d'occuper cette fonction d'adjoint au maire ? Cela ne rapporte presque rien et le contraint à assister tous les mercredis soir, hiver comme été, aux séances du Conseil municipal. » Sa figure s'élargit en un large sourire. « Par ailleurs, j'ai consulté son compte à la banque avant d'être retourné le voir une seconde fois.

— Comment as-tu pu faire ça ?

— Il est client d'une agence de ma banque de Boston, où je fais partie du Conseil d'administration. Dans ces conditions tu penses bien que le chef d'agence n'a pas fait d'histoires pour me montrer ce que je demandais à voir.

— Et ? »

Il haussa les épaules. « Il gagne sa vie, sans rouler sur l'or.

— Quel est son genre ? À quoi ressemble-t-il ?

— Il a l'air d'un gars convenable ; il est grand, plus d'un mètre quatre-vingts, pas gros, pas encore en tout cas, mais massif. Il a un gros nez et des lèvres charnues.

Il a une calvitie naissante, mais un visage agréable et le sourire facile.

— Voilà qui est bien, ponctua-t-elle, je vais l'inviter à dîner.

— Pourquoi ?

— Parce qu'il a été convenable et coopérant, dit-elle simplement, et qu'il peut être intéressant d'explorer les possibilités que cela peut offrir. Par ailleurs, maintenant que tu as vendu la Société Elechtech il faut te trouver un autre centre d'intérêt. Y vois-tu un inconvénient ?

— A quoi bon, dès lors que tu as décidé pour moi... »

3.

Sam Feinberg, le président de la synagogue, petit, trapu, avec une calvitie naissante, était un homme réfléchi, de commerce agréable et doué d'un talent certain pour les compromis. Voilà pourquoi il avait été élu à la présidence après l'administration quasiment désastreuse de Chester Kaplan et de son groupe orthodoxe de stricte observance. Il avait accompli trois mandats : 1980, puis 1982 où il fut réélu pratiquement sans opposition. Du point de vue des éléments réformistes, il était un homme moderne n'étalant pas ses convictions religieuses ; de leur côté, les ultra-religieux le considéraient comme acceptable, sachant que chez lui à la maison la cuisine était casher, qu'il fréquentait régulièrement les offices du vendredi soir et du samedi et qu'il faisait même parfois acte de présence aux offices des jours de semaine.

A son arrivée, le rabbin s'enquit en premier lieu de la santé de son épouse qui laissait à désirer. Feinberg secoua la tête avec tristesse : « C'est pour cela que je suis venu. J'ai décidé que nous quitterions cette région avant l'hiver. Nous allons partir pour l'Arizona.

— Je vois. Pour combien de temps partez-vous ?

— Nous allons déménager définitivement. Pour être

tout à fait franc, monsieur le rabbin, je pensais depuis un moment à ce déménagement. La semaine dernière j'ai fait un saut en avion à Phoenix. Mon fils Mark y habite depuis des années et y travaille dans l'immobilier. Il est également asthmatique et, depuis qu'il est là-bas, il n'a pas eu une seule crise sérieuse. Il a insisté eu égard à la santé de sa mère que nous venions également, Bref, j'y ai acheté une maison.

— Voilà qui fut rapide ! Je vous souhaite bonne chance. Et qu'en est-il de votre affaire ici ?

— Depuis quelque temps déjà elle est dirigée par mon fils cadet Abner et mon gendre. Cela fait plusieurs années que je ne m'en occupe plus beaucoup. Je n'y vais que trois à quatre fois par semaine. Ils se débrouillent très bien sans moi.

— Quand avez-vous l'intention de partir ! Etes-vous venu me dire au revoir ? »

Feinberg rit. « Ah non, je ne partirai au plus tôt que dans un mois. J'ai encore beaucoup de choses à régler, mais c'est la communauté qui me donne le plus de soucis. » Il eut un gloussement de rire. « Je ne me vois pas très bien continuer à la diriger à partir de l'Arizona.

— Ce sera le vice-président..., mais non, nous n'en avons plus depuis le départ du dernier. Cela signifie qu'il faudra organiser des élections.

— Monsieur le rabbin, l'autre jour j'ai parcouru les statuts. A l'origine, le Conseil d'administration de la communauté se composait de quarante-cinq membres dont trois vice-présidents : un premier, un second et un troisième. Je ne vois pas très bien à quoi cela correspondait. »

Le rabbin exposa : « Je n'étais pas là à la création de la communauté, toutefois, si j'ai bien compris, il ne s'agissait pas d'assurer la succession mais de conférer des honneurs. Voilà le pourquoi des quarante-cinq administrateurs. Ils n'étaient qu'une quinzaine à se déplacer pour les séances, mais on tenait à impliquer activement autant de membres que possible. Lorsqu'il y a quelques années on a décidé de réduire à quinze le nombre des administrateurs, il a été procédé à un changement dans les statuts qui ne prévoyaient plus qu'un seul vice-président, avec la faculté pour le président, en cas de vacance de la vice-présidence, quelle qu'en soit la raison, de nommer un vice-président sans recourir à des élections. Je suppose que l'on a estimé que peu de membres iraient voter pour désigner uniquement un vice-président.

« C'était bien vu. Cela se passait à peu près à l'époque où, suite à la démission d'Agnew, Nixon a désigné Ford vice-président. Le Conseil a estimé que si cette solution était valable pour les États-Unis, elle pouvait également l'être pour la Communauté. Voilà à peu près le texte de l'article des statuts afférent à ce point : “ Si pour une quelconque raison la place de vice-président devient vacante, le président peut y nommer un membre du Conseil d'administration avec l'approbation d'au moins deux tiers des membres dudit Conseil lors d'une réunion ordinaire. ” Par conséquent je pense procéder à la nomination de quelqu'un, obtenir le feu vert du Conseil d'administration, puis remettre ma démission. Je pensais à quelqu'un comme... non ? » voyant le rabbin secouer la tête.

— Je suppose que vous nommeriez votre ami Siskin.

— Ou Ely Mann ou Murray Larkin.

— Quel que soit l'homme que vous désignerez, le Conseil ratifiera probablement votre choix, car la position est considérée comme peu importante. Mais lorsque, ensuite, vous annoncerez que vous êtes démissionnaire, Chester Kaplan poussera de hauts cris. Son groupe ne restera pas sans réagir. Ils organiseront des réunions, lanceront une campagne téléphonique, cela pourrait aboutir à une scission de la Communauté et, au meilleur des cas, cela créera un malaise qui mettra des années à se dissiper.

— Mais si je me contente de démissionner, il y aura une élection dans un délai d'une ou deux semaines que Chester Kaplan gagnera facilement, dit Feinberg avec insistance.

— Pourquoi gagnera-t-il ?

— Parce qu'il a derrière lui un groupe très soudé. Ils se réunissent continuellement ; une fois par semaine, ils se retrouvent chez Kaplan. Sa candidature sera bien engagée avant que les conservateurs se soient même mis d'accord sur le nom d'un candidat.

— Néanmoins, ponctua le rabbin, c'est un risque que vous devriez prendre. Quand avez-vous l'intention d'annoncer votre démission ?

— Je pensais attendre jusqu'à quelques jours avant son départ, c'est-à-dire à peu près un mois. Entre-temps, je pourrais avertir discrètement un ou deux éléments du groupe conservateur pour leur permettre de se préparer.

Une fois de plus, le rabbin secoua la tête : « Ce ne serait pas très loyal. En outre, le secret serait vite éventé.

— Alors que puis-je faire ? »

Le rabbin se leva pour arpenter la pièce de long en large, la tête inclinée, en train de réfléchir. Il finit par s'arrêter devant son visiteur : « Je vous propose d'annoncer votre démission dès la prochaine réunion du Conseil d'administration, ce dimanche.

— Et ?

— Vous ajouterez que votre démission sera effective au moment de votre départ dans un mois — six semaines.

— Ah. » Feinberg hocha la tête et sourit. « Je vois où vous voulez en venir. Cela laissera à tout le monde le temps de s'organiser.

— Peut-être », dit le rabbin pensivement.

Une fois qu'ils furent seuls après le départ de Feinberg. Myriam demanda : « Serait-ce vraiment si terrible si Chester Kaplan et son groupe l'emportaient ?

— Te rappelles-tu ce qui est arrivé l'année où il était président ?

— Parles-tu de son plan d'achat d'une propriété campagnarde destinée à servir de lieu de retraite ? Ça lui aura probablement servi de leçon, de sorte qu'il ne se ramènera plus avec des projets de cet acabit.

— Vraiment ? Pas plus tard qu'à l'office d'hier matin tandis que nous attentions un dixième homme pour former le mynian *, il a suggéré de noter le nom des gens assistant aux offices des jours ouvrables et de n'accorder les honneurs aux grandes fêtes qu'à ceux qui avaient assisté à une certaine proportion de ces offices.

— Oh non.

— Oh oui. Je suis persuadé qu'il a toute une série d'idées tout aussi lumineuses qu'il essayerait de concrétiser. Comme n'admettre dans le chœur que des éléments masculins ou changer la disposition des sièges, les hommes devant être assis d'un côté et les femmes de l'autre.

— Cela soulèverait une telle opposition...

— Voilà justement le nœud de l'affaire. Nous voulons éviter la formation d'une opposition. C'est un luxe que nous ne pouvons pas nous payer. Dans une ville où il y a une nombreuse population juive, une synagogue conservatrice est formée de membres de tendance conservatrice. Mais dans une petite ville comme Barnard's Crossing, une communauté conservatrice est en premier lieu un compromis entre les trois tendances du judaïsme américain : réformée, conservatrice et orthodoxe. Nous avons un équilibre à maintenir. Si nous penchons trop d'un côté ou de l'autre, nous perdons des membres. Si Kaplan et son équipe prennent le pouvoir, il y a de bonnes chances pour que les réformés se retirent pour créer une synagogue à eux. Or, la communauté n'est pas assez nombreuse pour permettre l'existence de deux synagogues. Voilà ce qui chiffonne essentiellement Feinberg. Bien entendu, cela me chiffonne également. Je suis aussi inquiet du fait que Kaplan et son groupe appartiennent à ce que j'appellerais les nouveaux orthodoxes.

— Les nouveaux orthodoxes ?

— Exactement. Ils sont terriblement religieux. Ils en sont obnubilés et, lorsqu'on est obnubilé, la religion peut se transformer en religiosité. Tu sais que si mon père était un rabbin conservateur, notre foyer était ce que l'on appellerait actuellement une maison orthodoxe. Mon grand-père était naturellement un rabbin orthodoxe et tous les membres de ma famille fréquentaient des synagogues orthodoxes. Il leur était facile d'être religieux. En fait, il s'agissait davantage d'un mode de vie que d'une tentative de communier avec le divin. L'observance des commandements religieux faisait partie de leurs habitudes. Il ne leur venait pas plus à l'esprit de manger de la nourriture non casher * qu'à la majorité des gens de manger de la viande de serpent. Utiliser des plats séparés pour la viande et les produits laitiers leur semblait aussi naturel que de manger dans des assiettes sur une table plutôt que dans du papier journal par terre. Lorsque dans un restaurant je vis pour la première fois quelqu'un assaisonner son bifteck de beurre, j'ai failli avoir un haut-le-cœur, pourtant j'étais déjà étudiant à l'époque.

— Qu'en est-il du sabbat ? N'était-il pas contraignant ?

— Contraignant ? Pas du tout. C'était un jour de fête. On se mettait sur son trente et un pour aller à la synagogue. Une fois à la maison c'était un repas de fête. C'était le jour où parents et amis se rendaient visite. Mon grand-père m'interrogeait sur ce que j'avais appris durant la semaine à l'école religieuse et parfois augmentait mes connaissances en complétant les notions que j'avais acquises, particulièrement quand j'avais commencé l'étude du Talmud*. Lorsqu'il n'y avait pas de visite, mes parents faisaient une sieste dans l'après-midi. La journée se déroulait selon un rythme différent. Il n'y avait rien de pénible et je n'ai jamais ressenti la moindre tension.

— Il n'en était pas de même chez nous, dit Myriam.

— Bien sûr que non, puisque ta famille est réformée, enchaîna-t-il sur un ton railleur. Vous alliez à la synagogue de la même façon que les chrétiens vont à l'église, pleine de solennelle dignité. Eh bien, la tradition juive ce n'est pas cela. Vous priiez avec ferveur, ou vous vous sentiez légèrement coupables si vous ne le faisiez pas. Mais normalement, les juifs ne prient pas ; ils davènent* ; c'est-à-dire ils marmonnent un texte aussi rapidement que possible et, comme c'est en hébreu, rares sont ceux qui en comprennent le sens. C'est pour cette raison que les réformés sont passés de l'hébreu, à la langue du pays, en l'occurrence chez nous l'anglais.

— Mais la logique ne veut-elle pas que l'on sache ce que l'on dit ?

— Je n'en suis pas certain. Te rappelles-tu du vieux M. Goralsky ?

— Parles-tu du père de Ben Goralsky ? Naturellement.

— Eh bien, il m'a dit une fois que depuis qu'il avait atteint l'âge de cinq ans, il n'avait jamais manqué de réciter ses prières journalières. Il avait soixante-quinze ou quatre-vingts ans à l'époque. Il connaissait les prières par cœur sans comprendre le sens des paroles. Cependant, il m'a expliqué que lorsqu'il priait ses pensées étaient différentes de l'ordinaire. En effet, il méditait tout en marmonnant les paroles si rapidement qu'il terminait l'Amida* quand les autres étaient à peine arrivés à la moitié du texte, car pour lui les prières étaient une sorte de mantra. Il était un juif pratiquant dans la mesre où il s'acquittait des commandements avant de vaquer à ses affaires. Je ne l'ai jamais considéré comme religieux si l'on entend par cette désignation quelqu'un qui essaye de déceler la volonté de Dieu. Par contre, je crois que Kaplan et son groupe sont religieux dans ce sens.

— Et tu crains que s'ils prennent le pouvoir, ils vont pervertir le... les...

— L'office. Exactement. J'ai tenté de t'expliquer que nous autres, juifs, avons toujours été soupçonneux vis-à-vis de la religiosité conformément au commandement : " Tu ne prononceras pas en vain le nom du Seigneur. " »

Elle hocha la tête : « Sais-tu ce que je vais te dire, David ? » Tu n'as pas trouvé moyen de parler à Feinberg au sujet de ton augmentation.

— Myriam, Myriam, as-tu entendu ce que je viens d'exposer ?

— Certainement. Ce n'est pas la première fois que

tu le dis. Mais pour le moment, mon principal souci est que nous ayons davantage d'argent. Il faut que nous pensions aux études de Jonathan. De son côté, Hepsiba est en train de grandir. Il lui faudra des robes et des chaussures en lieu et place des jeans et des espadrilles qu'elle porte actuellement. »

4.

Scofield était un vieux nom de Barnard's Crossing au même titre que Meechum et Crosset. Il y avait une allée Scofield menant à l'embarcadère public, et quelques touffes d'herbe entourées de bancs étaient répertoriées sur les plans de la ville sous le nom de Scofield Park. Mais alors qu'il y avait dans l'annuaire téléphonique une douzaine de Meechum et une demi-colonne de Crosset, on n'y trouvait qu'un seul Scofield, prénommé John. Selon les racontars colportés en ville, « les Scofield étaient des gens précautionneux ayant tendance à se marier sur le tard, de sorte qu'ils n'avaient pas beaucoup d'enfants ».

Malheureusement, cela n'a pas suffi à les rendre prospères, sauf au XIXe siècle pendant une brève période, lorsqu'un juge, Samuel Scofield, avait fait une rapide incursion dans le commerce avec la Chine et avait ramené une grosse somme d'argent d'un voyage. Mais ensuite sa nature reprit le dessus et il ne prit plus de risques. Au moment de son décès, sa fortune s'était en grande partie dissipée. Cependant, le bon juge avait créé un fonds pour instituer deux bourses d'études, l'une au collège universitaire de Havard et l'autre à la faculté de droit de Harvard, étant entendu que ces bourses devaient uniquement être attribuées à des étudiants portant le patronyme de Scofield. En l'absence de candidats répondant à cette condition, les montants correspondants devaient être versés aux œuvres générales des deux institutions.

Peut-être parce qu'il n'y avait pas eu de solliciteurs depuis de longues années et que la commission d'attribution se sentait un peu coupable, John Scofield, dont les notes au lycée de Barnard's Crossing avaient été à peine passables, fut admis au collège universitaire et quatre ans après il fut accepté à la faculté de droit.

A vingt-huit ans, John Scofield était un grand jeune homme blond avec de grands yeux bleus et des dents blanches et carrées ; il pouvait passer pour un bel homme, quoique assez effacé. Il partageait une étude à Salem avec quatre autres jeunes avocats, du même âge que lui et devait se battre pour percer. Pour le moment, il s'en sortait un peu mieux que ses collègues, car ceux-ci étaient tous mariés, tandis que lui n'avait aucune charge familiale, « les Scofield ayant tendance à se marier sur le tard ».

De l'autre côté du couloir se trouvait l'étude de Me J. J. Mulcahey, un avocat âgé, dont Scofield et ses collègues étaient les locataires. John Scofield passait beaucoup de temps dans l'étude de Me Mulcahey, en premier lieu parce qu'il avait du temps et ensuite parce que le vieux aimait bavarder, particulièrement lorsqu'il avait avalé un ou deux verres. Mulcahey confiait occasionnellement à Scofield des travaux d'écriture pour lesquels il le rémunérait en général très généreusement. De temps à autre ; il lui passait aussi un dossier qu'il ne traitait pas lui-même, parce qu'il était trop occupé ou trop paresseux. C'est ainsi que Scofield devint l'avocat de la défense dans l'affaire Juai Gozales. Pourtant, le matin où le jugement devait être prononcé, Scofield se trouvait non au tribunal mais dans l'étude de Mulcahey. Après avoir jeté un coup d'œil sur sa montre, Mulcahey demanda : « N'as-tu pas audience ce matin ?

— Tout est réglé, dit Scofield avec un sourire satisfait, j'ai conclu un arrangement.

— Quels en sont les termes ?

— Six mois plus une année avec sursis. Je crois que cela vaut mieux que de risquer trois à cinq années.

— J'aurais obtenu sa relaxe, trancha Mulcahey.

— Allons, J.J., sa culpabilité était évidente.

— Je ne vois pas le rapport. C'est au jury d'en décider. Comment est-ce arrivé ?

— Toute la famille de Gonzales était sur place, et à tout bout de champ l'un ou l'autre est venu me voir pour me poser une question ou me glisser un conseil farfelu. Je commençais à avoir les nerfs en boule. Aussi suis-je allé prendre un café au bar, en face du tribunal. Quelques minutes plus tard, le procureur-adjoint, Charlie Venturo, vint également. Tu le connais ?

— Et comment. On a intérêt à faire attention avec ce gars.

— Allons, c'est un chic type. Quoi qu'il en soit, il m'a abordé et nous avons lié conversation. Il s'est plaint du grand nombre d'affaires dont le tribunal était accablé en soulignant combien il serait heureux si cette charge pouvait être réduite. Là il m'a servi ce sourire en demi-teinte dont il a le secret et...

— C'est là qu'il faut se méfier. A ce moment, j'ai l'habitude de tenir solidement mon portefeuille. »

Scofield écarta les lèvres en un grand sourire pour montrer qu'il avait bien apprécié la plaisanterie : « En tout cas, il a dit que je devrais plaider coupable pour obtenir des circonstances atténuantes. Mais, a-t-il continué, vous seriez en face du juge Prentiss, dont vous connaissez les sentiments vis-à-vis des Noirs et des Porto-Ricains ; or l'affaire est parfaitement claire...

— Elle n'est pas claire du tout, l'interrompit sèchement Mulcahey.

— Oh que si, J.J. L'accusation disposait d'un témoin, un homme de bonne apparence entre deux âges, qui...

— Qui faisait dans ses culottes ou ne comparaissait pas.

— Si, il comparaissait. Je l'ai croisé dans le couloir.

— Alors c'était pour se dégonfler. Il a dû dire à Venturo n'être pas certain que c'était Gonzales.

— Pourquoi aurait-il fait cela ?

— Parce que sa femme lui a probablement dit : “ Pourquoi veux-tu te créer des histoires avec une bande de Porto-Ricains excités ? ” Ce genre de chose arrive constamment. Donc, Venturo, sachant que son dossier est vide, voit que tu te diriges vers le bar ; il te suit pour te soumettre sa proposition. Réfléchis, si son dossier était bien solide et s'il était certain d'obtenir une condamnation de trois à cinq ans, pourquoi t'aurait-il offert un arrangement sur la base de six misérables mois ?

— Il a un trop-plein d'affaires...

— Et après ? Ils ont toujours trop d'affaires et le procureur-adjoint tâche toujours d'en réduire le nombre. Mais qu'aurait-il gagné en l'occurrence ? Le procès aurait été bouclé avant la suspension d'audience de midi.

— Penses-tu qu'il m'a floué ?

— C'est ce que je dirais.

— Et que j'aurais dû plaider ?

— Je serais prêt à le parier. Surtout dans ton propre intérêt.

— Que veux-tu dire ? »

Mulcahey regarda le jeune homme déconfit assis en face de lui. Qu'est-ce qui n'allait pas chez lui ? Où se trouvait la faille ? Un jeune gars d'aussi bonne apparence. Il en souffrait pour lui et essaya de lui expliquer : « Écoute, ces Porto-Ricains sont tous abondamment pourvus de famille. Chacun a une foultitude de frères et de sœurs et plus de cousins, d'oncles et de tantes que tu ne saurais en compter. Lors de ta plaidoirie, il y aurait eu un auditoire important au tribunal. S'ils voient un avocat se démenant pour son client, se levant pour présenter des objections, faisant des contre-interrogatoires, s'adressant en termes passionnés au tribunal, ils estimeront qu'il est bon, même s'il perd le procès. Après tout, qu'est-ce que ça peut bien te faire si ton client prend trois à cinq ans ? Ce n'est pas à toi de les purger. Aux yeux de sa famille, un procès est une sorte de jeu ; des fois on gagne, d'autres fois on perd. Ce qui leur importe est si, oui ou non, tu t'es bien battu. S'ils t'ont à la bonne, tu peux avoir de nombreuses affaires, aussi bien civiles que pénales. Un contrat de location, une convention, une légitimation, ils seraient venus chez toi dès lors qu'ils auraient estimé que tu t'occupes de tes clients et luttes pour eux. Mais si tu te contentes d'un arrangement, ils viendront à penser, tôt ou tard, que si tu avais plaidé l'affaire aurait pu être gagnée.

— Alors tu estimes que j'ai fait une connerie ?

— J'en suis certain, confirma Mulcahey. » Il était sur le point de prononcer les paroles habituelles de réconfort et de consolation lorsqu'il vit se refléter leur image dans les carreaux poussiéreux de l'étude ; là, il ne put s'empêcher de comparer son propre aspect, son corps courtaud et difforme, sa face bouffie et son nez bulbeux, à l'aspect du beau jeune homme se tenant en face de lui. Scofield avait tout pour réussir, tandis que lui n'avait rien, et pourtant... Soudain, il fut fâché et ressentit une colère contre lui. Ce n'était pas simplement son faux pas dans l'affaire Gonzales, mais sa suffisance inébranlable. Toutefois, il ne laissa pas paraître son sentiment, quand tirant le tiroir du bas de son bureau, il en sortit une bouteille et un verre. D'un geste automatique, il lui présenta la bouteille.

Scofield secoua la tête.

Mulcahey se servit à boire, prit une gorgée, puis, tout en gardant son verre dans la main, il se carra dans son siège.

— T'est-il jamais venu à l'esprit, demanda-t-il d'une voix lasse, que tu n'es pas fait pour la profession que tu as choisie ?

— Tu penses que je suis mauvais, hein ?

Le vieil homme écarta les bras dans un geste de résignation.

— Tu ne vas pas au fond des choses. Tu es impulsif. Tu as une idée, parfois une très bonne idée, et tu la concrétises sans considérer les effets que cela peut entraîner à lointaine échéance. Comme pour cette affaire aujourd'hui ou pour ce contrat que tu as rédigé l'autre jour. Chez toi, les pensées viennent rapidement, mais elles ne portent pas loin. Or, justement la tâche de l'avocat est de voir loin pour son client. Le client fait ou veut faire quelque chose, il est tout feu tout flammes, alors son avocat est le gars qui interroge : Que se passe-t-il si... ? Me comprends-tu ? Ton esprit ne semble pas travailler de cette façon.

— Alors que devrais-je faire ?

Mulcahey réfléchit :

— Cela fait trois à quatre ans que tu as quitté la fac ?

— Oui.

— Et tu n'avances pas, est-ce que je me trompe ? Tu t'habilles bien et tu habites aux Waterfront Towers. Mais d'un autre côté, tu conduis cette vieille guimbarde achetée de seconde main. Dis-moi, gagnes-tu bien ta vie ?

— Pas trop.

Mulcahey rit grossièrement.

— Tu pourrais épouser une fille friquée. Cela résoudrait ton problème.

— Ces jours-ci les filles friquées ne se marient pas. Elles font carrière. Elles deviennent médecins, avocats ou profs.

— Peut-être pourrais-tu t'associer à quelque jeune juif ou Italien astucieux. Tu te consacrerais à trouver des affaires et lui les traiterait. Tu es bien implanté, tu as de l'entregent et tu dois connaître beaucoup de monde. Tous les clients que tu amènerais, tu le chargerais de s'en occuper... Na. (D'un geste de la main, il chassa aussitôt cette idée.) Il aurait vite fait de t'éjecter dès qu'une clientèle se serait constituée. Je vais te dire ce que tu peux faire : mets-toi dans la politique. Aucune importance, si là tu flemmardes. Dès que tu es élu représentant ou sénateur au parlement de l'État, ta position est assurée. En plus de la rémunération, cela amène des affaires, car les gens se disent que tu as le bras long et que tu peux influencer disons... un procureur ou un juge. En outre, ils ne s'attendent pas à ce que tu traites personnellement leurs dossiers puisque tu es occupé au parlement. Ils s'attendent à ce que tu en charges quelqu'un de ton étude.

Scofield montra à nouveau ses dents blanches dans un sourire :

— Quelque juif ou Italien ?

— Evidemment. Pourquoi pas ? (Soudainement, une idée lui vint à l'esprit.) Dis, te rappelles-tu du gars qui est venu à l'étude hier après-midi ? C'était Jim Tulley. Il est ambulancier ou infirmier à l'hôpital de Lynn. Il m'a raconté que Joe Bradley, le sénateur du coin, était à l'hôpital pour une vilaine attaque cardiaque. Officiellement, il est venu pour un check-up, mais en réalité c'est une attaque cardiaque, et une sérieuse.

— Alors ?

— Alors, il y a de bonnes chances pour qu'il ne se représente pas aux prochaines élections. Personne n'en sait encore rien, donc si tu proposes ta candidature...

— Comme sénateur au parlement de l'État ? C'est ridicule. Comment puis-je du premier coup viser une place de sénateur ? Il faut gravir les échelons l'un après l'autre. Dans un premier temps, je pourrais me présenter pour une place de conseiller municipal à Barnard's Crossing, mais...

— Une place de conseiller municipal ne te servirait à rien sauf peut-être à recevoir une série de coups de fil de réclamation concernant l'enlèvement des ordures. Et cela ne paye pas. Combien de conseillers municipaux de ta connaissance ont-ils fait carrière dans la politique ? Il faut quitter la scène locale, s'orienter vers le parlement de l'État. Là tu peux manœuvrer. (Il décrivit de grands zigzags des deux mains.) Ensuite, tu deviens membre d'une quelconque commission ou tu te fais désigner comme juge ou quelque chose d'analogue. A moins que tu ne préfères grimper un échelon supplémentaire pour devenir membre du Congrès à Washington. Une fois que tu te trouves là-bas, les chances sont... (Il leva les mains au-dessus de la tête pour indiquer l'infini.)

— Oui, mais pour tout cela il faut de l'argent.

— La première règle en matière de politique, déclara Mulcahey sur un ton solennel, est de ne pas se servir de son propre argent. Tu te sers de l'argent d'autrui, les contributions électorales ne sont pas faites pour les chiens.

— Mais il faut de l'argent pour démarrer.

— Mulcahey acquiesça.

— Certes, il faut amorcer la pompe. Mais tu dois avoir cela. Si je vois comme tu es fringué, puis ton appartement aux Waterfront Towers...

— J'en ai un peu, admit Scofield. Ma part sur la vente de la maison après le décès de Papa. Juste quelques milliers de dollars.

— Ecoute, mon vieux, il ne te faut pas grand-chose pour démarrer. Puis ce n'est pas de l'argent jeté. C'est de la publicité. Ne le comprends-tu pas ? Que tu gagnes ou que tu perdes, cela te fait de la publicité. Mettons que tu organises une réunion. Tu commences par te présenter : « Je suis John Scofield, avocat à Salem. » Vois-tu. Cela fait tilt chez les personnes de l'auditoire qui ont un petit problème de droit à résoudre : à l'un on doit de l'argent qu'on ne lui rembourse pas ; tel autre veut faire rédiger un contrat. Ils n'ont pas d'avocat. Or voilà un jeune gars bcbg qui prononce des paroles sensées et est avocat à Salem. Pourquoi ne pas aller chez lui ? Me suis-tu ? Maintenant, que se passe-t-il si tu gagnes ?

— Que se passe-t-il ?

Mulcahey leva les bras comme s'il allait étreindre le ciel.

— Tu auras les grosses affaires. Nous monterons une grosse étude d'avocats : Scofield, Mulcahey, Cohen et

Mastrangelo. (Il dessina dans l'air les noms devant figurer sur la plaque.)

— Qui sont Cohen et Mastrangelo ?

— Ce sont le juif et l'Italien astucieux que nous pourrions prendre comme associés. Autant les prendre tous les deux.

— Ou peut-être Venturo, le procureur adjoint, comme Italien, suggéra Scofield.

Mulcahey acquiesça : « Possible. » Scofield dévoila ses dents en un immense sourire à la pensée que l'homme qui l'avait dupé travaillerait pour lui. Puis son sens des réalités reprit le dessus :

— C'est idiot. Je ne peux pas poser ma candidature à un poste de sénateur au parlement de l'État.

— Pourquoi pas ? C'est le meilleur coup que tu puisses réaliser. Tu t'inscris au parti républicain et tu te présentes aux élections primaires pour la désignation du candidat républicain. Dans cette région, le candidat républicain, quel qu'il soit, est sûr d'être élu. Donc ce qui importe c'est de gagner les primaires. Combien de gens votent aux primaires ? Vingt pour cent ? Au maximum vingt-cinq ? Tu te constitues un noyau dur de supporters parmi les habitants de Barnard's Crossing et l'affaire est dans le sac. C'est ce qu'il y a de bien dans l'histoire, tu es seul. Tu es le seul à demander la nomination comme candidat du parti républicain.

— Pourquoi serais-je seul ?

— Parce que nul, jouissant de ses facultés mentales, n'ira se présenter contre Joe Bradley. Il représente ce district au sénat depuis je ne sais combien d'années. Donc tu poses ta candidature. Lorsqu'il annonce finalement qu'il ne sollicite pas sa réélection, tu es seul en course.

— Oui, et à la minute qui suit, il y aura une demi-douzaine d'autres candidats.

— Et après ? Tu auras été le premier dans la course. Tu seras connu avant que les autres aient pensé à démarrer.

— Et si ton ami, l'ambulancier, s'est trompé, et que Bradley se représente ?

— Alors tu seras battu. Mais tu profiteras pour le moins de toute cette publicité gratuite.

— B...bon.

5.

Lorsqu'on interrogeait Tony d'Angelo sur son activité professionnelle, il se montrait plutôt évasif, affirmant simplement qu'il s'occupait de politique. Cependant, il ne présentait jamais sa candidature à aucun poste ni ne faisait campagne pour un quelconque autre candidat. Il se contentait de combiner. Son fonds de commerce résidait dans sa connaissance des points faibles des personnes occupant des postes clés dans l'appareil législatif et l'administration de l'État. Ces derniers temps, il s'était presque exclusivement consacré à satisfaire les besoins du chef de la majorité, ces efforts n'étaient pas passés inaperçus, ce qui explique la raison pour laquelle il ne rencontrait pas l'assistant parlementaire dans un restaurant huppé mais dans un obscur bistrot du South End

— Pour le moment, Tony, nous devons te fuir comme la peste, dit l'assistant parlementaire. Le vieux serait drôlement en rogne s'il apprenait simplement que je te parle.

Tony d'Angelo acquiesça. Il n'était pas amer, ne se sentait même pas offensé. Le chef de la majorité lui notifiait simplement par l'intermédiaire de son assistant parlementaire qu'il ne voulait pas le voir dans ses parages. Il n'y avait là rien de personnel. C'était là simplement de la politique, du moins sous l'aspect où Tony se trouvait impliqué. « Que dois-je faire ? » questionna-t-il.

L'assistant parlementaire écarta ses grosses mains. C'était un jeune homme d'une trentaine d'années, massif, au teint rosé, très imbu de son pouvoir et de son importance. « On t'a trop vu aux alentours, Tony. Le reporter du *Globe* a commencé à fouiner. Nous nous sommes laissé dire qu'il est en train de mobiliser les autres journalistes suivant les travaux parlementaires, y compris les gars de la télé, pour qu'ils surveillent tes faits et gestes, les bureaux où tu as tes entrées et tes sorties. Le vieux pense que tu devrais partir pour quelque temps en vacances. Deux, trois mois, le temps qu'après les élections les choses se tassent. Trouve-toi une nana et emmène-la en Floride.

— Je suis pourvu d'une nana.

— Tant mieux, comme ça tu peux partir plus rapidement.

— Veux-tu dire que je suis brûlé ?

— Peut-être seulement tiède. Mais pourquoi courir des risques inutilement ? Ou alors tu restes chez toi à la maison... où est-ce encore ? Lynn ? Revere ?

— Revere.

— Donc Revere. Repose-toi un moment. Promène-toi le long de la plage pour respirer le bon air marin si salutaire pour les poumons, ou va aux courses de chevaux ou dans une de ces salles de jeux de bingo...

— Oui et où est-ce que je prends l'argent pour manger ?

— Tu vis sur ton capital.

— Et où est-ce que je prends ce capital ? »

L'assistant parlementaire sourit comme si Tony lui

avait raconté une blague. « Avec toutes les affaires que tu as traitées ? Où est passé tout l'argent que tu as gagné ?

— Demande au PMU.

— Oh ? Tu devrais te dénicher une quelconque sorte de boulot. Je suis sûr qu'avec tes relations...

— Je n'ai pas de relations à Revere. Je prends soin de ne pas me mêler de politique locale. Personne ne me connaît là-bas.

— Qu'en est-il des " Dragages de l'Atlantique " ? N'es-tu pas intervenu en ce qui concerne le vote négatif émis par Cash au sujet du projet sur l'aménagement portuaire ?

— Je n'ai jamais rien pu faire avec Cash. Il cache toujours soigneusement son jeu. »

L'assistant parlementaire ne croyait pas ce qu'il lui racontait, mais comme il n'aurait pas été poli de le lui dire, il acquiesça.

« Puis, de toute façon, le projet a été adopté », dit Tony d'une voix caverneuse. Il était grand et mince, avec un beau visage malgré un air taciturne. Il avait un curieux sourire sardonique démarrant en forme de grimace. Il le déployait maintenant pour montrer qu'il en savait bien plus qu'il ne disait. Ce sourire signifiait également que sa situation financière n'était pas si désastreuse que ça, mais qu'il fallait lui donner un coup de main si l'on voulait pouvoir compter sur lui à une prochaine occasion.

En empochant le chèque, il dit : « Vous autres, au parlement, connaissez-vous quelqu'un aux " Dragages de l'Atlantique " ?

— Eh bien, il y a toujours Fowler.

— Oui, c'est vrai, il y a toujours Fowler. Tout le monde connaît le nom de Fowler. Il a été p.-d.g. de la société. Il suffit de consulter n'importe quel annuaire pour le trouver. » En se levant de table, il regarda en arrière par-dessus son épaule pour dire : « C'est entendu ; je resterai quelque temps à la maison.

— Si le vieux désire te contacter... »

Le sourire sardonique refit surface. « J'entrerai en contact avec lui. C'est mieux comme cela. » Alors que l'assistant parlementaire s'apprêtait à partir, Tony l'interpella : « Hé, vous autres, savez-vous des choses sur Fowler ?

— Quel genre de choses ?

— Comment dire ? Connaît-il quelqu'un que je connais ? Il pourrait avoir intérêt à me parler. »

L'autre secoua la tête. « Rien de tel. Si j'apprends quelque chose...

— Évidemment. »

6.

Belle Halperine, beauté flamboyante avec sa chevelure blonde tirant sur le roux, était déterminée à ne pas s'en laisser imposer par l'opulence de la maison des Magnuson ; cependant, durant tout le dîner, à partir de leur arrivée, elle ne pouvait s'empêcher de penser à la manière dont elle raconterait cela aux « copines ». « Nous avons été invités à dîner chez les Magnuson, il est client de Morrie... »

Elle était légèrement déçue par les côtes d'agneau aux pommes sautées uniquement parce que, pour le plat principal, elle s'attendait à quelque chose de plus varié et de français. Par ailleurs, cela lui permettait d'insister davantage sur sa description de Mme Magnuson :

« Elle est si simple et gracieuse, si naturelle... »

Quand ils en furent au café, elle glissa à son hôtesse : « Vous avez de si merveilleux tableaux !

— Belle est folle de tout ce qui est beaux-arts, expliqua son époux.

— Alors, je vais vous emmener pour un tour du propriétaire, dit Sophie Magnuson. Nous avons d'autres objets que vous aimerez voir à l'étage.

— J'en serais très heureuse. »

Mme Magnuson se leva. « Vous voudrez bien nous excuser. »

Une fois seul avec Morris Halperin, Magnuson resservit du café. « Vous êtes vraiment engagé dans la Communauté, n'est-ce pas ? »

Halperin acquiesça. « C'est exact. Non que je sois particulièrement religieux, mais je suis le genre de gars qui, dès lors qu'il s'intéresse à quelque chose, s'y implique.

— Je suis moi-même un peu comme ça, enchaîna Magnuson. J'aime connaître tous les tenants et aboutissants de toute chose à laquelle je participe. Par exemple la synagogue. Du moment que je suis membre du Conseil d'administration de la Communauté, je veux être au courant de tout. Bien sûr, je n'ai assisté qu'à quelques rares réunions, la dernière fois il y a un mois à peu près, mais il me semble que nous ne suivons pas clairement une direction. Je n'ai pas l'impression que nous ayons réellement un programme, si vous voyez ce que je veux dire.

— Bon...

— Notre président semble être quelqu'un de très convenable et il conduit très bien les réunions mais je n'ai pas le sentiment qu'il ait une ligne directrice. Je crois plutôt qu'il cherche à maintenir le *statu quo*.

— Ah, vous l'avez remarqué. »

Magnuson sourit. « J'ai assisté à assez de conseils pour me rendre compte de l'ambiance. Feinberg est ce que j'appellerais un président intérimaire.

— C'est formidable, renchérit Halperin. Vous avez absolument raison. Voyez-vous, nous sommes une communauté conservatrice, du fait que le courant conservateur représente en quelque sorte un compromis entre l'orthodoxie et la réforme. Dès lors que la communauté juive n'est pas assez importante pour supporter plusieurs synagogues, il est pratiquement inévitable qu'elle soit conservatrice. Certains de nos présidents étaient plutôt réformistes, d'autres tendaient plutôt vers l'orthodoxie, mais finalement ils se sont tous reconnus conservateurs. A une exception près. Il y a quelques années, Chester Kaplan réussit à se faire élire. Or, il est outrancièrement orthodoxe.

— Kaplan ? Ce petit gros, assis au bout de la table avec une calotte sur la tête. Il est avocat, n'est-ce pas ?

— Oui. Il est très coté. Il porte une calotte car les réunions se tiennent dans le bâtiment de la synagogue. Il la porte également chez lui à la maison. Il la porterait également au tribunal s'il ne craignait d'indisposer par là le jury. Il va à l'office tous les jours, matin et soir. L'année où il a été président, il a failli provoquer une scission de la Communauté.

— Là-dessus Feinberg a été élu pour recoller les morceaux, hein ?

— Plus ou moins. En tout cas, il s'en tient à une ligne médiane. Il fournit un travail très crédible, c'est pourquoi il a été réélu à deux reprises.

— Et l'année prochaine ?

— Il y a un problème, monsieur Magnuson. A la dernière réunion du Conseil, Feinberg a annoncé qu'il donne sa démission qui deviendra effective dans un mois. Sa femme étant souffrante, ils déménagent pour l'Arizona.

— C'est donc le vice-président qui...

— Nous n'avons pas de vice-président. Abe Kahn est décédé moins d'un mois après son entrée en fonctions. Ce n'était pas inattendu. C'était un vieil homme malade. » En réponse au regard interrogateur de Magnuson, il expliqua : « Il était parmi les membres fondateurs et a toujours versé de grosses sommes d'argent. Les gens estimaient qu'il fallait lui manifester de la reconnaissance. Vous savez comment cela se passe aux grandes fêtes. Le président et le rabbin sont assis d'un côté de l'arche sainte ; le vice-président et le chantre, ce dernier quand il n'officie pas, sont assis de l'autre côté. Ils pensaient que le fait qu'on l'asseye à côté de l'arche lui ferait sentir qu'on l'apprécie.

— Je vois. Donc, en l'absence d'un vice-président et avec un président démissionnaire, il va y avoir de nouvelles élections ?

— C'est cela. Des élections imprévues auxquelles Kaplan va à nouveau se présenter.

— Du moment que son administration s'est soldée par un tel fiasco, je ne pense pas que ses chances soient considérables, observa Magnuson.

— Là, vous vous trompez. L'élection se fait lors d'une assemblée générale. Nous comptons quelque trois cent cinquante membres, mais à mon avis ils ne seront qu'environ deux centaines à se déplacer. Sur ces quelque deux cents, il y en a peut-être une cinquantaine à savoir de quoi il en retourne. Il se trouve que Kaplan dispose d'un solide noyau de supporters, ceux-ci se mobiliseront. D'autres membres voteront pour lui parce que son nom leur est familier. D'autres encore se prononceront pour lui parce qu'il est pratiquant et qu'ils estiment que le président d'une communauté religieuse doit l'être. Je dirais qu'il a une bonne chance d'être élu.

— Et qui se présentera contre lui ? Sauf erreur, vous faites partie de l'opposition.

— Voilà justement l'ennui. Nous n'avons pas pu nous mettre d'accord sur un nom. L'annonce de Feinberg nous a pris à l'improviste. Nous n'avons pas été en mesure de nous ranger derrière un homme. Il y a trop de candidats possibles.

— Qu'en est-il de vous-même ? Êtes-vous intéressé ?

— Oh, non. En premier lieu, cela prend trop de temps. Il vaudrait mieux que ce soit un homme plus âgé et de préférence quelqu'un qui n'ait pas besoin de la clientèle des membres de la communauté pour gagner sa vie.

— Pourquoi cela ? Je serais enclin à penser que ça pourrait constituer une bonne publicité. »

Halperin secoua la tête. « C'est comme en politique, c'est-à-dire qu'il y a de bonnes chances pour que la moitié des membres soient de votre côté tandis que l'autre moitié s'opposeront à vous. Je ne puis courir ce risque.

— Je me suis occupé de la synagogue Zedek à Boston, dont mon grand-père était l'un des fondateurs, enchaîna Magnuson, apparemment sans lien aucun avec la conversation.

— J'espérais que vous vous engageriez. Je suis certain que l'homme auquel vous accorderez votre soutien, quel qu'il soit...

— Je n'aime pas beaucoup rester à l'arrière-plan, le coupa Magnuson. Si je m'implique dans une organisation, je tiens à la diriger.

— Est-ce que cela signifie... ? (Halperin eut une inspiration.) Écoutez, voulez-vous vous présenter ?

— Vous me prenez à brûle-pourpoint. Il faut que j'y réfléchisse.

— Etes-vous d'accord pour y réfléchir ? interrogea Halperin avec gravité.

— Je ne sais pas. Bien sûr, si je pensais avoir une chance de gagner...

— C'est une élection, il ne peut donc pas y avoir de garantie, mais...

— Oh, je ne m'attends pas à une garantie, mais je n'aimerais pas passer pour un imbécile. Je suis un nouveau membre et inconnu...

— Inconnu ? Allons donc, monsieur Magnuson. Qui est mieux connu à cent lieues à la ronde ? Qui n'a pas entendu parler de Magnuson & Beck, le plus grand magasin de Boston ?

— De Nouvelle-Angleterre, corrigea Magnuson. Toutefois, nous n'y avons plus aucune part. Nous avons tout vendu il y a de nombreuses années. Uniquement, le nom est resté.

— C'est bien ce que je voulais dire. Votre nom est connu.

— Mais, je n'ai aucune organisation...

— Donnez-moi le feu vert et je vous constituerai une organisation. »

Magnuson sourit. « Vous savez être très persuasif. Je vais vous dire : regardez autour de vous, faites quelques sondages et informez-moi des résultats. A ce moment-là, je prendrai une décision. »

Sur le chemin du retour, Belle Halperin était en extase. « Ils ont un Chagall et un Seurat, et dans la chambre à coucher un vrai Renoir ! Tu te rends compte, dans la chambre à coucher ! » Puis, abruptement : « A-t-il demandé à te voir en tant qu'avocat ? »

Il éclata de rire. « Non, il veut devenir président de la Comunauté.

— Président. Mais... mais il n'y a jamais rempli aucune fonction. Le peut-il ?

— Pourquoi pas ? Il n'y a aucune règle à ce sujet. Tout membre peut se présenter ; et il est membre.

— Et il aimerait que tu diriges sa campagne.

— Il y a de cela.

— Peut-il y arriver ? A-t-il des chances ? Personne ne le connaît.

— N... non, mais son nom est archiconnu et tout le monde est flatté d'être représenté par un milliardaire.

— Va-t-il te payer pour ton travail ?

— La question n'a pas été évoquée.

— Dans ce cas, quel est ton profit ?

— Eh bien, à mon avis, lorsqu'on fait partie de l'entourage de quelqu'un qui a autant d'argent que Howard Magnuson, on en tire forcément quelque chose. »

7.

Avec ses vingt-cinq ans, Laura Magnuson avait bonne apparence, elle était jolie, même si elle n'était pas exactement une beauté. Pour le goût contemporain, sa bouche était un peu trop large et son nez un peu trop long à en juger par les modèles ornant les couvertures des magazines. Elle avait le regard vif et pénétrant ; son menton montrait de la détermination. Sa chevelure châtain descendant jusqu'aux épaules était séparée par une raie médiane et peignée derrière les oreilles avec un minimum de chichis.

Elle avait eu sa maîtrise de sciences politiques avec mention bien, puis avait fait des études durant trois années à la « London School of Economics » sans toutefois en ramener un diplôme. Elle expliquait à son père, qui était en adoration devant elle et à sa mère qui la comprenait. « J'avais le sentiment que si je faisais un doctorat, tôt ou tard, je deviendrais enseignante. Or, cela ne m'intéresse pas.

— Qu'as-tu l'intention de faire ? lui demanda son père.

— Je ne sais pas au juste. Peut-être un travail gouvernemental. »

Voilà maintenant plusieurs mois qu'elle était à la

maison sans rien faire, du moins selon l'opinion de ses parents. Elle s'était rendue à plusieurs reprises à New York pour acheter des habits, aller au théâtre, ou encore rendre visite à des amis ou anciens camarades d'études. Les Magnuson avaient donné plusieurs réceptions pour qu'elle puisse se faire des relations notamment parmi les fils et filles de leurs connaissances de Boston. Le jour, si le temps était favorable, elle prenait sa voiture pour sillonner la campagne avec, comme points d'aboutissement, Rockport où elle faisait le tour des galeries de peinture, ou Gloucester où elle déjeunait sur la plage, s'amusant à regarder les évolutions des mouettes. Le soir, elle se rendait parfois à Boston ou à Cambridge pour assister à quelque conférence ou réunion qu'elle jugeait intéressante.

Ce soir-là, elle avait décidé d'aller en ville avec la vague intention de voir éventuellement un film ou peut-être refaire connaissance avec les vieux quartiers. Alors qu'elle passait devant l'église unitarienne, son regard fut attiré par une affiche « Soirée des candidats. Venez rencontrer les candidats. »

Après avoir trouvé une place de parking un peu plus loin, elle revint sur ses pas pour pénétrer dans la salle de patronage pouvant contenir plusieurs centaines de personnes. Moins de la moitié des places étaient occupées à l'arrivée de Laura, quelques minutes avant le début du meeting.

Dans le passage qui faisait le tour de la pièce, de petites tables avaient été installées pour l'exposition du matériel de propagande des candidats. Des gens de leurs équipes proposaient des badges en matière plastique, des autocollants pour voitures et autres objets semblables. Sur la tribune, il y avait une rangée de quinze chaises destinées aux candidats. La réunion était présidée par un conseiller municipal de la ville, Herbert Bottomley, un homme grand et maigre, aux dos voûté, avec des cheveux grisonnants et mal peignés. Flottant dans un complet nettement trop ample, le nez surmonté de lunettes cerclées d'acier, il avait l'air d'un maître d'école retraité présidant un club de personnes du troisième âge ; cependant, c'était un entrepreneur d'une cinquantaine d'années, menant très bien son affaire et jouissant d'une population certaine parmi ses concitoyens.

Bottomley donna un coup de maillet sur le pupitre avant d'annoncer : « La réunion est ouverte. Je vais faire asseoir les candidats sur les sièges derrière moi pour vous permettre de les voir. » Il fit quelques pas, ouvrit une porte, puis proclama cérémonieusement : « Mesdames et messieurs, les candidats. » Ils firent leur entrée, quelques-uns d'une démarche hésitante, d'autres d'un pas de parade pour montrer qu'ils étaient confiants, certains souriants, d'autres pensifs, tous désireux de prendre une attitude pouvant créer une bonne impression et par là récolter des votes. Ils avaient visiblement été alignés de façon à entrer en file indienne, le premier devant s'asseoir sur le siège à l'extrême droite de la tribune, le second à côté de lui, etc., jusqu'au dernier.

Lorsqu'ils furent tous assis, Bottomley reprit la parole : « À mon regret, aucun des candidats postulant à une fonction à l'échelle de l'État, gouverneur, gouverneur-adjoint ou procureur général, n'est présent ; cependant, leurs représentants parleront à leur place. Toutefois, nous ne voulons pas prolonger cette partie de la réunion, la majeure partie de la soirée devant être consacrée à des conversations informelles avec les candidats. Je vais donc limiter le temps de parole des orateurs, disons à quatre minutes. Voyons, quinze fois quatre = soixante minutes ; voilà qui me semble correct. (Il se tourna vers les orateurs.) Je ne prendrai pas un chronomètre pour vous arrêter au milieu d'une phrase, mais dès que je me lèverai pour me mettre à côté de vous, vous comprendrez que votre temps de parole est épuisé. D'accord ? Bon, alors commençons par les mandats au niveau de l'État. Mesdames, messieurs, le premier orateur (il consulta un papier) Charles Kimborough. Monsieur Kimborough. »

Kimborough était un homme d'âge moyen, souriant et sûr de lui, peut-être parce qu'il était réellement à l'aise. Il intervenait pour le gouverneur sortant, un démocrate, lequel avait peu à gagner ou à perdre auprès de cet auditoire en très grande majorité républicain. « Je suis venu vous apporter les salutations de Son Excellence et vous exprimer ses regrets de ne pas pouvoir être présent ce soir du fait d'engagements antérieurs. Je suis venu vous prier de voter pour le renouvellement du mandat qu'il détient et où il a démontré son habileté et son souci du bien public... etc. », durant quatre minutes. Voyant apparaître Bottomley à côté de lui, il sembla surpris, mais s'inclinant de bonne grâce, il conclut : « Je pourrais énumérer durant toute la soirée les réalisations effectuées par Son Excellence durant ses quatre années de fonctions, mais par égard pour Herb je termine en vous remercant pour votre gentille attention et votre hospitalité. Merci encore. »

La demi-douzaine d'orateurs suivants, comme le premier, intervenaient pour les candidats républicains et démocrates aux fonctions étatiques ; tous profitaient de la totalité du temps imparti pour vanter les mérites de leurs commettants. Cela devenait fastidieux et une partie de l'assistance quitta la salle. Laura Magnuson éprouva également la tentation de partir. Mais sa curiosité et son intérêt furent piqués par John Scofield, assis sur la tribune. Pour sûr, il était jeune, beau garçon, et ce qui plus est, il avait eu le courage, pour ne pas dire la témérité, de défier le titulaire de la fonction, Josiah Bradley. Les autres n'étaient entrés en lice qu'après l'annonce par Bradley de son retrait. Elle se demandait si Scofield ferait une allusion à ce fait dans son discours. Bottomley s'avança en levant les bras et en agitant les mains pour attirer l'attention de l'auditoire. Il annonça : « Nous en avons terminé avec les mandats au niveau de l'État, aussi pouvons-nous passer à la partie du programme qui vous intéresse particulièrement, les candidatures aux fonctions locales de sénateur et représentant. Par un heureux hasard, aucun des candidats à ces postes n'est retenu en vertu d'engagements antérieurs (rires et mouvement divers) de sorte qu'ils sont là personnellement. Nous allons commencer par l'audition des candidats au Sénat de l'État. Ils sont à trois et se définissent tous comme républicains. J'ignore pourquoi les candidats démocrates ne sont pas là (rires). Nous allons procéder par ordre alphabétique. Voyons — il consulta sa liste — c'est-à-dire que nous débuterons par Thomas Baggio, conseiller municipal de Revere, puis nous continuerons par Albert Cash, qui représente actuellement ce district à l'Assemblée de l'État, pour terminer par M. John Scofield, de Barnard's Crossing. Monsieur Baggio, vous avez la parole. »

Baggio, petit, trapu, noiraud, était doté de bajoues bleuâtres, d'une chevelure foncée touffue et d'une petite moustache à la Chaplin. Il s'avança, dégoulinant d'autosatisfaction. « En tant que conseiller municipal de Revere, j'ai intitulé... j'ai proposé... j'ai réalisé... » Il conclut en formulant. « Ce que j'ai accompli pour ma ville natale, je puis l'accomplir pour toutes les villes et localités de ce district. J'occuperai ce nouveau poste avec le même sens du devoir et la même persévérance dans l'effort que ceux dont j'ai fait preuve dans ma fonction de conseiller municipal. »

Il s'assit, salué par des applaudissements polis. Dans l'esprit de Laura, il avait commis une faute en consacrant tout son temps à vanter ses mérites en tant que conseiller municipal, ne serait-ce que parce que cela le contraignit à utiliser de façon répétitive la formule « moi, je », mais comment faire autrement pour citer ses propres faits et gestes ?

Albert Cash était proche de la soixantaine. Il s'exprimait avec aisance, mais débitait son discours, en gardant le visage impassible, d'une voix monocorde. Il disait en substance avoir consacré sa vie au service de la communauté en énumérant tous les mandats politiques qu'il avait remplis, sans oublier aucune des commissions ni aucun des comités auxquels il avait appartenu. Maintenant, concluait-il, après trois mandats à la chambre des représentants, ce ne serait que justice s'il était promu au Sénat.

Lui également reçut des applaudissements polis, bien que quelqu'un dans la salle eût crié : « Et le projet de loi concernant le port ? » Feignant ne pas avoir entendu, Cash regagna sa place tandis que des têtes se tournèrent dans l'assistance pour identifier l'interpellateur. Laura se promit de se renseigner sur ce projet concernant le port et la part que Cash y avait prise, ne serait-ce qu'en raison de la gêne avec laquelle il avait fixé le plafond de la salle en se rasseyant.

— Tu dois parler pour les gens qui sont là, avait

conseillé Mulcahey. Je veux dire que tu peux ignorer ceux qui ne viennent pas. Vois-tu où je veux en venir ?

— Bien sûr, avait répondu Scofield.

Mulcahey le fixait d'un œil critique. « Non, il n'en est rien contrairement à ce que tu prétends. Écoute, le district d'Essex englobe aussi bien Lynn et Revere que Barnard's Crossing. D'accord ? Or, qui sera présent à la soirée des candidats ? Uniquement des habitants de Barnard's Crossing, à une ou deux exceptions près, et encore. Alors, mets-toi bien dans la tête que tu t'adresses aux gens de Barnard's Crossing. Tu comprends. De la même façon, si tu tiens une réunion à Lynn tu t'adresseras aux lynners, et à Revere aux reveriens. L'important est de ne pas essayer d'influencer des gens qui ne sont pas présents.

— Oui, mais il percevront les échos de mon discours, non ?

— Certainement, si tu es le président des États-Unis et que tu parles dans l'Alabama, nous en percevons des échos dans le Massachusetts, mais dans la mesure où tu n'es candidat qu'au Sénat de l'État, détrompe-toi, tu ne seras pas cité. En admettant qu'il y ait un journaliste du *Lynn Express*, tu pourras te considérer heureux s'il cite ton nom comme celui d'un des orateurs. Qu'as-tu comme opposition ? Al Cash de Lynn et Tommy Baggio de Revere. Très bien. Al Cash dira qu'il était le représentant de Lynn à l'Assemblée de l'État à plusieurs reprises et que son élection au Sénat serait une consécration méritée. Ce dont l'auditoire se soucie comme d'une guigne. Il en est de même pour Tommy Baggio. Il parlera de sa carrière, mais comme elle s'est uniquement déroulée à Revere, pourquoi les bonnes gens de Barnard's Crossing seraient-ils impressionnés ?

— Mais de quoi leur parlerai-je ? Je n'ai pas de réalisations à mon actif.

— Tu n'as qu'à jouer de tes atouts.

— Mais je n'en ai pas.

— Si, tu en es bien pourvu. Tu es natif du coin, d'apparence agréable et aimable. Alors montre-leur simplement que tu es agréable et aimable. Les gens n'écoutent pas ; ils regardent. C'est pour cette raison que la télé bat la radio. Tu fais acte de présence pour qu'on te voit et tu te contentes de dire n'importe quoi. »

Remarquant que Scofield était nerveux, Laura conçut un sentiment de pitié pour lui. Il gratifia l'assistance d'un sourire enfantin, puis d'un rire nerveux. « Je m'appelle John Scofield. Âgé de vingt-huit ans, j'ai une étude d'avocat à Salem. Je suis célibataire. » Telle fut son entrée en matière. « Je suis né ici à Barnard's Crossing où ma famille est éablie depuis l'époque coloniale. J'ai fréquenté l'école Gaithskille, puis le lycée de Barnard's Crossing. Après, j'ai été faire mes études à la faculté de droit de Harvard ; il se peut qu'il y a quelques années les conditions d'admission aient été moins sévères qu'actuellement. J'aime cette ville et les gens qui y habitent. » Il enchaîna en parlant de différents endroits de la ville : Landing, Fremont Hille, l'Île des Enfants, et des associations qui s'en occupaient. Lorsqu'il entendit derrière lui des pas traînants, signifiants que Bottomley approchait, son esprit chercha comment conclure. Quand le président de séance fut tout près, il eut enfin une illumination : « Finalement, les choses sont très bien telles qu'elles sont et je ne veux absolument rien y changer. »

Il semblait à Laura que les applaudissements pour Scofield étaient un peu plus fournis et moins superficiels que pour les autres candidats, ce qui était naturel puisqu'il était seul à être du coin.

Ensuite, il y eut les discours des candidats aux places de représentants. Ceux-ci n'intéressaient pas Laura Magnuson qui restait néanmoins car elle voulait parler à Scofield pour le voir de près. Le président formula : « Nous y voilà. Vous les avez entendus ; ça a pris à peine plus d'une heure ce qui est un bon résultat. Maintenant libre à vous de leur parler en tête à tête ou engager avec eux un débat si vous en avez envie. »

Laura se déplaça vers les tables où était exposé le matériel de propagande des candidats, pensant que c'est là qu'il se rendrait en quittant la tribune, pour s'apercevoir qu'il n'y avait rien au nom de Scofield. Elle se dirigea vers la porte où elle arriva en même temps que lui.

— Votre discours a été très persuasif, fit-elle.

Il s'arrêta, surpris, et la regarda avec intérêt. « Vraiment ? »

Elle hocha la tête avec insistance en signe d'affirmation.

— Extrêmement. Est-ce que ce sera le thème de votre campagne ?

Il s'étonnait que ce qu'il avait dit pourrait servir de thème à une campagne. « Euh... comment, je veux dire quelle partie de... ? »

Sentant qu'il n'avait pas compris où elle voulait en venir et qu'il ne se rendait pas compte de la portée politique de son discours, elle précisa : « Vous avez dit que vous étiez contre le changement.

— Ah bon, vous savez, c'est simplement une façon d'exprimer mes sentiments...

— Le fait est, enchaîna-t-elle, que la plupart des gens qui sont là ce soir sont d'un âge moyen ou avancé.

C'est vrai également pour les votants. Les jeunes désirent des changements, tandis que les vieux s'en méfient. Ils en ont peur. Aussi, quand vous disiez que vous ne désirez aucun changement, la plupart des assistants vous ont approuvé. Les politiciens racontent toujours aux gens qu'ils vont changer les choses. Les personnes âgées ayant entendu ce genre de promesses durant toute leur vie n'y croient pas. Par conséquent, une campagne contre le changement peut avoir un gros impact.

— Vous avez l'air d'en connaître un rayon en matière de politique. Êtes-vous journaliste ou quelque chose d'analogue ?

— Non, simplement je m'intéresse.

— Si vous allions prendre un verre quelque part ; nous pourrions bavarder à notre aise.

— D'accord, mais où ? Sauf erreur, le café sur la West Street est le plus proche.

— Certes, mais il est archibondé à cette heure-ci, répliqua-t-il. Pourquoi n'irions-nous pas à Salem ? Je suis garé juste en tournant le coin. »

Tout en marchant, il la regardait furtivement en se demandant si c'était simplement une rencontre fortuite ou si elle s'intéressait vraiment à la politique.

— Nous y voilà, fit-il.

Elle sursauta légèrement en découvrant sa voiture d'un rose saumon agressif.

— Est-ce là votre voiture ? interrogea-t-elle. Je vous prenais pour un conservateur. On dirait une voiture de glacier.

Il rit. « C'est, ou plutôt c'était une voiture de glacier. Le gars auquel je l'ai achetée avait quatre camionnettes, toutes de cette couleur, qui circulaient dans le voisinage pour vendre des glaces ; lui, se servait de cette voiture pour surveiller son personnel. Puis il a connu des difficultés financières, de sorte que j'ai pu lui acheter cette voiture pour pas cher, justement à cause de la couleur. J'ai l'intention de la faire repeindre ; de toute façon il le faut, car la peinture commence à s'écailler sur le capot. Je n'en ai pas encore eu le temps. » Il avait omis de préciser qu'il avait cette voiture depuis près d'une année.

— J'espère que vous n'en ferez rien avant les élection. Une voiture sortant de l'ordinaire peut être avantageuse pour mener une campagne.

— Vous le pensez ?

— Certainement. Cela vous permet d'être reconnu sur-le-champ. Vous allez sûrement y fixer un panneau, n'est-ce pas ?

— Sûrement ?

— Si j'étais vous, je le ferais *illico presto*. Pour être élu il faut être connu et c'est la façon la plus aisée pour vous faire connaîre ; fixer sur le côté de votre voiture un panneau avec votre photo et votre nom.

— Dites, vous êtes drôlement calée en la matière.

— Pas autant que je le voudrais.

— Vous intéressez-vous à la politique ? demanda-t-il naïvement.

— Je pense que c'est la chose la plus intéressante au monde.

8.

À l'assemblée générale convoquée en vue de l'élection d'un nouveau président pour la synagogue, le candidat élu n'avait même pas fait acte de présence. Il en était de même du rabbin Small qui n'était pas, à strictement parler, membre de la communauté. Il était rentré tout de suite après l'office sans attendre le début de la réunion. Le résultat lui fut communiqué par Morton Brooks, le directeur de l'école religieuse, qui lui non plus n'était pas membre, mais était là, car il avait donné des cours durant toute la matinée du dimanche et l'assemblée se tenait dans la grande salle de réunion de l'école.

Peu après midi, Morton Brooks fit une arrivée pétaradante dans sa voiture de sport avant de s'arrêter avec un fort crissement de pneus devant la maison du rabbin. Il sonna à la porte et lorsque Myriam vint lui ouvrir, il prit une pose théâtrale les bras écartés pour annoncer : « Me voilà. »

Il portait une veste sport en tissu à chevrons avec des coudes en peau de chamois et une patte de cuir avec une boutonnière sur l'un des revers. Sous la veste, il avait une chemisette couleur crème, le col largement ouvert était entouré d'un fichu d'un rouge vif. Ses courtes jambes en forme de fuseaux étaient revêtues d'un pantalon couleur sable ; il était chaussé de souliers d'un brun chocolat avec des lacets fantaisie.

Myriam dit en souriant : « Vous êtes un vrai dandy, Morton. Entrez.

— C'est dimanche, fit-il en minaudant en guise d'explication.

— Pourtant, comme professeur principal d'une école religieuse...

— Myriam, vous savez bien que ceci n'est que temporaire, dit-il sur un ton de reproche. » Bien qu'étant le professeur principal de l'école religieuse de Barnard's Crossing depuis huit années après avoir enseigné l'hébreu antérieurement pendant plusieurs années dans d'autres écoles, il considérait encore que c'était un travail temporaire en attendant qu'il puisse s'adonner à nouveau à sa vraie vocation : le théâtre. Cela, pour avoir été le comptable et l'homme à tout faire d'un groupe théâtral yiddish à New York, perpétuellement au bord de la faillite, où occasionnellement on lui confiait un rôle de figurant afin d'avoir un acteur de moins à rétribuer.

Dans le salon, Morton marchait de long en large comme un metteur en scène de cinéma donnant des instructions à ses acteurs. « Voilà le tableau. Bien que l'assemblée fût convoquée pour dix heures, ils étaient déjà nombreux à être là dès neuf heures car ils avaient amené leurs gosses à l'école. Normalement dans ces conditions, la réunion aurait dû commencer à dix heures pile. Pensez-vous ; ils étaient là, entrant et sortant et bavardant. Le dernier salon où l'on cause. Dix heures, dix heures et quart, dix heures et demie. Il va être onze heures et nul ne paraît décidé à démarrer la représentation. Puis, je vois Kaplan, l'un des candidats, dans un coin, avec ses copains, ce crétin de Herbie Cohen, Harold Gestner et Hymie Stern ; ils s'approchent de lui pour lui chuchoter à l'oreille. Il écoute et semble faire des encoches sur une feuille de papier, portant probablement la liste des membres. Tout devenait clair pour moi. Il menait toujours sa campagne. Magnuson n'étant pas dans les parages, Kaplan en profite pour gagner des électeurs. (Il hocha la tête et cligna des yeux en appréciation de sa propre perspicacité.)

— Comment pouviez-vous voir tout cela ? demanda le rabbin. N'aviez-vous pas cours ?

— J'avais un cours à dix heures. Donc, à dix heures, je suis allé dans mon bureau pour prendre le cahier des présences et qui vois-je installé à ma table ? Notre président Sam Feinberg. “ J'espère que vous ne m'en voulez pas de me servir de votre bureau ” formula-t-il. Que pouvais-je dire ? Que je lui en voulais ? Vous connaissez ma façon d'enseigner, je suis toujours à chercher un texte dans mon bureau pour mettre en relief un point particulier. Je ne pouvais rien faire du fait de la présence de Feinberg. Il aurait pensé que je venais l'espionner. Aussi ai-je donné à ma classe un travail écrit. A onze heures, je reçois habituellement dans mon bureau les parents d'élèves désirant me voir. Mais quand je suis rentré dans mon bureau pour ranger les devoirs de ma classe de dix heures, Feinberg m'a regardé comme si j'étais un in... in...

— Un intrus ? proposa Myriam.

— C'est le terme que je cherchais. Comme si j'étais un genre d'intrus. Alors je me suis mis dans le couloir près de la salle où se tenait l'assemblée pour le cas où des parents auraient désiré me voir.

— Mais la réunion a fini par démarrer, dit le rabbin avec un brin d'impatience.

— Naturellement. Mais quelle heure était-il ? Midi moins le quart ! » s'exclama Morton sur un ton de triomphe tel qu'on aurait dit qu'il venait de marquer un point décisif dans la finale d'un tournoi du grand chelem.

Le rabbin jeta un coup d'œil sur l'horloge ornant le dessus de cheminée. Il était midi et demie. « Dans ce cas, la réunion est toujours en train de suivre son cours ? demanda-t-il.

— Elle est terminée. Elle a commencé à midi moins le quart et la séance a été levée à midi.

— Et l'élection ? L'élection a-t-elle eu lieu ?

— C'est ce que j'essaye de vous expliquer à condition que vous me laissiez parler.

— Laisse-le te raconter à sa manière, David », suggéra Myriam.

Morton Brooks la gratifia d'un regard plein de gratitude, ponctué par un : « Merci Myriam. »

« Très bien, fit le rabbin. Donc tout le monde était là à discuter et...

— Et Kaplan menait sa campagne, enchaîna Brooks en pointant l'index. N'oubliez pas. Ses lieutenants circulaient tout le temps, parlant à l'oreille de l'un puis de l'autre, pour ensuite venir rendre compte à Kaplan.

— Je vous promets de ne pas oublier, fit le rabbin de bon cœur.

— Donc, à mon avis, enchaîna Brooks, les hommes de Kaplan bloquaient tout. Pourquoi ? Pour pouvoir contacter un maximum de membres avant le début du vote. Pour ma part, j'étais persuadé que Kaplan l'emporterait haut la main, car il appartient à la communauté pratiquement depuis qu'elle a été fondée, il est pratiquant et va tous les jours à la synagogue, tandis que Magnuson est un nouveau venu que nul ne connaît. Mais j'ai remarqué que le visage de Kaplan devenait plus sérieux comme si les choses n'allaient pas comme il l'aurait souhaité. Ensuite, lui et ses gars ont tenu un conciliabule dans un coin de la salle, et visiblement ils étaient divisés en deux clans opposés. Cependant ils sont arrivés rapidement à un accord car à un moment donné ils ont tous hoché la tête en signe d'approbation comme s'ils avaient été mus par quelque ressort. Là-dessus, Kaplan s'est dirigé vers la table de tête où était assis Melvin Weill, le secrétaire, pour lui chuchoter quelque chose à l'oreille. Melvin, qui semblait surpris, a fait un signe d'acquiescement avant de se lever pour se diriger vers la porte au bout du couloir. Je me tenais devant cette porte et il n'a même pas daigné me saluer alors que j'étais chez lui à la maison un grand nombre de fois. Il est entré dans mon bureau où Sam Feinberg était toujours attablé. Je m'apprêtais à entrer derrière lui, comme si j'avais à prendre quelque chose dans un tiroir, mais avant que je puisse mettre ce projet à exécution, la porte s'ouvrit pour laisser passer Feinberg qui se dirigea immédiatement vers l'assemblée. En le voyant tout le monde se tut et s'assit comme s'il s'agissait de gosses qui dans une salle de classe avaient profité d'une absence de quelques minutes de leur instituteur. Il monte à la tribune et déclare la réunion ouverte. Il est midi moins le quart, bon. Feinberg annonce : “ J'ai une communication à vous faire. M. Kaplan, l'un des deux candidats, m'a chargé de vous indiquer que dans un souci d'unité il se retire de la compétition et demande que M. Howard Magnuson, le seul candidat demeurant en lice, soit élu par acclamation. ” Pendant les quelques minutes qui suivirent ce fut une vraie caco… coca… le mot m'échappe.

— Cacophonie, dit le rabbin.

— Exactement. Une vraie cacophonie. Tout le monde discutait, criait. C'est que les lieutenants de Kaplan, qui savaient ce qui allait se passer, puisque cela avait certainement été décidé dans la concertation avec Kaplan, n'avaient pas pris la peine de tuyauter ceux qu'ils avaient pressés de voter pour celui-ci. Certains d'entre eux croyaient que Kaplan s'était fait acheter par Magnuson. Vous n'avez pas l'air surpris, David.

— Je ne le suis pas, répliqua le rabbin. Je pensais que Magnuson gagnerait.

— Réellement ? Mais pourquoi ?

— Et pourquoi Kaplan s'est-il rendu sans livrer bataille ? demanda Myriam.

— Je crois que Morton a raison lorsqu'il dit que Kaplan pointait les voix en sa faveur ; c'est là qu'il s'est rendu compte que non seulement il se perdrait, mais qu'il subirait une défaite écrasante. Aussi a-t-il abandonné pour éviter une humiliation. »

Morton Brooks leva les mains en secouant la tête. « Je ne comprends pas. Pourquoi auraient-ils voté pour Magnuson ?

— Pourquoi ? Dites-moi, Morton, si vous retournez à New York pour une visite et que vous expliquez à vos amis que vous êtes le principal de l'école religieuse de la communauté de Barnard's Crossing, êtes-vous sûr que vous n'ajouteriez pas que ladite communauté est présidée par Howard Magnuson, le vrai Howard Magnuson ? »

Brooks haussa les épaules avec désinvolture. « Cela se pourrait bien. Admettons que je le ferais, mais…

— Il en est de même de chacun des membres de la

communauté. Kaplan n'est qu'un homme ordinaire, un honnête homme, tandis que Magnuson est quelqu'un. Le magazine *Time* lui a consacré un article et les actions de Magnuson & Beck sont cotées en bourse. Il se peut que certains membres aient pensé que si Magnuson devenait président il contribuerait à réaliser divers projets afférents à la synagogue, mais j'estime que le plus grand nombre étaient heureux d'avoir leurs noms associés à celui d'un notable d'importance.

— Soit. Mais qu'est-ce qui l'a amené à se présenter pour ce poste ? »

Le rabbin secoua la tête. « Ça, je l'ignore.

— Peut-être est-il attiré par la religion », proposa Brooks.

Le rabbin sourit. « Peut-être. Je suppose que c'est comme ça qu'un magnat traduit son attirance vers la religion, en devenant président d'une communauté. »

9.

Le petit appartement meublé occupé par Tony d'Angelo à Revere ne cadrait pas du tout avec l'apparence brillante qu'il aimait à se donner. Il était situé dans un quartier de classe moyenne inférieure et le mobilier était bon marché et usé. Une assez grande pièce servait à la fois de cuisine, living, salle à manger et chambre à coucher ; elle était jouxtée par une minuscule salle de bains. Au demeurant, cela importait peu, car il n'amenait jamais aucune personne notable.

Millie Hanson vivait avec lui depuis plusieurs mois déjà, « comme si nous étions mariés », pensait-il parfois tout étonné ; âgée de quarante ans, elle était blonde et pulpeuse. Originaire d'une petite ville du Nebraska, elle avait dérivé vers l'est, se nourrissant grâce à une succession de petits boulots : vendeuse, caissière de supermarché, serveuse, pour aboutir finalement à Revere où elle travaillait comme barmaid dans une boîte de nuit sur la promenade. Elle était avenante et aimable ; Tony n'avait pas eu à déployer de gros efforts pour qu'elle le rejoigne chez lui. Ce n'avait pas été une cour prolongée. Elle emménagea sans histoires et, bien que cela n'ait jamais été évoqué, ils étaient tacitement convenus qu'elle déménagerait tout aussi facilement si l'un d'entre eux décidait de changer de partenaire.

Elle continuait de travailler à la boîte de nuit. Certains soirs, il passait la prendre pour la ramener à la maison peu de temps avant l'heure de fermeture. Lorsqu'il ne venait pas, elle rentrait en taxi. Si à son arrivée l'appartement n'était pas éclairé, ce qui signifiait qu'il dormait, elle se déshabillait dans la salle de bains, puis s'éclairait d'une lampe de poche pour venir se glisser à côté de lui dans le lit.

Généralement, il se levait le premier et préparait des toasts et du café pour eux deux. Lorsqu'il restait à la maison, elle lui rendait la politesse en s'occupant du repas de midi, consistant habituellement en une soupe en boîte de conserve avec des sandwiches. Le soir, ils allaient manger dans quelque restaurant italien ou chinois bon marché, puis rentraient voir la télé jusqu'à l'heure où elle devait partir à son travail.

Elle passait ses journées dans l'appartement en robe de chambre et pantoufles, lisant des journaux ou des romans-photos achetés au drugstore du coin ou regardant des opérettes à la télé. Il lui arrivait de temps à autre pendant la journée de faire le lit et de nettoyer l'appartement et, occasionnellement, elle allait acheter les quelques produits d'épicerie dont elle avait besoin.

Le dimanche, ils se levaient tard et tandis qu'il traînait dans son peignoir et son pyjama, elle préparait un petit déjeuner exceptionnel, c'est-à-dire petits pains à la française et saucisson. Ils mangeaient en face du poste de télé où passait une émission politique. Ce dimanche, quand il vit qu'elle s'habillait, il demanda :
« Vas-tu quelque part, poulette ?

— Juste au drugstore pour acheter le journal.

— Voudrais-tu m'apporter quelques cigarettes ? As-tu assez d'argent ?

— Oui, j'en ai assez. »

Elle était de retour en moins d'une demi-heure. Sortant un paquet de cigarettes d'un sac en papier, elle le lança sur ses genoux. Ensuite, elle sortit du même sac une enveloppe jaune.

— J'ai ramené les photos du film que tu as donné à développer.

— Ah oui ? Sont-elles réussies ?

— Je ne les ai pas encore regardées. (Elle lui remit l'enveloppe et regardait par-dessus son épaule tandis qu'il en extrayait le contenu.) Là tu m'as coupé une partie de la tête, dit-elle en voyant la première photo.

— C'est que j'étais sans doute obnubilé par tes jambes.

A la seconde photo, un soudain coup de vent avait soulevé sa jupe. « Oh, celle-là est obscène sur les bords, s'exclama-t-elle. On y voit tout mon saint-frusquin. »

Il lui glissa la main sous la robe pour remonter le long de la cuisse jusqu'au popotin. « Le joli saint-frusquin que voilà, dit-il en le triturant affectueusement.

— Oh, toi ! » Elle lui prit le paquet de photos et les passa en revue en commentant l'une après l'autre : « Celle-là n'est pas très bien centrée... Celle-ci est bonne... là, tu as bougé... A quoi correspond celle-là ? »

Il la prit pour la regarder. « C'est une photo prise au banquet de Blaney il y a quelques mois. Tu vois les cinq gars à la table présidentielle ? Voilà Rocco Vestucci et Charlie Mayes, là au milieu c'est Jim Blainey, et de l'autre côté tu as Frank Callahan et, comment s'appelle-t-il encore ? Peterson, oui Nels Peterson. Tous les cinq ont été inculpés et condamnés à la prison. Que dis-tu de cela ?

— Tu as de drôles d'amis.

— Allons poulette, c'est ça les affaires. Si tu fais des affaires avec eux et qu'ils te demandent d'acheter un billet pour un banquet en l'honneur d'un de leurs amis, tu ne peux pas faire autrement que de l'acheter.

— Oui, mais tu n'es pas obligé d'y aller.

— En général, on y mange bien et après tout on a payé. Par ailleurs, il y a presque toujours un programme de variétés. C'est pour cette raison que j'avais emmené mon appareil de photo. Tu vois ce que je veux dire.

— Tu penses certainement aux femmes nues.

— Cette fois-ci, il n'y en avait pas. Il y avait un prêtre parmi les invités. Je parie que le gars qui lui a vendu un billet à dû drôlement se faire engueuler par le comité. (Il chassa cette pensée de son esprit.) Non, un prêtre n'aurait pas acheté le billet. On a dû le lui offrir. Peut-être sur l'ordre de Blainey. C'est un gars très religieux ; il va tous les dimanches à l'église.

— Et lorsqu'il est en prison ?

— Crois-tu qu'il n'y pas d'église là-bas ?

— Je pense que si. Dis, qui est le gars en bout de table ? A-t-il également été inculpé ?

— Laisse-moi jeter un coup d'œil. Je ne me souviens pas l'avoir vu assis là. Il se peut qu'il soit venu une minute pour parler à Nels Peterson ou à l'un des autres. Te rappelle-t-il quelqu'un ?

— Personne que je connaisse.

— Ne serait-ce pas Tommy Baggio ?

— Qui est Tommy Baggio ?

— Un de nos conseillers municipaux. Il se présente pour le poste de sénateur au Parlement de l'État. Sa photo est dans le journal d'hier. As-tu encore ce journal, ou l'as-tu jeté ?

— Je ne pense pas. Minute ; laisse-moi regarder. »

Elle alla dans la partie cuisinette, fourragea dans un grand panier où elle finit par trouver le journal qu'elle lui tendit. Il le feuilleta, scrutant une page après l'autre. Enfin, il s'exclama : « Le voilà. N'a-t-il pas exactement le même air que le gars sur la photo ? »

Bien que désireuse de lui plaire, elle ne put s'empêcher de secouer la tête. « N... non, chéri. Le gars sur la photo n'a pas de moustache.

— Alors, on va lui en faire cadeau. (Il recouvrit de son doigt le bas de la figure sur le journal.) Regarde les yeux, le front, les cheveux.

— O... oui, peut-être...

— Ce n'est rien d'ajouter une moustache, pensa-t-il à haute voix, les yeux fixés au plafond, l'esprit loin ailleurs.

— Mais pourquoi voudrais-tu le faire ? »

Il sourit. « Cela pourrait être payant, poulette.

— Comment est-ce possible ? Quel effet cela produirait-il ? »

Il eut un large sourire. « Je pourrais me faire quelque argent là-dessus.

— Mais comment ?

— Il doit y avoir moyen de monnayer, poulette. Il faut que j'y pense sérieusement. »

10.

— Avez-vous une minute, David ? (C'était Morton Brooks, le principal de l'école religieuse.)

— Bien sûr.

— Je viens tout de suite.

Le rabbin était étonné de la politesse du principal. D'habitude, il ne prenait pas la peine de téléphoner pour demander si le rabbin était libre quand il voulait le voir. Sa façon normale de procéder consistait, lorsque la porte du bureau du rabbin était fermée, de frapper pour la forme avant d'entrer sans plus de cérémonie. Quelques minutes plus tard, le temps de monter de son bureau au rez-de-chaussée à celui du rabbin au second étage, Morton Brooks arriva pour s'affaler dans le fauteuil en face du rabbin.

Il portait un complet gris de businessman, une chemise bleue avec une cravate en tricot noir. Ses pieds étaient chaussés de souliers noirs vernis. Habituellement, il avait plutôt tendance à s'habiller sport avec des vestes claires en tweed et des foulards en guise de cravates.

Le rabbin sourcilla et questionna : « Avez-vous été à un enterrement, Morton, ou vous a-t-on proposé un rôle dans une pièce de théâtre ?

— Non, fit-il avec un large geste de dénégation de la main, le show-biz se porte très mal. (A ce moment-là, il comprit la question du rabbin.) Vous voulez dire les fringues collet monté. C'est par égard pour le nouveau président.

— Cela signifie-t-il que Howard Magnuson vous a recommandé de vous habiller plus sobrement ? Vous a-t-il demandé de changer votre mise ?

— Quand on vous demande, David, il est déjà trop tard. Alors, c'est une critique, vous me suivez ? Cela veut dire que vous avez fait quelque chose qui n'est peut-être pas mal, mais qui n'est sans doute pas bien. Il faut comprendre ce genre de magnats. Ils peuvent s'habiller au gré de leur fantaisie. Si ça leur chante, ils peuvent venir au bureau en salopette, tandis que nous autres, pedzouilles et sous-fifres, devons toujours être strictement vêtus. Peut-être ne m'aurait-il pas fait de remarque, mais dans son for intérieur, il aurait pensé : « en voilà un qui ne joue pas le jeu. »

Le rabbin fit une moue. « Et vous êtes venu voir si j'éais habillé convenablement ? »

Brooks le toisa avec condescendance. « Vous ne serez jamais habillé convenablement, David. Car vous n'avez pas le sens de l'habillement. C'est peut-être moins dû à ce que vous portez qu'à la façon dont vous le portez. » Puis, après avoir chassé d'un geste de la main les problèmes vestimentaires du rabbin, il enchaîna : « J'aimerais que vous jetiez un coup d'œil là-dessus et que vous me disiez ce que vous en pensez. »

Le rabbin prit la feuille que l'autre lui tendait.

Le texte était intitulé : « Tâches et responsabilités du principal de l'école religieuse » et consistait en une page dactylographiée. Le rabbin lut en insistant sur certains passages : « ... responsable de l'élaboration des programmes de chaque classe... recommandations à la commission scolaire... concertation avec le rabbin... engagement de professeurs... contact avec les parents... »

— C'est très bien, apprécia le rabbin. Toutefois, il me semble que le titre implique l'essentiel de ce qui est exposé dans le texte, c'est-à-dire la supervision de l'école.

— Dans ce genre de chose, David, plus il y en a, mieux cela vaut. Ça met le travail fourni en relief.

— Dans ce cas, vous pourriez ajouter que vous vous arrangez avec le chantre pour donner des leçons particulières aux garçons préparant leur bar-mitzwa *.

— Voilà une bonne idée.

Il prit la feuille pour ajouter en marge « chantre — garçons bar-mitzwa ». « Voyez-vous autre chose ? » Il attendait, le stylo à la main.

— En cas d'absence d'un professeur, vous vous chargez de sa classe.

Morton Brooks réfléchit tout en ramenant soigneusement sa chevelure clairsemée sur le sommet du crâne pour cacher un rond de calvitie. Finalement, il dit : « Hum, ça pourrait lui donner des idées.

— Qui lui ?

— Magnuson. C'est ce qu'il a demandé. N'avez-vous pas reçu de questionnaire ? Si je mets que je prends les classes des professeurs absents, il est capable d'en déduire que j'ai le temps de me charger d'une autre classe. Des gars comme Magnuson me causent des soucis.

— Vraiment ? Pourquoi ?

— S'il nous demande de lui décrire notre travail, il peut tout aussi bien au bout d'un certain temps faire procéder à un audit pour finalement nous payer à la tâche. »

Le rabbin ne put s'empêcher de rire. « Cela ne me paraît pas très probable.

— Non? Que savez-vous au sujet de Howard Magnuson?

— Si j'ai bien compris il appartient à la Sté Magnuson & Beck, il est donc dans le commerce de détail...

— Mais non. (Le ton de Brooks était dédaigneux.) Ils ont vendu le grand magasin dès 1929. Il se peut qu'ils l'aient racheté, car Magnuson & Beck est une holding, ce qui signifie que c'est une société faisant le commerce de commerces. J'ai lu un rapport sur cette société dans le magazine *Time,* et quand Magnuson a été élu à la tête de la Communauté je l'ai relu. Le travail de Magnuson consiste à acheter et à vendre des affaires comme d'autres achètent et vendent des chaussures ou des automobiles. Dès qu'il acquiert une société, il fait intervenir son équipe de gestionnaires pour éplucher les comptes et éliminer les anciens cadres; ils appellent cela « élaguer les branches de bois mort ». Puis, s'ils obtiennent un bon bilan ils revendent les actions au prix fort et achètent une autre société, à moins qu'ils ne gardent la première pour la dépecer avant de la larguer. Ils ont des entreprises d'électronique et d'hôtellerie ainsi qu'une usine de crampons pour chaussures de sport. L'article qualifie Magnuson de romantique car il achète de préférence des entreprises dont l'activité l'intéresse. Vous parlez d'un romantisme!

— Donc à votre avis, il va essayer de nous rendre plus efficients pour nous échanger ensuite contre une autre synagogue, peut-être même qui sait contre une église.

— Vous pouvez rire, David; moi je vous dis que

nous allons avoir des ennuis. Magnuson n'appartient pas à notre monde.

— Que voulez-vous dire par là ?

— Nous sommes tous des immigrants de la seconde ou de la troisième génération. Nos parents ou nos grands-parents sont venus de Russie, de Pologne, de Lituanie ou d'un autre pays d'Europe centrale ou orientale. Je serais prêt à parier qu'il n'y a pas un seul membre du Conseil d'administration dont les grands-parents sinon les parents parlaient avec un accent étranger. L'odeur du chtettel * nous colle encore à la peau. Tandis que lui est différent. Il est américain depuis cinq, voire peut-être six générations. Selon l'article que je vous ai cité son arrière-arrière-grand-père a combattu lors de la guerre de Sécession. Il n'a pas le même mode de pensée que nous. C'est un Yankee, un wasp...

— Un WASP (White anglo-saxon protestant) ? Un Anglo-Saxon blanc protestant ?

— Peut-être pas protestant, mais vous voyez ce que je veux dire. Il n'est pas comme nous et cela signifie qu'il y aura des ennuis. Tenez, le fait qu'il nous ai demandé de rédiger un rapport sur la façon dont nous concevons notre travail. Je ne dis pas que Sam Feinberg, par exemple, n'aurait pas pu avoir la même idée lorsqu'il a accédé à la présidence. Il aurait même pu nous adresser les mêmes formulaires. Mais une fois que nous les aurions remplis, il les aurait sans doute lus, puis les aurait enfouis dans un tiroir sans plus jamais y repenser. Par contre Howard Magnuson ne procédera pas de cette façon. Il lira soigneusement chacun de nos rapports, puis les comparera l'un à l'autre ; si jamais, il y a un manque de concordance, il y aura des histoires. (Tout d'un coup son ton devint tout à fait neutre et le rabbin sentit que cette fois-ci il allait apprendre la vraie raison de sa venue.) Comme nous devons, chacun de son côté, superviser l'école religieuse, j'ai pensé que nous devrions faire coïncider nos rapports afin d'éviter toute discordance. (Il regarda le rabbin avec expectation.)

— Je ne remplis pas de questionnaire.

— N'en avez-vous pas reçu ?

— Si, j'en ai reçu un, répondit le rabbin, mais j'estime qu'il s'agit d'une erreur.

— Si on vous en a envoyé un, David, ce n'est pas par erreur. Magnuson voulait qu'il en soit ainsi.

— Ce questionnaire était destiné aux employés de la synagogue, expliqua le rabbin, et je ne me considère pas comme un employé.

— Oui, je sais ce que vous voulez dire. Vous déclarez toujours être le rabbin de l'ensemble de la communauté juive de cette ville et non seulement de l'association communautaire ; toutefois, vous êtes rémunéré par l'association communautaire, et selon le point de vue de Magnuson vous êtes de ce fait un employé. Rappelez-vous, David (son ton se fit insistant), que vous n'avez plus affaire à Sam Feinberg, mais que désormais votre interlocuteur est Howard Magnuson.

— Quelle différence y a-t-il ?

— C'est justement ce que j'essaie d'exposer. Pour Sam Feinberg, comme pour tous les autres membres de la communauté, vous êtes un rabbin, quelque chose d'analogue qu'un prêtre pour un Irlandais. Mais pour Howard Magnuson vous n'êtes qu'un employé, un sous-fifre, le genre d'hommes auxquels il donne des ordres durant toute leur vie. »

11.

Le tiers inférieur de la devanture était recouvert par un panneau proclamant en grosses lettres « Scofield au Sénat de l'État. » En dessous figurait en italique et entre guillemets la phrase : « Laissons les choses telles qu'elles sont. » La boutique était meublée d'un bureau, d'une table contre un mur chargée de matériel de propagande électorale, de quatre fauteuils en bois, d'un rayonnage métallique et d'une pile de chaises pliantes, le tout loué auprès d'une entreprise spécialisée. L'arrière-boutique comprenait une penderie, un w.-c. et un lavabo surmonté d'un petit miroir.

Un passant empruntant la High Street pouvait voir au-dessus du panneau de la vitrine la tête de Laura Magnuson quand elle était installée au bureau. Elle s'y trouvait justement à dépouiller le courrier du jour. Elle ouvrait chaque enveloppe, jetait un coup d'œil sur le contenu avant de le déposer sur une des piles alignées sur le bureau. Les offres de service d'imprimeurs, de fabricants de badges en plastiques, d'agrafeuses, de photographes, de firmes proposant la location de sonos, bref pour tout ce qui pouvait être utile à une campagne électorale, formaient une pile. Une autre pile consistait en factures d'entreprises analogues et une troisième pile, la plus importante, était composée de lettres accompagnées de contributions. Dans l'une, il y avait une feuille entière de timbres-poste ; une seconde contenait un chèque de cent dollars. Lorsque Laura, dissimulant à peine son excitation, le montra à Scofield, celui-ci, après avoir regardé la signature, doucha son enthousiasme en remarquant : « C'est un cadeau de mon beau-frère. Je suppose que ma sœur l'aura travaillé au corps. »

Elle notait soigneusement le nom et l'adresse de chaque donateur ainsi que le montant de sa contribution, et s'obligeait à lui envoyer une lettre de remerciement avec un accusé de réception le lendemain ou le surlendemain après l'arrivée de la contribution. Pour ce faire, elle avait rédigé trois lettres types : pour les petites contributions jusqu'à cinq dollars, les moyennes contributions entre cinq et cinquante dollars, et les grosses contributions supérieures à cinquante dollars. À son regret, elle n'avait que rarement l'emploi de la troisième formule. Parfois, elle recevait un don anonyme en cash ; elle le complétait aussitôt en ajoutant cinq ou dix dollars de sa poche.

Elle venait à dix heures du matin et restait jusqu'à midi, heure à laquelle elle rentrait déjeuner. Elle mettait un écriteau dans la vitrine indiquant qu'elle serait de retour à quatorze heures. Souvent, elle n'avait rien à faire ; dans ce cas, elle lisait la presse locale et les journaux de Boston, découpant les articles dont elle estimait que Scofield devait les lire. Parfois, des gens se présentaient pour dispenser des conseils : « Scofield devrait provoquer un débat avec ses adversaires. Comme ça il pourrait démontrer... » ; pour remettre des invitations : « Nous avons un cercle d'études qui se réunit une fois par semaine. Nous traitons toutes sortes de sujets : de l'Organisation des Nations unies à la lutte contre les mauvaises herbes. S'il venait, nous pourrions consacrer une soirée à la politique régionale ou... » ; pour demander des renseignements : « Quelle est la position de M. Scofield sur la reconsidération du projet portuaire ? J'aimerais la connaître » ; pour solliciter des emplois : « Peut-être auriez-vous besoin de quelqu'un à temps partiel ? J'ai plusieurs enfants, le matin ils sont à l'école. Je sais faire du classement et taper à la machine pas très rapidement » ou « Auriez-vous besoin d'un bon chauffeur ? Pour vous emmener aux réunions électorales et autres meetings ? » ou « Disposez-vous de gens pour surveiller les urnes le jour des élections » ou à plus longue échéance : « Je suis un excellent jardinier. Peut-être M. Scofield est-il en rapport avec une administration cherchant un jardinier. »

Scofield était rarement présent dans la journée. Il venait en fin d'après-midi après la fermeture de son étude à Salem. Elle lui faisait part des événements de la journée et lui montrait les articles de journaux qu'elle avait sélectionnés ; puis ils parlaient de leur stratégie. Dès le début, elle estimait qu'il était exagérément pessimiste sur ses chances.

Au départ, lorsqu'elle lui avait proposé son assistance, il avait indiqué : « Toute aide m'est précieuse, mais je ne pourrais pas vous payer beaucoup, peut-être même rien jusqu'après les élections, à condition que je sois vainqueur.

— Oh, ne parlons pas de cela. Je n'ai pas besoin d'argent et je dispose d'autant de temps que je veux.

— C'est très gentil de votre part, mais...

— Écoutez, qui est votre directeur de campagne ? Qui gère vos intérêts ? Où se trouve votre quartier général ?

— Je fais tout à partir de mon étude à Salem. À vrai dire, je n'ai pas encore fait beaucoup. J'ai un collègue âgé, Me Mulcahey, dont l'étude est voisine de la mienne C'est lui qui m'a mis cette folie en tête, et il me donne quelques conseils, cependant...

— Il est impensable que vous ayez votre quartier général à Salem qui ne se trouve pas dans le district de votre candidature. Il faut que vous trouviez quelque chose à Barnard's Crossing, par exemple une boutique inoccupée.

— Mais ça coûterait pas mal d'argent. Par ailleurs, je n'ai pas le temps de chercher. Puis, il me faudrait des meubles de bureau, au moins une table et des armoires de rangement. Je pourrais peut-être en trouver d'occasion, mais...

— Vous pourriez les louer. Quant au magasin, il ne vous coûterait pas des masses pour les quelques mois jusqu'à l'élection.

— Non ? Après avoir présenté ma candidature, j'ai contacté plusieurs agences immobilières ayant des magasins à louer. On m'a réclamé un loyer mensuel de mille dollars payable à l'avance.

— Supposons que je cherche de mon côté.

— Après tout... »

Quelques jours plus tard, elle lui téléphona à l'étude.

— Laura Magnuson, annonça-t-elle d'une voix enjouée. Voyez-vous le magasin vide sur High Street ? Juste derrière le marché ? Je peux l'avoir jusqu'en novembre pour un loyer mensuel de cent dollars.

— Mince alors ! Cent dollars par mois ! Comment y êtes-vous parvenue ?

— En leur exposant que vous avez une bonne chance d'être élu, et que cela pourrait être intéressant pour eux d'avoir un sénateur pour ami. J'avais mené préalablement une petite enquête qui m'a permis de découvrir qu'ils avaient des ennuis avec l'administration concernant le plan d'occupation du sol.

— C'est magnifique. Y a-t-il un bail à signer ? Dois-je leur envoyer un chèque pour le premier mois de loyer ?

— Je peux leur remettre un chèque à moi que vous me rembourserez. Voyez-vous, je me suis présentée comme votre directrice de campagne afin qu'ils me prennent au sérieux. Autrement, j'aurais pu passer pour une quelconque mouche du coche sans aucune qualité pour intervenir.

— Vous avez bien fait ; je ne vois aucun inconvénient à ce que vous continuiez.

— Si vous êtes d'accord, je vais m'occuper de la location du mobilier également.

— Certainement, il nous faut quelques meubles.

Ainsi, elle signa le bail, loua des meubles, puis commanda des imprimés et acheta de la papeterie. Scofield, émerveillé, raconta tout à Mulcahey.

Le vieil homme se pinça les lèvres, puis enchaîna, pensif :

— C'est ce qu'il y a de bien dans la politique. On trouve toujours une foule de gens prêts à sauter dans le train en marche, même s'il n'a que peu de chances d'arriver à destination. Au demeurant, de quoi a-t-elle l'air ?

— Elle fait très femme d'affaires. Bien habillée et pomponnée, elle aurait sans doute beaucoup de succès dans une réception. En tout cas, elle présente très bien.

— As-tu jamais essayé de lui faire du plat ?

— Ah, non. Ne t'ai-je pas dit qui elle est ? Son père est Howard Magnuson, de la société Magnuson & Beck.

— Et après ? (Mulcahey eut un rire méprisant.) Pour autant est-elle faite autrement que les autres femmes ? Je vais t'expliquer : tu es son nouveau jouet, la petite fille riche avait envie de changer de joujou, dit-il dédaigneusement, un peu vexé d'être remplacé dans son rôle de mentor, guide et directeur de carrière de Scofield. D'ici quelques semaines, quand elle sera fatiguée des jeux de la politique, elle te laissera tomber comme une vieille chaussette.

— Je ne pense pas. Elle semble bien plus intéressée que moi.

Il eut un rire embarrassé. Il n'aimait pas s'avouer que s'il s'était laissé persuader par Mulcahey de tenter sa chance dans la politique, il n'aurait pas persisté si Laura n'avait pas été là. D'ailleurs, contrairement aux affirmations de Mulcahey, son engagement n'avait pas attiré de nouveaux clients à son étude et il voyait les factures s'entasser avec beaucoup d'appréhension. Il avait pour toute fortune une petite cagnotte de six mille dollars, tout ce qu'il lui restait sur sa part après la vente de la maison de ses parents et il était certain que tout ceci serait mangé avant la fin de la campagne.

Certes, au début, il était d'accord pour se rendre aux réunions électorales et, sur l'insistance de Laura, il posait de temps en temps une question ou prononçait un petit discours pour mettre en relief sa candidature comme sénateur du district. Mais en l'absence d'un quelconque résultat tangible, tant sur le plan politique que sur le plan professionnel, il avait perdu courage. Aussi, quand Laura lui annonça la tenue d'une réunion concernant le projet portuaire en soulignant qu'il devrait s'y rendre pour exposer sa position, il trouva un mauvais prétexte, la préparation d'une plaidoirie pour le lendemain, pour se défiler. Il manifestait si peu de confiance dans ses chances d'être élu qu'elle commençait à se demander si elle ne misait pas sur un éternel perdant. Lorsque le *Courrier de Barnard's Crossing* publia un sondage accordant pratiquement les mêmes chances de succès aux trois candidats en présence, son enthousiasme fut très relatif.

— Qu'y a-t-il de formidable à être sur une même ligne avec deux autres gars ? demanda-t-il plaintivement. Le sondage a porté en premier lieu sur les postes gouvernementaux : gouverneur, gouverneur-adjoint, procureur général. Quand ils ont passé aux sénateurs au Parlement de l'État, ils se sont probablement contentés de citer les trois noms Scofield, Baggio et Cash, en demandant aux personnes sondées auquel allait leur préférence. S'ils ont procédé par ordre alphabétique mon nom était le dernier et une personne peu intéressée par la politique pouvait avoir tendance à restituer le nom entendu en dernier lieu. Cependant, mes deux concurrents, Baggio et Cash, sont des professionnels. Ils sont tous les deux secondés par des organisations, il y a des gens auxquels ils ont rendu des services et d'autres auxquels ils ont promis d'en rendre. Quelles peuvent être, dans ces conditions, les chances d'un nouveau venu ?

— C'est là que vous vous trompez. Savez-vous pourquoi Cash se présente pour le Sénat plutôt que de solliciter sa réélection à son siège à la Chambre des représentants ? Parce qu'il n'a aucune chance d'être réélu. Voilà la raison. Tous les gens au courant vous le confirmeront. Il a voté contre le projet portuaire, ce que les habitants de Lynn ne lui pardonneront pas. Il pose sa candidature au Sénat en espérant que les voix ramassées à Chelsea, Revere et Barnard's Crossing lui permettront de compenser les pertes subies à Lynn. En réalité, il n'a guère l'espoir de gagner. S'il se présentait à une réélection à la Chambre des représentants pour être battu, il serait politiquement mort ; il n'en est pas de même en cas de défaite dans la course au sénat, car il s'agit d'un mandat plus élevé.

— Oui, j'ai entendu parler de cela, toutefois...

— Par ailleurs, Baggio n'est connu qu'à Revere. Et que pensez-vous des résultats du sondage sur le second choix ? Là vous êtes vraiment en tête. (Elle lui mit un papier sous le nez.)

Cependant, il ne le prit pas, mais lui demanda : « Qu'est-ce que ce second choix ? »

Elle expliqua : « On a demandé à chacun des sondés pour qui il voterait en premier lieu et ensuite qui il désignerait s'il devait procéder à un second choix. Les partisans de Cash se sont prononcés moitié-moitié pour vous et Baggio, les vôtres ont pris Baggio et ceux de Baggio vous ont choisi.

— C'est-à-dire ?

— C'est-à-dire que beaucoup d'électeurs sont moins *pour* quelqu'un que *contre* Cash. Donc, si vous arrivez à piquer une partie des voix de Baggio, vous gagnez la partie.

— À moins qu'il ne pique une partie de mes voix et qu'il gagne. Malheureusement, il ne s'agit pas d'une course de chevaux où l'on peut jouer gagnant ou placé. Seule la victoire est rémunérée. »

Elle était fâchée contre lui et plus encore contre elle-même. Sans doute s'était-elle trompée sur son compte, n'avait-elle pas compris son caractère. Elle commençait à penser qu'elle ferait mieux de se retirer de cette galère où elle s'était inutilement fourvoyée.

— Il se pourrait que j'aie à m'absenter pour un

certain temps, dit-elle pour le mettre à l'épreuve. Avez-vous quelqu'un pour me remplacer ?

— Qu'appelez-vous un certain temps ?

— Une semaine ou deux, peut-être plus longtemps.

— Si ce n'est que cela, ça ira. Je laisserai la permanence fermée et viendrai en fin d'après-midi pour dépouiller le courrier.

Cet homme était impossible ! Pourtant, il disposait d'une foule d'atouts. Il était grand et bien de sa personne, avenant et aimable. Il portait un nom réputé en ville. Il avait des diplômes d'universités renommées. Elle devrait pouvoir trouver un moyen pour l'atteindre, lui inspirer de la volonté et de l'ambition et l'amener à bouger. Quel était le mal qui le rongeait ?

12.

Dès son entrée en fonctions, Howard Magnuson démontra son efficacité en faisant démarrer les séances du Conseil d'administration à neuf heures tapantes pour les clore à onze heures. Les administrateurs aimant déjeuner de bonne heure pour pouvoir pratiquer leur sport favori le dimanche après-midi étaient enchantés ; il n'en était pas de même de ceux qui avaient des enfants à l'école religieuse, car ils devaient attendre la fin des cours à midi.

N'assistant pas à ces séances, le rabbin n'avait pratiquement eu aucun rapport avec le nouveau président. Durant le mois suivant son intronisation, ils n'avaient pas échangé une seule parole. Le président ne venait pas aux offices du vendredi soir et à fortiori pas à ceux des jours de semaine. S'il avait eu un bureau à la synagogue, le rabbin Small y serait venu, ne serait-ce que par politesse. A plusieurs reprises, le rabbin avait été tenté de lui téléphoner le soir pour lui suggérer une rencontre. Mais il se ravisait, exposant à Myriam : « C'est à lui de m'appeler. Si je l'appelle, il sera amené à croire que je veux fayoter.

— Mais voilà plus d'un mois qu'il a pris la présidence et...

— Et après ? Il est probablement très pris et aucun sujet me concernant directement n'a été évoqué. »

Selon ce qu'il avait appris par divers administrateurs, il jouissait parmi ceux-ci d'une popularité évidente, essentiellement parce qu'il était poli et affable alors qu'ils s'attendaient à ce qu'il soit froid et distant. Ils ne perdaient jamais de vue le gouffre existant entre eux et lui sur le plan économique et social ; cependant, cette prise de conscience ne se traduisait pas chez eux par une quelconque réticence de leur part, mais plutôt par une sorte de respect filial qu'ils accordaient à Magnuson, ce qui avait pour effet que celui-ci leur manifestait, de son côté, une sollicitude quasi paternelle.

Ainsi, Hary Berg, propriétaire d'une petite chaîne de trois épiceries, racontait : « J'avais fait part à Bud Green de mes difficultés pour obtenir un crédit auprès de la banque en ville. Ayant surpris la conversation, Howard intervint : « Pourquoi ne vous adressez-vous pas au siège à Boston ? Il se peut que le montant que vous demandez soit un peu trop important pour une simple agence. Je connais le responsable de la commission des prêts. Si cela peut vous arranger, je suis disposé à lui donner un coup de fil. » J'ai répondu “ bien sûr ”. Résultat des courses : lorsque je me suis présenté, le gars m'a accueilli comme si j'étais un oncle à héritage débarquant des antipodes. »

Le docteur Laurence Cohn, un dermatologue, qui aimait boursicoter, racontait qu'on lui avait recommandé une action dont on l'assurait qu'elle allait doubler de valeur dans un laps de temps de quelques mois. « Comme javais parlé d'une possibilité d'OPA, Howard fit une moue et dit qu'il en doutait. Alors, je lui ai demandé s'il savait quelque chose, à quoi il a carrément répondu qu'il n'y aurait pas d'OPA. Par conséquent, je me suis abstenu d'acheter et le titre a baissé de vingt points. »

Al Rollins était persuadé que sa fille avait été admise à l'université de son choix grâce à l'intervention de Howard Magnuson qui avait placé un mot au bon endroit et « avec une bourse partielle ».

Le seul avis négatif émanait de Chester Kaplan que le rabbin rencontrait régulièrement à l'office journalier. « Cet homme est un vrai mécréant. Il ne vient jamais aux offices du sabbat. Je ne l'ai pas vu une seule fois à l'office. Croyez-moi, je m'en serais souvenu. Même le jour du Yom Kippour *...

— Il est venu à la synagogue à Yom Kippour *, le coupa le rabbin. Je l'y ai vu.

— Peut-être a-t-il fait acte de présence le matin durant une heure. Ensuite, il est certainement rentré pour déjeuner. Est-ce une attitude de la part d'un président de synagogue ?

— La plupart de nos présidents n'étaient pas pratiquants, exposa le rabbin. Sauf Jacob Wasserman et vous-même...

— Certes, ils n'étaient pas pratiquants, mais pour le moins ils avaient été élevés dans des familles pratiquantes. Ils n'assistaient pas régulièrement aux offices, mais venaient toujours quand ils avaient des anniversaires de deuil pour réciter le Kaddish *. Lui, jamais. S'est-il concerté avec vous, monsieur le rabbin, depuis qu'il a accédé à la présidence ? Lui avez-vous jamais parlé ?

— Non, mais...

— Nous y voilà, fit triomphalement Kaplan. Un monsieur devient président d'une synagogue et ne juge même pas utile de rencontrer le rabbin.

(Le rabbin sourit.) Si ça ne me gêne pas, moi, pourquoi est-ce que cela vous gênerait ? »

Cependant, le dimanche suivant, Howard Magnuson vint le trouver. Peu après la fin de la réunion du Conseil d'administration, Magnuson frappa à la porte du bureau du rabbin.

— Je pensais vous voir aux séances du Conseil d'administration, mais il semble que vous ayez décidé de ne plus y venir, expliqua-t-il en prenant place dans un fauteuil.

— Je ne suis pas venu parce que je n'ai pas été invité, répliqua le rabbin.

Magnuson demanda avec une pointe d'ironie : « Vous faut-il une invitation spéciale ?

— Pas une invitation spéciale, une simple invitation », rétorqua le rabbin.

Magnuson avait l'air déconcerté. « Je ne comprends pas.

— Je ne suis pas membre du Conseil d'administration et, à strictement parler, même pas membre de l'association communautaire. Par conséquent, je ne viens aux réunions du Conseil d'administration que sur l'invitation du président. Habituellement, chaque nouveau président m'invite au début de son mandat à venir aux réunions du Conseil d'administration. Il y a eu des présidents qui ne m'ont pas invité et d'autres qui ne m'ont invité qu'aux séances où ils estimaient que ma présence pourrait être utile, eu égard au sujet débattu.

— J'ignorais cela. Je suis nouveau dans cette fonction. Je suis content d'avoir été mis au courant par vous. Je vous invite donc à assister aux réunions du Conseil d'administration.

— Parfait. Je vous remercie. Je tâcherai d'y assister à l'avenir.

— Je n'ai pas reçu en retour le formulaire où vous deviez indiquer comment vous concevez votre travail. (Il sourit.) Si je l'avais reçu j'aurais peut-être remarqué que vous assistez uniquement aux conseils d'administration sur invitation. Etes-vous toujours en train d'y travailler ?

— Non, je n'avais pas l'intention de le remplir. Je n'avais pas le sentiment que votre lettre me concernait car je ne fais pas partie du personnel de la synagogue.

— Non ? N'êtes-vous pas payé par nous ?

— Si, mais il s'agit plutôt d'honoraires, car je suis le rabbin de tous les juifs habitant Barnard's Crossing et les alentours, autant de ceux qui ne sont pas membres de la communauté que de ceux qui le sont.

— Vous voulez dire que vous êtes un genre de consultant, un peu comme un expert-comptable ou un conseiller juridique, mais non un salarié.

— Il y a de cela, avec la différence que ceux-ci n'agissent que s'ils sont appelés, tandis que moi j'entreprends des actions de mon propre chef. Si l'association communautaire venait à proposer quelque chose que je considérerais contraire à notre loi ou tradition — d'ailleurs ce serait à moi d'en décider — je l'interdirais.

— Et que se passerait-il si l'association communautaire décidait de passer outre à votre interdiction ? Vous ne pourriez pas introduire une procédure contre elle, n'est-ce pas ?

— Pas devant une juridiction séculaire, mais je pourrais m'adresser à un tribunal rabbinique. Selon toute probabilité, je me démarquerais en donnant ma démission. S'il devait s'agir de quelque chose de fondamental, d'une question de principe, je pourrais vous dénoncer devant l'Assemblée rabbinique ou devant la communauté juive dans son sens le plus large.

— Je vois. Je ne savais pas tout cela. Mais ça ne doit pas se produire souvent ? »

Le rabbin eut un grand sourire. « Non, pas souvent. C'est extrêmement rare. »

Magnuson dirigea un regard interrogateur sur le rabbin. « Est-ce tout ou votre tâche est-elle plus étendue ?

— Oh, bien plus étendue. Je supervise l'école religieuse et les offices ; j'enseigne nos traditions à travers des conférences et des sermons ; je suis souvent la voix de la communauté juive dans ses rapports avec les autres communautés ; j'ai fait office au moins une fois de tribunal rabbinique et rendu un jugement sur la base des preuves produites dans une affaire purement séculière ; et, j'allais oublier, je suis un érudit que l'on peut consulter. Enfin, bien entendu, je remplis les fonctions que l'on associe généralement au rabbinat : mariages, divorces, conversions, obsèques.

— Hum, vous êtes un homme très occupé, monsieur le rabbin. »

Bien que sa remarque se voulût ironique, elle contenait une nuance de respect de la part de Magnuson. « Je suis heureux que vous m'ayez dit tout cela. Réalisez-vous que vous venez de me décrire oralement comment vous exercez vos fonctions ? »

Le rabbin sourit. « Avec plaisir. Toutefois, comme nous sommes appelés à collaborer, peut-être pourriez-vous me donner, non pas votre plan de travail, mais un aperçu de vos intentions, sur votre attitude vis-à-vis de la synagogue et de la communauté ? »

Magnuson acquiesça. « C'est tout à fait justifié ; je suis un homme d'affaires par tempérament et par conviction. »

Le rabbin sourit faiblement. « Cela doit-il signifier

que vous allez essayer de faire de la synagogue une entreprise dégageant un profit ? »

Magnuson retourna le sourire pour montrer qu'il n'était pas offensé. « Non, j'entends, en mettant en relief ma qualité d'homme d'affaires, indiquer que je traite les choses de façon commerciale, de même qu'un savant les traiterait de façon scientifique. C'est pour cette raison que j'ai demandé à tous les employés d'établir un plan de travail. J'ai l'intention de dresser un organigramme...

— Pensez-vous que cela servira à quelque chose ?

— En tout cas, ça ne peut pas nuire. Prenez, par exemple, l'école religieuse : il y a un comité scolaire, un principal et il y a vous. Qu'advient-il si un élève ou ses parents ont un grief à formuler ? La plainte doit-elle être dirigée sur vous, sur Brooks, sur le comité scolaire ou voire même sur moi ? Il vaut mieux que ces choses-là soient définies à l'avance. Il m'est arrivé de reprendre une société qui n'avait que trois employés. (Il leva trois doigts pour souligner son propos) que trois employés, et elle perdait de l'argent. Appliquant mes méthodes, j'ai indiqué clairement qui était responsable de quoi ; au bout de six mois, elle réalisait des profits et le nombre de salariés était passé à vingt. Alors que beaucoup d'hommes d'affaires, peut-être la plupart, se seraient uniquement intéressés au profit, je me suis occupé de bien d'autres points : rendre le lieu de travail plus attrayant ; rendre le travail plus agréable pour les trois employés, leur présenter les chances de progression et d'avancement.

— Je vois.

— En ce qui me concerne, le profit constitue simplement la confirmation que je suis sur la bonne voie. Il est la preuve de la justesse d'une méthode. (Il se carra dans le fauteuil.) Lorsque, en vingt-neuf, mon père et son associé ont vendu le grand magasin à Boston, ils disposaient d'une grosse somme d'argent. Si nous étions en Angleterre, mon père aurait acheté un vaste domaine et se serait établi comme membre de la gentry. Mais ce n'est pas la mode aux États-Unis. Aussi, Magnuson & Beck ont-ils acheté un grand nombre de sociétés pour devenir ce que l'on désigne actuellement sous le nom de holding. Nous étions très heureux, non seulement pour avoir vendu avant le krach, mais également parce que, ensuite, nous avons disposé de beaucoup d'argent. Lorsque mes frères et moi sommes arrivés à l'âge adulte, nous étions en mesure de choisir librement une carrière, faire tout ce que nous voulions. Mon frère aîné, Myron, a choisi de ne rien faire.

— Rien ?

— Il vit à Paris et visite les théâtres et les musées. Il voyage. Il a beaucoup d'amis auxquels il rend visite et avec lesquels il s'amuse. Il ne s'est jamais marié.

— C'est une vie qui doit être difficile à mener, commenta le rabbin. »

Magnuson acquiesça : « Je suis du même avis. Mais il semble la goûter. Je suppose qu'il vit en France, parce que là-bas on a davantage de compréhension pour ce mode de vie qu'ici. Mon autre frère, Lawrence, pratique la médecine à New York. Quant à moi, j'ai choisi les affaires, cependant j'investis uniquement dans les branches qui m'intéressent. Ainsi, je suis propriétaire d'une équipe de base-ball de seconde division, parce que je suis amateur de base-ball. Jusqu'à présent, elle n'a pas dégagé de profit, ajouta-t-il tristement, peut-être du fait que mes méthode ne sont pas applicables au base-ball.

— Qu'est-il advenu de Beck ? » demanda le rabbin.

Magnuson rit. « Je l'ai épousée, Marcus Beck n'avait qu'une enfant, Sophie. Nous avons été élevés ensemble et étions plus ou moins destinés l'un à l'autre. Habituellement, ce genre de chose ne se réalise pas comme prévu, mais nous sommes l'exception qui confirme la règle.

— Avez-vous des enfants, monsieur Magnuson ?

— Une fille. (Il avait indiscutablement un accent de fierté dans la voix en enchaînant :) Après avoir obtenu une maîtrise avec mention très bien à l'université Bryn Mawr, elle est allée faire des études de sciences politiques en Grande-Bretagne à la London School of Economics. Elle s'intéresse beaucoup à la politique. »

Le rabbin sourit. « J'ai la nette impression que vous n'êtes pas mécontent d'elle. »

Magnuson était rayonnant. « Elle est notre raison de vivre à Sophie et à moi.

— S'intéresse-t-elle à la synagogue ? »

Magnuson secoua la tête. « Actuellement, les jeunes n'ont guère la fibre religieuse. Lorsqu'elle était enfant, elle allait bien entendu à l'école religieuse le dimanche, mais je ne pense pas qu'elle en ait gardé grand-chose, bien qu'elle aimait beaucoup sa grand-mère Beck et que les Beck étaient plus traditionalistes que nous. Cependant, ma belle-mère n'avait pas des plats séparés pour les produits lactés et carnés comme prescrit par les lois religieuses diététiques. Elle était loin d'être fanatique. D'ailleurs, sa cuisinière ne se serait pas laissé faire. Cependant, quand nous dînions chez eux, il n'y avait jamais de beurre sur la table quand on servait de la viande *. Toutefois, quand nous amenions Laura, elle

* Les lois diététiques interdisent le mélange d'aliments lactés et carnés. *(N.d.T.)*

insistait pour que l'enfant boive un verre de lait. Ce n'était pas très logique et Sophie ne manquait pas de se moquer de sa mère à ce sujet. » Réalisant que le rabbin ne trouverait peut-être pas amusant son attitude cavalière vis-à-vis des prescriptions diététiques, il sourit d'un air embarrassé. Pour changer de sujet, il demanda : « Et vous-même, monsieur le rabbin, avez-vous des enfants ?

— Deux, Jonathan va commencer l'université l'année prochaine et Hepsiba commence le lycée.

— Vous donnent-ils des soucis ?

— Bien entendu, ils sont là pour cela.

— Que voulez-vous dire ?

— Je plaisantais naturellement. (Le rabbin rit.) Toutefois, je ne peux m'empêcher de penser, chaque fois que je vois un ou une célibataire de mes connaissances ou un couple sans enfants s'énerver au sujet d'un bouton de chemise arraché, d'un cendrier sale ou de quelque chose de tout aussi anodin, qu'ils prennent cela autant au sérieux que moi quand je m'inquiète parce qu'un de mes enfants a de la fièvre Je crois que chacun d'entre nous doit avoir son lot d'ennuis et si ce n'est pas à propos de quelque chose de sérieux comme un enfant malade, alors il s'en crée pour des idioties. Je crois que les enfants nous donnent un certain sens de la relativité.

— Quels soucis vous occasionnent-ils ?

— Oh, rien de sérieux. Hepsiba a un âge où l'opinion des copines revêt une importance considérable, surtout en ce qui concerne la façon de s'habiller et de s'amuser. Sa mère en supporte le poids. Quant à Jonathan, c'est sa carrière professionnelle qui le tarabuste. L'année dernière il voulait devenir joueur professionnel de base-ball...

— Est-il bon ? Je pourrais lui donner un coup de

main ; je suis propriétaire d'un club de base-ball, vous savez. »

Le rabbin sourit. « Trop tard. Cette année, aux dernières nouvelles, il veut devenir neurochirurgien. »

Magnuson sourit. « Je vous suis. Mais ne le dirigez-vous pas ? Ne lui indiquez-vous pas une direction appropriée ? »

Le rabbin secoua la tête. « Nos sages estimaient qu'un père a quatre devoirs à remplir vis-à-vis de son fils : le faire circoncire, lui enseigner la Tora *, lui apprendre un métier et le marier. Bien entendu, je me suis acquitté du premier devoir ; quant aux trois autres, je les interpète libéralement : une bonne formation dans le domaine de la culture s'intègre avec l'enseignement de la Tora *, métier se traduit par profession ; reste le choix d'une épouse, je doute fort que mon fils consente à ce que je l'opère pour lui.

— Mais ne tentez-vous pas de l'influencer pour le choix d'une profession ? N'aimeriez-vous pas qu'il devienne rabbin ?

— Uniquement s'il le désire. De nos jours, on ne peut pas diriger les enfants trop facilement.

— Peut-être avez-vous raison, monsieur le rabbin, mais moi, à votre place, j'essaierais. C'est sans doute dû à mon caractère autoritaire. Maintenant que la synagogue est mon enfant, j'ai bien l'intention de la diriger.

— Quels sont vos plans à ce sujet ? demanda le rabbin.

— Mon but est d'en faire un endroit où il sera plus agréable de travailler et plus agréable de prier. En outre, je veux y attirer davantage de coreligionnaires. J'aimerais que tout juif devienne membre de notre Communauté.

— Nul ne saurait vous blâmer pour cela, dit le rabbin sur un ton enjoué.

— Par ailleurs, je ne tolère pas de bisbilles dans les organismes dont je m'occupe. »

Magnuson accompagna cette phrase d'un sourire. Ce sourire était amical, toutefois le rabbin perçut tant dans cette formulation que dans le sourire une nuance de défi, voire même peut-être une menace.

13.

L'imprimeur changea de lunettes en en prenant une autre paire dans un des tiroirs du bureau à cylindre pour examiner la feuille de papier que lui tendait Tony d'Angelo. L'en-tête mentionnait en lettres capitales LE COMITÉ DES CITOYENS VIGILANTS. Juste en dessous se trouvait la photo prise au banquet avec sous chacun des personnages une brève légende indiquant l'inculpation dont il faisait l'objet : vol qualifié, tentative de meurtre, association de malfaiteurs, sauf en ce qui concernait un des personnages pour lequel il n'y avait nulle indication de nom ou d'inculpation.

L'imprimeur hocha la tête d'un air entendu, puis leva les yeux du papier. « Travaillez-vous toujours pour Moriarty ? » demanda-t-il.

— Sa Grandeur ? Il est sûr et certain que je ne travaille pas contre lui, fit Tony gaiement.

— Alors, que voulez-vous au juste ?

— J'aimerais que vous m'imprimiez cela sur un tract. Une feuille qu'il suffira de plier pour la glisser dans une enveloppe. (Jetant un regard sur les rayons poussiéreux, il désigna une pile d'imprimés dont il sortit un exemplaire.) Cette dimension, mais une bonne qualité de papier. Il ne faut pas que ça fasse bon marché. L'en-tête “ Citoyens vigilants ”, vous la placez en haut à droite. Compris ?

L’imprimeur acquiesça.

— J’aimerais que tout ceci, la photo et les petites légendes, occupe la partie supérieure de la page au-dessus du pli médian et que vous ajoutiez, juste en dessous de ce pli, une ligne : “ Vous importe-t-il de savoir qui avec votre sénateur copine ? ”

— Avec qui.

— Comment ?

— Il faut mettre avec qui. Avec qui votre sénateur copine.

— Ah oui ? (Il modifia la formule :) Vous importe-t-il de connaître les copains de votre sénateur ? Cela sonne mieux. Qu’en pensez-vous ?

— Faites-le comme ça. (Il regarda l’imprimeur assembler les lettres.) Ces petites légendes pour chacun des types, ne vaudrait-il pas mieux les placer dans de petits cadres, chaque cadre étant muni d’une flèche désignant le gars concerné ?

— Je peux le faire, mais si la légende est placée juste en dessous du type, je ne vois pas l’utilité de la flèche. L’encadrement devrait suffire ; on peut même le supprimer s’il y a des séparations notables entre les légendes. (Il étudia le papier et la photo, puis pointant un doigt enduit d’encre sur une des têtes, il demanda :) Qu’en est-il de celui-là ?

— Ne mettez rien pour lui. Le connaissez-vous ?

L’imprimeur secoua la tête en signe de dénégation.

— N’avez-vous jamais entendu parler de Tommy Baggio ?

A nouveau, l’imprimeur secoua la tête.

— Il pose sa candidature pour le Sénat du Massachusetts.

— Et vous n'aimeriez pas trop qu'il passe ?

— C'est cela. Un petit détail. Il lui faut une petite moustache à la Chaplin. (Il tira de son portefeuille la coupure du journal contenant la photo de Baggio.) Voilà comme il est maintenant. Pouvez-vous lui ajouter la moustache ?

L'imprimeur examina la coupure et la photo durant un moment avant de conclure : « Pas de problème. »

— O.K. ! À combien tout cela va-t-il me revenir ?

— Voulez-vous également des enveloppes ?

— Oui, il nous faut des enveloppes avec une impression dans le coin en haut et à gauche « Le Comité des citoyens vigilants ».

— Sans adresse ?

— Sans adresse. Uniquement le nom du Comité. À combien cela va-t-il se monter ?

— Mais combien d'exemplaires désirez-vous ?

— C'est vrai. Je ne sais pas encore au juste. Je vous propose de me préparer une épreuve pour bon à tirer. Je vous ferai connaître ensuite le nombre de pièces à tirer.

— D'accord. »

Tony se dirigea vers la porte, puis s'arrêta. « Et si nous gardions plutôt la première mouture “ avec qui votre sénateur copine ” que la seconde “ ... les copains de votre sénateur ” ? Ce serait peut-être plus subtil.

— Je vais vous préparer deux épreuves afin que vous ayez les deux formules devant les yeux.

— Magnifique. »

14.

Howard Magnuson désigna la pile de papiers étalée sur sa table de bureau à Morris Halperin en disant : « J'ai demandé à plusieurs gars de mon bureau de Boston de faire une étude comparative des salaires que nous payons avec ceux versés par d'autres institutions religieuses. Les résultats en ont été assez surprenants. Saviez-vous que globalement nous payons nos gens mieux que nos amis chrétiens les leurs ? »

Halperin hocha la tête. Il avait le sentiment désagréable de devoir faire face au sens commercial de Magnuson : si les rémunérations versées par les synagogues sont plus élevées que celles versées par les églises, il est facile de réaliser des économies en procédant à un nivellement. Il essaya de le faire changer d'avis.

— On ne peut comparer que ce qui est comparable. Le travail des professeurs de nos écoles religieuses, qui sont des professionnels fonctionnant à temps plein, n'est en rien comparable à celui d'un professeur venant enseigner une heure à l'école du dimanche. Il en est de même pour le chantre, qui n'a pas son équivalent à l'église. A la rigueur, on pourrait le comparer au chef des chœurs, mais là encore ce serait erroné.

— Je pensais en premier lieu au rabbin, précisa

Magnuson. On peut raisonnablement comparer un rabbin à un pasteur ou à un curé.

— La similitude n'est que superficielle, répondit Halperin. Le pasteur ou le curé a une vocation ; une voix intérieure l'appelle à prêcher la parole de Dieu, un peu comme pour le prophète Jonas.

— Et après ?

— Après, il est dans la position de quelqu'un tenant terriblement à vendre une marchandise à quelqu'un qui n'est pas particulièrement intéressé par son achat. Il se trouve donc sur un marché dominé par les acheteurs.

— Et le rabbin ?

— Il n'est pas placé sous commandement divin. Il s'est orienté vers le rabbinat comme d'autres vers le droit ou la médecine ; s'il se dirige vers une communauté, ce n'est pas pour avoir reçu un appel, à moins que ce soit l'appel téléphonique du président de la communauté, mais parce qu'on lui a proposé un contrat. Aussi est-ce la loi de l'offre et de la demande qui joue, de sorte qu'il n'y a pas tellement de rabbins disponibles.

— Vous semblez en connaître un rayon sur la situation des rabbins, observa Magnuson.

— Halperin sourit. « Je n'ai aucun mérite à cela. Nous en avons un dans la famille. Mon plus jeune frère est rabbin.

— Oui ? Je vois. Pour moi, la comparaison avec les églises n'avait qu'une importance mineure. Ce qui me frappe davantage c'est la différence entre les synagogues. D'abord, il paraît qu'en règle générale il y a une différence entre les trois groupes de communautés : les réformées, les conservatrices et les orthodoxes.

— Certainement, parce que ça dépend en premier lieu de la taille et de la richesse des communautés.

Beaucoup de communautés orthodoxes ont tendance à être de taille réduite. Parfois, elles groupent le reliquat demeuré en ville après un mouvement général vers la banlieue.

— Oui, je suis au courant de ceci, mais il y a quand même des choses un peu surprenantes. Les salaires des professeurs enseignant dans les écoles religieuses, quelle que soit l'importance de la ville, sont remarquablement similaires. Par contre, il y a de grosses différences de salaires concernant les chantres.

— Il y a également de grosses différences dans la qualité des voix, expliqua Halperin.

— Bien entendu. Mais les traitements des rabbins, compte tenu de l'importance et du rang social des communautés, paraissent être sur un même niveau.

— Vraiment ?

— Aussi suis-je étonné du traitement que nous versons au rabbin Small. Il est considérablement plus réduit que celui perçu par les autres rabbins en situation comparable.

— Peut-être parce qu'il n'a jamais demandé d'augmentation.

— Les autres le font-ils ?

— Je suis sûr qu'ils le font, à moins que ce ne soit leur parti, exposa Halperin.

— Que voulez-vous dire par leur parti ? Quel parti est-ce là ? »

Halperin se carra sur son siège et dit : « Permettez-moi, monsieur Magnuson, de vous donner quelques explications au sujet des rabbins. Un rabbin est toujours en position exposée, comme quelqu'un qui occupe un poste public, par exemple un maire ou un directeur d'établissement scolaire. Il se trouvera toujours des membres de la communauté qui ne feront pas bon ménage avec lui, parce qu'ils étaient amis du rabbin auquel il a succédé, parce qu'ils ont des épouses qui estiment que la femme du rabbin est prétentieuse, ou encore parce qu'ils n'apprécient pas la façon dont il se coiffe, ou pour toute autre raison faisant que certains n'ont pas d'atomes crochus avec d'autres. Il a un contrat, mais c'est un contrat de service ne signifiant pas grand-chose. Si on veut s'en débarrasser, contrat ou pas contrat, on peut y arriver en lui rendant la vie désagréable. Et comme il peut y avoir des controverses, ne serait-ce qu'à propos du contenu d'un sermon, il y a toujours un groupe qui désire s'en débarrasser. Aussi, le gars astucieux, dès qu'il arrive dans une communauté, commence par mettre sur pied un groupe de supporters, un peu comme un parti, de préférence parmi les membres influents de la communauté.

— Je vois.

— Ce parti est là pour vous assister et être à vos côtés en cas de litige. Pour le salaire, c'est lui qui engage le fer pour vous. Si le rabbin est trop timide pour solliciter une augmentation ou réclamer une année sabbatique en Israël, ses adhérents soulèveront la question au conseil d'administration.

— J'ai compris. Et qui est dans le parti du rabbin Small ?

— C'est justement là que le bât blesse. Il n'a pas de parti. Oh, certes, il y a des gens qui l'aiment bien, mais cela n'empêche nullement le rabbin Small de leur faire connaître son désaccord, voire même de les combattre sur une question donnée qui lui tient particulièrement à cœur. D'autres rabbins mettraient la pédale douce, rechercheraient un compromis pour sauvegarder les amitiés existantes et ne pas braquer leurs opposants ;

pas le rabbin Small. On peut dire qu'il n'a aucun sens politique, ou alors qu'il s'en fiche complètement. »

Magnuson acquiesça, avant de formuler dans un sourire : « Savez-vous, la première chose à laquelle je dois m'atteler, c'est d'accorder une augmentation au rabbin Small. »

Halperin prit un air surpris.

— Et pas une augmentation symbolique, enchaîna Magnuson, mais une augmentation de taille qui le placera au même niveau de rémunération que les autres rabbins appartenant à des communautés d'importance similaire. Je pense à une augmentation de l'ordre de six mille dollars par année.

— Mais... mais... je ne comprends pas.

Magnuson sourit largement et se cala dans son fauteuil avant d'expliquer : « Laissez-moi vous apprendre quelque chose au sujet de la gestion des affaires, monsieur Halperin. Lorsque vous prenez le contrôle d'une société, il est important de pouvoir compter à cent pour cent sur toute l'équipe de direction. S'il y a quelqu'un dont vous estimez qu'il n'est pas dévoué à vous et à vos intérêts, il faut vous en débarrasser. L'ennui c'est que vous pouvez éliminer de cette façon de précieux talents. Aussi, essaie-t-on de les convertir. Parfois, on exerce une petite pression. Si ça marche, tant mieux, mais mon expérience m'a enseigné que l'on obtient de meilleurs résultats en accordant une augmentation. Si vous avez à faire à un gentleman, il se souviendra toujours qu'il vous est redevable de quelque chose.

— Pensez-vous que le Conseil d'administration vous suivra ?

— Je crois que oui. Ne puis-je pas compter sur votre voix et votre soutien ?

— Certainement.

— Très bien. (Il prit le téléphone.) Maintenant, je vais appeler le rabbin.

— Est-ce que vous allez lui annoncer la nouvelle avant le vote du Conseil ?

— Bien sûr que non. Je vais simplement lui demander de ne pas venir à la prochaine réunion du Conseil.

15.

Tony d'Angelo attendit que la secrétaire d'Al Cash, une estimable sexagénaire qui travaillait pour lui depuis de longues années, ait quitté le Prescott Building se trouvant sur le Central Square de Lynn. Puis il monta l'escalier conduisant au cabinet immobilier et d'assurances de Cash.

— Sans autre forme de procès, d'Angelo s'assit dans un fauteuil.

— Hello Al, fit-il sur un ton jovial.

— Euh... hello, répliqua Cash, interloqué. Qu'est-ce qui vous amène ici ?

— Je suis venu avec ma chère et tendre pour faire des achats. N'allez-vous jamais faire des achats avec votre épouse ? Les femmes ne se contentent pas d'aller acheter ce dont elles ont besoin, même si elles voient exactement ce qu'elles cherchent. Elles vont voir dans d'autres magasins si d'aventure il ne s'y trouverait pas quelque chose qui leur conviendrait mieux. Aussi suis-je convenu avec elle de la rencontrer après. Cela m'a laissé un peu de temps à tuer, et comme j'étais dans le voisinage, j'en ai profité pour venir vous voir.

— Ça fait un moment qu'on ne vous a pas vu au Parlement, remarqua Cash.

D'Angelo acquiesça. « C'est exact. Je me suis accordé quelques vacances.

— Est-ce Moriarty qui vous a envoyé ?

— Son Eminence ? Disons que je suis là sur ma propre initiative. (D'Angelo grattifia Cash d'un sourire entendu.)

« Je vois. Il ne veut pas être impliqué. O.K. ! de quoi s'agit-il ? »

Le sourire de D'Angelo disparut tandis qu'il se penchait en avant en regardant fixement et durement l'homme qui lui faisait face derrière son bureau. « Vous êtes à trois dans la course. Ne préféreriez-vous pas que le nombre de coureurs soit réduit à deux ?

— Qui seraient les deux ?

— Vous et Scofield.

— Vous voulez dire que Baggio pourrait se retirer ? Avez-vous quelque chose à son sujet ?

D'Angelo se croisa les bras sur la poitrine et demeura silencieux.

— Pourquoi le chef de la majorité au Parlement viendrait-il se mêler de la politique du parti républicain ? demanda Cash plein de suspicion.

— Il ne veut pas s'en mêler, mais vous comprendrez qu'il puisse s'y intéresser.

— Je vois. Alors pourquoi êtes-vous là ? (Il sourit.) Sur votre propre initiative.

— Hum...

— Très bien. Alors pourquoi Moriarty veut-il que je gagne ? J'ai voté contre le projet sur l'aménagement du port et ah... il veut que je vote contre un nouvel examen du projet. C'est ça, n'est-ce pas ?

— Vous pouvez voter comme vous voulez.

— Je ne comprends pas.

— Qu'y a-t-il à comprendre ?

— Je vais vous le dire. Pourquoi le chef de la majorité au Parlement — oui je sais, vous m'avez dit qu'il n'y est pour rien, mais nous sommes deux à savoir de quoi il en retourne, n'ai-je pas raison ? — serait-il intéressé à ce que je gagne les élections primaires alors que je n'appartiens pas à son parti et qu'il ne peut pas ignorer que je voterais contre lui la plupart du temps ? Ce qui plus est, j'ai mené le combat contre l'aménagement du port et je l'ai presque gagné. En outre, il sait que je demande le réexamen du projet et que j'ai de bonnes chances de l'écarter définitivement. S'est-il brouillé avec les « Dragages de l'Atlantique » et veut-il leur montrer qu'il est capable de passer ou de faire échouer leur foireux projet d'aménagement portuaire ? Est-ce cela ? Veut-il montrer aux « Dragages de l'Atlantique » qu'il n'est pas leur propriété ?

— Le fait qu'il ait appuyé le projet d'aménagement portuaire ne prouve pas qu'il prend des ordres des « Dragages de l'Atlantique », dit calmement d'Angelo, pas plus que votre opposition à ce projet ne signifie que vous en prenez aux « Pêcheries du Nord-Est ».

— Je ne suis nullement lié aux « Pêcheries du Nord-Est » dit Cash froidement.

— Bien entendu, c'est ce que je suis en train de dire, fit aimablement d'Angelo. Vous n'êtes pas davantage lié au « Pêcheries du Nord-Est » que Son Éminence aux « Dragages de l'Atlantique ».

— Alors pourquoi veut-il me rendre un service gratuit ? (Une idée lui vint à l'esprit.) Ou veut-il atteindre Baggio ?

— Je n'ai pas dit que c'était graduit, précisa d'Angelo. Cela vous coûtera quelque chose.

— Combien cela va-t-il me coûter ?

— Oh, pas beaucoup. Juste quelques milliers de dollars... pour couvrir les frais.

— Qu'appelez-vous quelques milliers ? »

D'Angelo haussa les épaules. « Trois, quatre, cinq mille au maximum. C'est selon.

— Ah, je commence à y voir clair. Pour une quelconque raison, vous ne voulez pas de Baggio. Je ne puis imaginer que vous en avez après lui. C'est un zéro. Sans doute s'agit-il de toucher son beau-frère qui siège à la Commission des élections, peut-être à cause de ces « paisanos » qu'il contrôle. Donc, vous vous adressez à moi afin que je vous aide à le virer. Pourquoi ? Parce qu'il ne faut absolument pas laisser paraître que le chef de la majorité au Parlement s'acoquine avec l'opposition pour désigner un de ses candidats. Par conséquent, vous me contactez non comme son représentant, mais sur votre propre initiative pour me proposer une belle et honnête magouille. (Il se frotta les mains.) Très bien, qu'avez-vous ?

— J'ai une photo. »

16.

Laura avait été à plusieurs reprises sur le point d'abandonner. C'était son entêtement qui faisait qu'elle ne lâchait pas prise. Ayant tout tellement bien combiné dans son esprit, elle se refusait à admettre qu'elle s'était peut-être trompée. A son avis, Scofield était le bon candidat et, de la façon dont les choses se présentaient, il avait des chances de gagner. Sauf qu'il ne semblait pas tellement désireux de gagner. C'était un élément auquel elle ne s'était pas attendue.

Elle était également mue par la curiosité. Pourquoi était-il si peu intéressé ? Pas seulement par la campagne, mais apparemment aussi par elle ? Certes, elle l'avait tenu à distance pour que, durant la campagne, leurs relations restent strictement sur le plan des affaires. Néanmoins, elle était blessée de ce qu'il n'ait fait aucun effort pour mieux la connaître. Elle était certaine qu'il n'y avait pas une autre femme. Alors était-il entièrement normal ? Peut-être était-il homosexuel ? C'était si répandu, actuellement, presque banal... Bien entendu, s'il l'était, il ne pouvait pas servir pour ses plans à longue échéance. Mais bien qu'elle commençât à perdre de son enthousiasme pour la campagne du fait de son manque d'intérêt, elle était décidée à continuer jusqu'à l'élection, ne serait-ce que parce qu'elle avait commencé.

Enfin, un beau jour, quelques semaines avant la date des primaires, le déclic se produisit. Arrivant à la permanence au début de l'après-midi il annonça : « Je peux gagner cette élection, Laura. Dites-moi simplement ce que je dois faire, et je le ferai.

— Parfait ! Écoutez, il faut que vous vous fassiez connaître. Votre nom est connu en ville, mais vous ne l'êtes pas. Par conséquent, vous devez aller là où vous pouvez rencontrer des gens aux réunions, meetings, assemblées, forums. Si la parole est donnée à l'auditoire, vous laissez passer les questions et ensuite vous vous levez pour dire quelque chose. Habituellement, on vous demande alors de vous nommer, et vous le faites aussitôt : « Je suis John Scofield. Je suis candidat aux prochaines élections sénatoriales. J'aimerais exposer… ou j'aimerais demander à l'orateur… » Je peux m'arranger pour vous faire inviter dans différentes maisons privées où vous parlerez de façon informelle devant de petits groupes. Nous avons beaucoup de demandes. Puis, nous irons distribuer des tracts dans les centres commerciaux. Il se peut même que cela vous amuse. »

Elle le toisa d'un œil critique. « Il y a un point que nous devons régler tout de suite : voulez-vous être prénommé John ou Jack ?

— Quelle différence cela fait-il ?

— Un Jack n'est pas un John. Il s'habille différemment et il parle différemment. Essayons les deux. (Elle se mua en président de réunion et alla au bout de la pièce.) L'orateur est disposé à répondre aux questions de l'auditoire. Oui, vous monsieur, là-bas ; avez-vous une question ? Veuillez indiquer votre nom.

La mise en scène le fit sourire : « Je m'appelle John Scofield et voici ma question...

— Hum, non. Essayons l'autre formule. Monsieur, là-bas ; veuillez indiquer votre nom. »

Toujours souriant, il formula : « Je suis Jack Scofield, candidat au Sénat dans le district de l'Essex...

— Voilà, l'interrompit-elle. À partir de maintenant vous serez Jack Scofield. Vous faites un peu enchifrené pour un John. (Son regard se fit à nouveau critique.) Cette cravate et ce complet...

— Qu'avez-vous à leur reprocher ?

— Ils seraient parfaits si vous alliez à un enterrement, mais...

— J'ai plaidé aujourd'hui devant le juge Levitt, un homme très conservateur.

— Très bien. Au tribunal vous pourrez rester John Scofield, mais après l'audience vous deviendrez Jack et vous vous habillerez en conséquence. Moins cérémonieusement.

— Dois-je mettre des jeans ?

— Certainement pas. Rappelez-vous que vous êtes un candidat conservateur. « Laissons les choses telles qu'elles sont. » Je vous vois avec un pantalon de flanelle grise et une veste de tweed sur une chemise sport.

— Je vous ai compris, dit-il, enthousiaste.

— Alors, nous commencerons dès ce soir. Il y a une réunion à la mairie au sujet des inscriptions sur la liste des électeurs. Ils veulent raccourcir le délai de deux semaines. Je pense que nous devrions nous y opposer. Il n'y aura probablement pas une grosse affluence. Peut-être quelques douzaines de personnes, mais cela vous servira de galop d'entraînement.

— A quelle heure la réunion commence-t-elle ?

— A huit heures.

— Et si nous allions dîner quelque part avant ?

— Je suis invitée à dîner, répliqua-t-elle rapidement. (Ce n'était pas vrai, mais il était important de lui montrer qu'elle n'était pas immédiatement disponible. Comme son visage se rembrunit, elle se radoucit.) Après la réunion, nous pourrions aller prendre un verre… »

Lors de la réunion, il put effectivement placer son petit laïus : « Je m'appelle Jack Scofield et je suis candidat au sénat dans ce district ; je suis donc très intéressé par le sujet de cette réunion. J'aimerais exposer… »

De l'avis de Laura, il s'en était bien tiré. Malheureusement, des candidats à d'autres fonctions contestèrent ses dires, et la discussion ne tourna pas en sa faveur.

Quand ils furent attablés, plus tard, il dit : « Je crois que je n'ai pas été très bon ce soir ; est-ce que je me trompe ?

— Les autres étaient préparés et vous ne l'étiez pas.

— Vous voulez dire que je suis une nouille, fit-il avec amertume.

— Absolument pas. Mais vous ne pouvez pas vous contenter de dire ce qui vous passe par la tête sous l'impulsion du moment, comme vous avez tendance à le faire. Il vous faut un solide argumentaire concernant les principaux points pouvant être soulevés. Je vais me mettre au travail à ce sujet dès demain matin. »

Il la regarda, éperdu d'admiration. « Savez-vous, Laura, vous êtes vraiment quelqu'un. »

17.

Après avoir reposé le téléphone, le rabbin répondit au regard interrogateur de Myriam : « C'était notre président, M. Magnuson.

— Ah ? Que voulait-il ?

— Il m'a appelé pour me demander de ne pas venir à la réunion du Conseil d'administration de dimanche prochain. C'était gentil de sa part de m'informer en début de semaine afin que je puisse le cas échéant prévoir quelque chose pour dimanche matin ?

— T'a-t-il précisé pourquoi il ne voulait pas que tu sois présent ? »

Le rabbin secoua la tête en dénégation : « Je suppose qu'il veut parler de quelque chose qu'il ne désire pas que j'entende.

— Penses-tu qu'il veut parler de toi ?

— Je le présume. » Il retourna à sa place pour reprendre le livre dont il avait interrompu la lecture.

Cependant Myriam était préoccupée. « Est-ce que tu t'entends bien avec lui, David ?

— Avec Howard Magnuson ? Je crois que oui. Je ne l'ai pas vu beaucoup. Il n'est venu qu'une fois dans mon bureau. Maintenant que j'y pense, c'était pour me demander pourquoi je n'étais pas venu aux réunions du

Conseil d'administration. A part cela, je l'ai vu aux quelques réunions qui ont suivi, c'est tout.

— Y a-t-il eu quelque chose de spécial à ces réunions ? Je veux dire un fait te concernant ?

— Rien d'inhabituel pour autant que je me souvienne. Pourquoi ?

— Tu ne t'es pas opposé à Magnuson dans une quelconque discussion ? insista-t-elle.

— Je n'ai pris part à aucune discussion. Ah, j'ai dit, sans penser à mal, qu'à mon avis les membres du Conseil d'administration devaient venir aux offices du vendredi soir, mais...

— C'est cela, fit-elle d'un ton tranchant.

— C'est quoi ?

— Howard Magnuson a pris cela pour une critique le visant personnellement puisqu'il ne vient jamais aux offices du vendredi soir.

— Ni à aucun autre office.

— Nous y voilà ! annonça-t-elle triomphalement. Il a pensé que tu le critiquais.

— De ce point de vue-là, il n'a peut-être pas tort. Mais où est le mal ?

— Comment peux-tu être aveugle à ce point, David ? On ne critique pas des gens comme Magnuson. Certes, tu as le droit, mais... J'essaie de t'expliquer qu'un Magnuson n'a pas l'habitude d'essuyer les critiques de ceux qu'il considère comme des subordonnés. Tu as enfreint le tabou, et ce n'était probablement pas la seule fois. Aussi est-il déterminé à entreprendre une action à ce sujet.

— Quel genre d'action ? railla-t-il. Va-t-il faire adopter par le conseil une résolution interdisant au rabbin d'émettre un quelconque avis pouvant être considéré comme une critique du président ?

— Oh, tu peux rire, répliqua-t-elle, moi je me fais des soucis. Ce n'est pas comme si tu avais un contrat à vie. Tu n'as qu'un contrat renouvelable d'année en année.

— C'est ce que je veux. Si comme cela la communauté est libre, je le suis également.

— Et s'ils décident de ne pas te reconduire ? »

Il haussa les épaules. « Alors, je me chercherais une autre place. Et selon les ouï-dire, je gagnerais sans doute au change. Peut-être une communauté plus importante dans une plus grande ville ou avec des membres plus compréhensifs. J'ai eu des échos très flatteurs suite à mon article dans le *Quarterly*, et je continue de recevoir des lettres à ce sujet.

— Dans ce cas, pourquoi ne pas saisir la balle au bond ? Je veux dire pourquoi ne pas chercher...

— Eh bien, en premier lieu parce que j'habite là à Barnard's Crossin. Ensuite, parce que j'ai le sentiment que l'on a besoin de moi ici. Il y a sans cesse des pressions de l'un ou de l'autre groupe vers des directions toutes plus indésirables les unes que les autres. Je sens que je les maintiens sur la voie de la tradition. Ailleurs, avec une communauté plus ancienne et mieux assise, la vie serait plus facile, mais elle offrirait moins de satisfactions. »

C'était mercredi soir. Bien que Myriam n'abordât plus ce sujet, il savait par les questions qu'elle posait qu'il était toujours présent à son esprit. M. Kaplan avait-il été à l'office ? Morton Brooks lui avait-il fait part de quelque chose ? En général, il était bien informé. Finalement, il lui demanda carrément ce qui la tourmentait.

— Je ne suis pas vraiment tourmentée ; après tout, mettons que oui. Je ne me fais pas trop de soucis concernant la possibilité pour toi de trouver un autre poste en cas de besoin. Mais j'aime également vivre à Barnard's Crossing et je préférerais que tu n'aies pas à chercher autre chose. Cependant, si tu as des difficultés avec le président...

— Et après ? J'ai eu des difficultés, pour reprendre ton expression, avec d'autres présidents avant. En fait, je me suis bagarré à peu près avec la moitié d'entre eux. Ce n'est guère nouveau.

— Mais pour Magnuson c'est différent, David. Avec les autres, tu savais de quoi il en retournait. Il s'agissait toujours d'un principe fondamental où tu avais raison et eux avaient tort. Tu étais toujours en mesure de rallier la communauté autour de toi si l'affaire devait dégénérer en conflit. Il t'aurait suffi d'exposer que leur point de vue était contraire à notre tradition et que par conséquent il était de ton devoir de t'y opposer. Le nœud de l'affaire est que les autres présidents se sentaient concernés par la synagogue, par notre religion. Ils étaient juifs...

— Magnuson ne l'est-il pas ?

— Bien sûr que si, mais il se fiche de la synagogue. Pour lui ce n'est qu'une institution comme une autre, et comme c'est une institution il tient à la diriger. Et il se peut qu'il veuille t'éjecter parce que... parce qu'il estime que tu lui barres la route. Et s'il voulait t'éjecter, il y arriverait. Cela ne soulèverait pas de problème particulier. Il lui suffirait de convaincre le Conseil, et il le pourrait, de ne pas renouveler ton contrat à son expiration. Or, ton contrat vient bientôt à expiration, ne l'as-tu pas réalisé ?

— Vraiment ? Non, je n'y avais pas pensé. Alors, c'est peut-être cela. Howard Magnuson est un homme d'affaires méticuleux sur les points de détail. Du moment que mon contrat va expirer, il estime devoir faire adopter son renouvellement par le conseil. Il est naturel qu'il désire le faire en mon absence.

Dimanche matin, lorsque Myriam le réveilla afin qu'il se rende à l'office du matin, il s'étira paresseusement avant de formuler : « Je crois que je laisserai tomber. Aujourd'hui, je ferai mes prières du matin à la maison.

— Y a-t-il quelque chose, David ? Te sens-tu bien ?

— Je me sens parfaitement bien, la rassura-t-il, j'ai simplement un peu envie de flemmarder. »

Plus tard, en déjeunant après avoir fait ses prières, il expliqua : « La réunion commence tout de suite après l'office. Les administrateurs présents à l'office empruntent le couloir menant à la salle de réunion où les attendent les autres membres du conseil, dont habituellement Magnuson. Au bout de quelques minutes, il ouvre la séance. Or, si après l'office je me dirige dans un autre sens, par exemple vers mon bureau, il se trouverait certainement quelqu'un pour me demander si je ne vais pas à la réunion. Bien entendu, je répondrais négativement. Alors, on me demanderait certainement pourquoi, et je trouverais un peu gênant de répondre : Parce qu'on m'a demandé de ne pas y assister.

— Mais s'il s'agit simplement, comme tu le penses, d'un vote de pure forme sur le renouvellement de ton contrat, ne pourraient-ils pas se débarrasser de cela en début de séance pour ensuite venir t'appeler à ton bureau afin que tu assistes au restant des débats ?

— Possible. Mais je ne veux pas donner l'apparence de quelqu'un se présentant au premier claquement de doigts. De toute façon, notre conseil d'administration ne travaille pas d'une manière très orthodoxe même avec Magnuson essayant d'imposer ses méthodes de businessman. On se perd davantage en bavardages. En admettant que Magnuson demande au conseil d'examiner en premier lieu ce point de l'ordre du jour pour en être débarrassé, ils trouveraient moyen d'en discuter même s'il s'agit d'une affaire de pure routine. Et s'ils passent au vote, chacun voudra saisir l'occasion pour dire quelque chose à mon sujet, comment je me suis montré mal inspiré à tel propos, ou j'ai échoué dans tel domaine.

— Mais ne comptes-tu pas ne serait-ce que quelques amis parmi les administrateurs, David ?

— Certes, si tu entends par là des gens avec lesquels j'arrive à m'accorder. La plupart, peut-être même tous. Mais si tu entends par là un clan, le parti du rabbin, non, absolument pas.

— C'est peut-être une faute de ne pas en avoir. Tu sais ce que le rabbin Bernstein a dit…

— Saul Bernstein a toujours été un manoœuvrier, ceci dès le séminaire. Pour lui, ces choses sont tout à fait naturelles. Cela signifie cultiver des relations avec quelques notables, dîner avec eux, sortir avec eux. Je ne le peux. Il n'y a que trois ou quatre maisons où je puis dîner. Les autres ne sont pas casher *. D'autre part, ça joue dans les deux sens, vois-tu. Si tu attends leur soutien pour tes projets, il faut que tu soutiennes les leurs. J'aime trop mon indépendance.

Il parlait avec quelque véhémence, le sujet ayant déjà été évoqué précédemment entre eux. Myriam préféra changer de registre. « Quand penses-tu être avisé ? T'enverront-ils une lettre ?

— Étant donné que Magnuson se montre très pointilleux sur ses méthodes d'homme d'affaires, je m'attends à recevoir un courrier. Cependant, le secrétaire me téléphonera sans doute vers midi ou tout de suite après la réunion. »

Toutefois, ce ne fut pas le secrétaire qui appela ; c'était Magnuson lui-même : « Monsieur le rabbin ? Howard Magnuson à l'appareil. Je pense que vous serez content d'apprendre que nous venons de voter une augmentation de votre traitement annuel de six mille dollars, avec effet immédiat.

— Oh, pardon... comment, merci beaucoup. Je vous en suis reconnaissant. C'est très gentil et généreux...

— Cela correspond simplement à une bonne conduite des affaires, monsieur le rabbin. J'ai toujours eu pour principe de ne pas sous-payer le personnel, particulièrement les cadres dirigeants.

— C'est un principe magnifique. Je vous remercie encore. »

Myriam n'avait pas besoin d'être mise au courant, car elle était debout à côté de lui. « Oh, David, n'est-ce pas merveilleux ! Je me sens coupable des paroles que j'ai prononcées en ce qui le concerne, car je suis certaine que c'est lui qui a tout fait.

— Oui, j'en suis également sûr. »

Elle le dévisagea avec attention. « Cependant, on dirait que tu n'es pas tellement content.

— Oh si, je le suis, crois-moi, sauf...

— Sauf quoi ?

— Sauf que je me demande si je n'ai pas été simplement coopté pour être un des hommes du président. »

18.

Pour la semaine précédant les primaires, Laura avait réussi à persuader Scofield de quitter son étude d'avocat afin de se consacrer entièrement à sa campagne. Chaque jour elle l'amenait de bon matin à une gare de chemin de fer, tantôt à Revere tantôt à Salem, pour distribuer des tracts aux voyageurs se rendant à leur travail à Boston. Il devait s'approcher d'eux sur le quai, la main tendue et proclamer : « Bonjour, je suis Jack Scofield, candidat à la candidature pour le parti républicain aux élections sénatoriales de l'État. » Ensuite, il leur remettait un tract avec sa photo surmontant le slogan : « Laissons les choses telles qu'elles sont. »

La plupart du temps, les gens auxquels il s'était adressé hochaient la tête ou marmonnaient quelque chose avant de prendre le tract pour le jeter subrepticement un peu plus loin dès qu'ils se croyaient hors de sa vue. Dans un premier temps, il était écœuré de voir le nombre de tracts jonchant le sol au départ des trains. Mais au bout d'un certain temps, il s'en accommodait.

Il arrivait parfois que quelqu'un dise : « J'ai l'intention de voter pour vous », sur quoi il s'empressait de lui serrer la main et répondait « Merci, faites-en part à vos amis. » Beaucoup plus rarement, il se trouvait quelqu'un pour dire « Désolé, mais je vote pour Cash (ou Baggio). » Dans ce cas-là, il répondait, conformément aux instructions de Laura : « C'est un bon candidat. L'essentiel, c'est que ce soit un républicain. »

— Si vous tombez sur quelqu'un s'affirmant démocrate, ne discutez pas, lui recommandait-elle. Contentez-vous de lui présenter un tract en précisant : « Si jamais vous changez d'avis, je serais heureux de votre soutien », sans insister davantage. Quoi qu'il advienne, ne vous engagez pas dans des discussions. Vous ne ferez changer d'avis personne et vous perdrez un temps pouvant être employé plus utilement à dialoguer avec quelqu'un d'autre. Surtout, n'arrêtez pas de bouger ; ne restez pas en place à attendre que les gens s'approchent de vous. Allez à leur rencontre.

Après les gares, ils se dirigeaient vers les supermarchés et les centres commerciaux. Là, la technique employée était un peu différente. — Il y a essentiellement des femmes, lui enseignait-elle. Donc, vous ne leur tendez pas la main, à moins qu'elles ne vous l'offrent. Vous leur donnez simplement votre tract. Tâchez de les approcher à leur entrée dans le magasin et non à la sortie quand elles sont chargées de leurs achats. Puis, pour l'amour de Dieu, bougez ; ne vous laissez pas acculer.

— Que voulez-vous dire par acculer ?

Elle lui lança un curieux regard. « Certaines filles peuvent avoir une petite fringale... sur le plan sentimental. »

Scofield était tenté de dire, sur un ton de plaisanterie, que lui aussi avait une fringale sur le plan sentimental, mais il hésita et l'occasion était perdue. A vrai dire, il était un peu intimidé devant elle. Elle avait tellement d'assurance, était si maîtresse de ses moyens, si... si riche. Il pensait aux filles qu'il avait connues durant ses études ou ramassées dans des bars, des poules ou des idiotes, qui ne présentaient pour lui qu'un intérêt sexuel. Tandis que Laura était une dame ; Laura avait de la classe. Bien entendu, s'il gagnait l'élection... Les premiers jours, elle le transportait dans sa voiture afin de s'assurer qu'il se rendait bien aux endroits désignés, le surveiller et lui donner son opinion sur la manière dont il s'en sortait. Pour les soirées, elle programmait des réunions pour lui, parfois deux à trois réunions en une seule soirée. Il y avait également des visites dans les maisons, où il tenait un petit discours, répondait à quelques questions, avant de conclure, sur un signe qu'elle lui faisait : « Désolé, bonnes gens, j'ai un emploi de temps très chargé. » Puis, il souriait en la désignant d'un signe de tête : « La patronne m'avertit qu'il est temps pour moi de me sauver. » Pour ce genre de visites, il prenait sa propre voiture avec un panneau sur le toit, car, expliquait-il : « Il est bon que l'on aperçoive ma voiture personnelle devant quelques maisons. »

Alors que la campagne tirait à sa fin, Scofield se montrait soucieux du fait de leur absence d'organisation : « Les autres gars disposent dans toutes les localités de gens distribuant leurs tracts et appelant les électeurs aux urnes.

— Eh bien, il en est de même pour nous, le rassura-t-elle.

— Vraiment ? Où ça ?

— J'ai pu m'arranger avec le comité du parti républicain de Barnard's Crossing, répliqua-t-elle d'un ton dégagé. Je leur ai exposé que vous étiez à l'évidence la seule personnalité locale dans la course. Théoriquement, les membres du comité observent la neutralité jusqu'à la désignation du candidat républicain par les primaires, mais je les ai convaincus qu'il était de leur intérêt que vous gagniez. J'ai également contacté Josiah Bradley, l'ancien sénateur, ou plutôt son entourage, qui, à son tour a mobilisé ses supporters. Ne vous en faites pas ; nous ne manquerons pas de délégués dans les bureaux de vote. »

Il la regarda, étonné : « Je n'aurais jamais pensé à cela.

— Ce n'est pas votre boulot, le tranquillisa-t-elle. Le directeur de campagne est là pour cela. Tout ce qu'on vous demande est de vous aligner pour courir.

— Je suis en quelque sorte un cheval et vous êtes mon jockey, hum ? »

Elle sourit : « Il y a de cela. »

Le samedi, veille des primaires, Laura reçut un tract signé par le « Comité des citoyens vigilants ». On y voyait sur une méchante reproduction d'une photo un groupe de six hommes, assis à ce qui apparaissait comme la table présidentielle d'un banquet. Cinq des convives étaient désignés par leur nom et sous chacun de ces cinq noms se trouvait noté le grave délit pour lequel son porteur avait été inculpé ou condamné. Le sixième personnage, qui se trouvait être sans aucun doute possible Thomas Baggio, n'était pas dénommé ; par contre, sa tête était cerclée. Sous la photo, il y avait pour seule légende : « Quel effet cela vous fait-il ? »

Elle tambourinait avec ses doigts sur la table en étudiant cette pièce. À l'arrivée de Scofield, elle la lui montra.

— Avez-vous déjà vu cela ? C'est arrivé par le courrier de ce matin.

Il y jeta un coup d'œil et dit : « C'est Tommy Baggio, n'est-ce pas ?

— Aucun doute à ce sujet, et il s'agit d'un coup bas. Avez-vous jamais entendu parler de ce Comité de citoyens vigilants ? »

Il secoua lentement la tête en dénégation.

— Moi non plus, enchaîna-t-elle ; or, si un tel comité existait j'en aurais certainement eu connaissance. Il s'agit à l'évidence d'une arnaque.

— Qui selon vous pourrait en être l'auteur ?

— Peut-être les gens d'Al Cash. (Elle se pencha pour retirer l'enveloppe de la corbeille à papier.) Elle a été postée à Revere. Cela pourrait également provenir d'un ennemi politique de Baggio résidant dans sa propre ville. Le scrutin ayant lieu mardi, le pauvre diable ne peut plus guère y remédier. Même s'il essaie de tenir une conférence de presse pour apporter un démenti, le journal local n'en parlera probablement pas avant mardi. Quant aux journaux de Boston, je ne pense pas qu'ils voudront y consacrer une seule ligne.

— Mais c'est une photo, et les images ne mentent pas.

— Quelle importance ? demanda-t-elle. Il s'agissait sans doute d'un repas de bienfaisance ou d'un quelconque banquet. Baggio étant un politicien est forcément invité à toutes sortes d'agapes. Quelqu'un lui dit « Un tel vient de quitter l'hôpital, on a trouvé un nouvel emploi en Californie, ou vient d'être élu président de l'association des vendeurs gauchers, nous organisons un repas en son honneur. Pourriez-vous venir et prononcer quelques paroles ? » Sur ce, il vient, prononce quelques paroles, se fait prendre en photo et repart. Pour lui, tous ces gens sont des électeurs, ce qui constitue une raison valable pour son apparition.

— Oui, je vous ai compris.

Soudain, elle eut une idée : « Dites, il faut que nous fassions quelque chose à ce sujet ?

— Que voulez-vous dire ?

— Nous ne pouvons pas purement et simplement ignorer ceci. Il faut que nous prenins une position. Cela pourrait même nous être favorable. A mon avis, nous devons nous y opposer. Vous allez faire une déclaration indiquant que vous déplorez ce genre d'argumentation et que vous estimez, non que vous êtes certain, que Thomas Baggio est un homme honorable. Je vais tout de suite téléphoner aux journaux locaux. Peut-être réussirons-nous à faire paraître votre prise de position dans l'édition de lundi.

Il réfléchit un moment, puis acquiesça. « Oui, procédons de cette façon. Rédigez une déclaration et transmettez-la par téléphone. »

19.

Millie Hanson étala une demi-douzaine de tranches de lard grésillant sur un napperon de papier, les recouvrit d'un autre napperon, et tapota le tout pour le sécher. Elle mit trois tranches sur chacune des assiettes à côté des toasts, hésita, puis préleva une des tranches sur une assiette pour la placer sur l'autre. Le lard fait grossir et elle devait surveiller sa ligne. Elle apporta les deux assiettes à la table et plaça celle avec les quatre tranches devant Tony.

— Merci, mon chou. Je meurs de faim. (Après avoir étendu sa serviette de papier, il prit la bouteille de sirop pour en arroser généreusement sa tranche de toast.) À quelle heure es-tu rentrée, hier soir ?

— Deux heures passées. Tu sais, samedi soir.

— Beaucoup à faire ?

— Tu l'as dit ! Des moments, je croyais devenir folle. À propos, j'ai vu ce gars. Il était avec plusieurs autres gens...

— De quels gars parles-tu, mon chou ?

— Tu sais, le gars dont la photo était dans le journal. Tu te rappelles. Tu avais une photo de plusieurs truands à un banquet et tu m'as indiqué que l'un d'entre eux, dont la photo était dans le journal, était candidat à quelque chose.

— Baggio ? Tommy Baggio ?

— Oui, ils l'appelaient Tommy.

— Es-tu certaine que c'était lui ?

— Sûre et certaine. Il avait exactement le même air que sur la photo dans le journal.

— As-tu reconnu quelqu'un d'autre ?

— Il y avait un rouquin que les autres appelaient Mike. Il était là avant. C'est le seul.

— Des yeux qui louchaient ? C'est Mike Springer, son directeur de campagne. As-tu entendu de quoi ils parlaient ? demanda-t-il sans avoir l'air d'y toucher.

— Ils parlaient à voix basse, presque en chuchotant. Et dès que je m'approchais pour leur apporter à boire, ils se taisaient. Mais plus tard, quand ils avaient un coup dans le nez, ils étaient moins précautionneux, de sorte que j'ai entendu le rouquin dire : « Comment ont-ils fait pour avoir cette photo ? » À quoi ce fameux Baggio a répondu : « Je te dis que c'est un montage. Je te jure que je n'ai jamais mis les pieds là-bas. »

— Est-ce tout ce que tu as entendu ?

— Je te répète que j'étais très occupée. Je courais sans cesse des clients au bar et vice-versa. J'avais les salons sur la gauche plus trois tables ; ils ne m'ont pas laissé de répit. J'ai attrapé des bribes, surtout au sujet d'une commission électorale. Une fois, j'ai entendu Baggio dire qu'il allait régler ses comptes avec son beau-frère. Penses-tu que c'est lui qui lui a fait cette vacherie ? Son beau-frère ?

Tony haussa les épaules pour signifier expressément

son ignorance. « Qui sait ? Ces politicards de Revere vendraient leur propre mère. »

Une pensée lui vint à l'esprit. « Tu n'as rien à voir là-dedans, dis Tony ?

— Moi ? Comment peux-tu avoir une telle idée ?

— Il y a cette photo que tu as découpée, et ils ont parlé d'une photo...

— Écoute, chou... (Son visage se durcit.) Tu oublies que je t'ai montré cette photo. D'accord ?

— Bien sûr. Tu me connais. Mais...

— Il n'y a pas de mais. Tu oublies avoir vu la photo. (Il sourit.) Cette photo, cinq ou dix gars ont dû la prendre. Je parie qu'ils étaient dix ou vingt à avoir des appareils. Comme je te l'ai déjà dit, c'était un banquet pour messieurs seuls et les organisateurs avaient promis qu'il y aurait de quoi s'amuser. Donc tout le monde s'attendait à voir des gonzesses et certains avaient pris leurs dispositions en conséquence. À défaut de gonzesses, ils se mirent à photographier tout ce qui était à portée d'objectif. Alors, une supposition qu'un des gars voulait faire chanter Baggio ou est allé voir quelqu'un n'aimant pas Baggio et qui voulait lui jouer un mauvais tour...

— Pas toi, Tony. Tu ne manges pas de ce pain-là, n'est-ce pas ?

— Moi ? Je ne joue pas dans des équipes de bleds comme Revere.

— Quand on travaille dans une boîte de nuit, on entend des choses. Et je ne voulais pas passer tout mon temps libre durant les prochains mois à soigner un gars dont on aurait brisé les deux jambes.

— Chérie ! (Il écarta les bras en signe d'innocence et de candeur.) Tu les as entendu causer d'une photo. Alors, admettons qu'on l'avait photographié dans un quelconque motel en compagnie d'une pouffiasse qui n'était pas son épouse. Je n'y suis rigoureusement pour rien. Donc, s'il te plaît, verse-moi une autre tasse de café et parlons d'autre chose. »

20.

— Puis-je avoir la voiture, Papa ?

Le rabbin regarda son fils avec surprise. « Un lundi soir ?

— Il faut qu'il aille voir Alice, avança Hepsibah. Elle lui a téléphoné.

— M'ma ! (La protestation de Jonathan était lourde de longues souffrances.)

— Combien de fois faut-il que je te dise, Hepsibah ? (Le ton de Myriam était davantage ennuyé que courroucé.)

— Ce n'est pas un rendez-vous, expliqua Jonathan. Il s'agit plutôt de travaux pratiques pour mon cours sur les institutions politiques.

— Quel genre de travaux ? demanda le rabbin, soupçonneux.

— Eh bien, tu sais que demain auront lieu les primaires. De ce fait, il y a plusieurs réunions en ville ce soir. M. Cronin a dit que nous devrions y aller ; puis, nous en parlerons demain en classe et il se peut qu'il y ait une interrogation écrite.

— Je ne me rendais pas compte que les primaires sont pour demain, dit le rabbin Small. Où les réunions se tiennent-elles ?

— Il y en a une importante à la mairie. Puis, ils ont monté une estrade au bout de la Main Street ; j'en déduis qu'une autre réunion est programmée pour là-bas.

— Voilà qui risque d'être intéressant, formula le rabbin. Il se peut que je vienne avec toi.

— Moi aussi je veux y aller, intervint Hepsibah.

— Non, répondit le rabbin, automatiquement.

— Non, fit Myriam à son tour. Tu as des devoirs à faire, Sibah, et j'aimerais que tu te couches de bonne heure. Tu as veillé tard hier soir.

— Il n'en est pas question, ponctua Jonathan. Je ne veux pas avoir cette peste pendue à mes basques. »

Vers sept heures et demie, le rabbin et Jonathan quittèrent leur maison dans la Maple Street. En réponse au « puis-je conduire ? » de Jonathan, son père lui tendit les clés et prit la place du passager.

— Prends la Main Street jusqu'à la Foster, lui recommanda-t-il. Nous sommes certains d'y trouver du stationnement. De là, nous pouvons marcher.

Ils trouvèrent une place à une centaine de mètres de la mairie. Mais alors qu'ils étaient presque à destination, Jonathan dit : « Veux-tu aller à la mairie, Papa ? Moi, j'aimerais bien aller un moment à l'autre réunion. Ne pourrions-nous pas nous retrouver après ? »

Le rabbin hésita. Sans doute, Jonathan avait-il rendez-vous avec ses copains du lycée du côté de l'estrade. « D'accord, répondit-il. Mais dès que la réunion là-bas sera terminée, tu viens à la mairie. Ou mieux, nous nous retrouvons à la mairie à dix...

— Oh...

— Bon, mettons dix heures et demie, mais pas plus tard. »

La grande salle de la mairie était presque entièrement remplie ; l'atmosphère y était bruyante et désordonnée. Les gens se levaient de leur place pour aller tailler une bavette ou, parfois, à ce qu'il semblait, simplement pour se promener. Les conversations allaient bon train et nul ne paraissait prêter beaucoup d'attention aux orateurs, qui eux ne semblaient guère se soucier du bruit même s'il provenait de personnes se trouvant avec eux sur la tribune. Quelques personnes dans l'assistance portant des panneaux où figurait le nom d'un candidat, exprimaient leur approbation ou désapprobation, il était difficile de distinguer s'il s'agissait de l'une ou de l'autre, en martelant le plancher avec les piquets de leur panneau.

« On se dirait à la convention nationale du parti démocrate, n'est-ce pas ? » formula une voix derrière le rabbin. Se retournant, il vit le commissaire de police Hugh Lanigan. Lanigan était un homme trapu, au visage rougeaud surmonté de cheveux blancs et clairsemés, coupés si courts que l'on voyait à travers eux la peau du crâne. Il avait eu à faire avec le rabbin depuis de nombreuses années et ils étaient devenus bons amis. Plus d'une fois, il avait informé le rabbin de faits concernant la communauté juive ; de son côté, il avait profité en maintes occasions des sages conseils du rabbin.

— Je ne m'attendais pas à vous trouver ici, David. Après tout, je ne vois pas pourquoi vous ne seriez pas intéressé, dit Lanigan en souriant.

— Je suis venu accompagner Jonathan, qui est allé à l'autre réunion. Il prétend que c'est utile pour son cours sur les institutions politiques. Curieux, la façon dont on enseigne actuellement dans les lycées. C'est bien bruyant ici, ne trouvez-vous pas ?

— Oui, il y a beaucoup de bruit, c'est à peu près

tout. Du temps de ma jeunesse, les candidats organisaient des parades dans les rues avec des flambeaux qui étaient en réalité des torches électriques comme celles que l'on vend dans les boutiques d'accessoires automobiles. En général, les gosses portaient ces torches de sorte qu'ils se faisaient un plaisir de se joindre aux parades. Là-dessus, il y a eu un arrêté municipal interdisant les parades, prétendument à cause des dangers d'incendie, et ce fut la fin des amusements. C'est comme pour l'interdiction des feux d'artifice à l'occasion de la fête nationale du quatre juillet.

— Pourtant tout le monde semble prendre du bon temps, enchaîna le rabbin. Y a-t-il quelqu'un qui écoute les orateurs ?

— Non. Il s'agit simplement de mettre un point final à la campagne électorale en dernière minute.

— Alors...

— Les candidats sont censés se montrer. Je crois que leur absence serait interprétée comme un manque de courtoisie vis-à-vis du corps électoral. Néanmoins, le silence se fera lorsque les candidats briguant une fonction à l'échelle de l'État feront leur apparition.

— Voulez-vous dire que Constant et Belise viendront ici ?

— Ils ne viendront pas parce que notre ville compte une forte majorité en faveur du parti républicain ; ils ont mieux à faire dans les villes de la partie occidentale de l'État. Mais les candidats pour le poste de vice-gouverneur feront acte de présence, de même que Duffy, un des candidats à la place de procureur général.

À l'apparition de Jeremiah Duffy, la salle fit silence. On l'écouta avec respect et, à la fin de son discours, il fut vivement applaudi.

Ayant jeté un coup d'œil sur sa montre, le rabbin

dit : « Il est prêt de dix heures et demie. Jonathan doit être en train de m'attendre ou sinon il viendra d'une minute à l'autre.

— Ici, c'est en train de se terminer. Je pars également, dit Lanigan. Que pensez-vous de l'idée de Duffy de constituer un fonds d'indemnisation pour les victimes d'actes de brigandage, de violence, etc. ?

Le rabbin sourit. « Je l'approuve entièrement. Voyez-vous, c'est conforme à notre approche.

— Que voulez-vous dire ?

— Selon le droit issu du Talmud *, le vol avec ou sans effraction, les violences, etc., ne sont pas considérés comme des délits, mais comme des dommages causés aux victimes, et leur auteur doit payer outre la valeur de remplacement équivalente au dommage ou à la lésion une indemnité pouvant atteindre plusieurs fois cette valeur.

— Mais si ce n'est pas un délit...

— Chez nous, aux État-Unis, un délit est en principe un dommage causé à l'État, de même qu'en Angleterre d'où provient notre droit coutumier, c'est un dommage causé à la Couronne. Il s'agit à l'évidence d'une fiction légale.Si A commet un vol au détriment de B, en quoi cela affecte-t-il notre État, ou, en Angleterre, la reine Élisabeth ? Pourtant, le procureur agit contre l'inculpé au nom de l'État et si ledit inculpé est reconnu coupable, on le met en prison. À combien cela revient-il de garder un homme en prison ?

— Le dernier chiffre que j'ai entendu se situe autour de vingt mille dollars par année, dit Lanigan d'une voix lugubre.

— Ainsi, nous payons tous les impôts pour maintenir les délinquants en prison et qu'en ressort-il pour les victimes ? Par contre, selon le droit talmudique, c'est la victime qui toucherait une indemnisation et l'auteur du méfait devrait travailler durement à cette fin.

— Voulez-vous dire que les juifs, j'entends les juifs pratiquants, agiraient de cette façon ?

— Non, car il existe un règle fondamentale en droit talmudique : “ Dina mal'houta dina ”, ce qui signifie “ la loi du pays du domicile à la prééminence ”.

— En tout cas, l'idée est intéressante. Je me demande simplement comment il faudrait procéder avec les auteurs de vols dans les banques. Même en les faisant travailler toute leur vie, on serait loin du compte. À propos, comment avez-vous trouvé Jack Scofield ?

— Lequel était-ce ?

— Le candidat local au Sénat de l'État. Le grand blond.

— Il ne me semble pas qu'il ait retenu mon attention. Il y avait tellement d'orateurs. Pourquoi ?

— J'avais l'impression qu'il était supporté par les membres de votre communauté.

Avant que le rabbin ait pu demander à Lanigan ce que cela signifiait, Jonathan apparut et l'appela.

— D'accord, Jonathan, on y va. » Il fit un signe de la main à Lanigan et s'en fut rejoindre son fils.

21.

À la parution de l'édition du journal local de lundi après-midi, Laura constata avec satisfaction que sa condamnation du tract du « Comité des citoyens vigilants » était évoquée sous le titre « Scofield déplore les coups bas ; il estime que Baggio est un homme honorable ». Le président du comité républicain de Barnard's Crossing téléphona pour annoncer : « J'apprécie beaucoup la publication de ce communiqué de M. Scofield. Nous sommes tous de bons républicains et nous avons mieux à faire que de nous combattre. » Il y eut également un appel du quartier général de Baggio : « Je vous téléphone de la part de Thomas Baggio pour vous exprimer sa reconnaissance pour le communiqué de M. Scofield. Nous avons déposé une plainte auprès de la commission électorale, mais je tiens à vous faire connaître combien nous apprécions le soutien de M. Scofield. »

— Avez-vous entendu quelque chose de la part du quartier général d'Al Cash ? demanda-t-elle.

— Pas un mot.

— Il se peut qu'ils n'aient pas vu le tract, suggéra-t-elle. Nous l'avons reçu au courrier de samedi.

— Peut-être, lui fut-il répondu d'un ton où perçait un fort scepticisme.

Scofield vint en fin d'après-midi ; à la lueur de ses yeux, Laura put constater qu'il avait bu un verre ou deux. Lorsqu'elle essaya de l'informer des événements de la journée, il la coupa d'un geste de la main : « Ecoutez, que diriez-vous d'un repas dans un bon restaurant et... et d'une soirée passée ensemble ?

— Non, pas ce soir, dit-elle franchement. Ce soir, nous allons à la réunion. Avez-vous oublié ?

— Ah oui. Viendrez-vous ?

— Peut-être. »

Il avait remarqué au son de sa voix qu'il était inutile de discuter, aussi se contenta-t-il de marmonner : « O.K. ! » Sans plus de façons, il sortit, car il ne se sentait pas la force de rester en sa présence.

Cet après-midi, il s'était rendu compte qu'il la désirait beaucoup. Plus que cela : il avait besoin d'elle. C'était peut-être là sa dernière chance, car il avait le net sentiment que, s'il perdait, il ne la reverrait pas. Elle lui dirait les paroles habituelles, qu'ils s'étaient bien battus et peut-être qu'une prochaine fois ils auraient plus de réussite. Ensuite, ils se donneraient la main, se diraient au revoir et ce serait la fin. Elle avait su lui fixer un but et une direction ; demain, s'il perdait, il se retrouverait seul sans savoir que faire. Aussi, avait-il décidé de tirer les choses au clair ce soir et avait-il bu quelques verres pour se donner du courage. Du coup, il avait oublié sa réunion et pensait qu'elle lui en voulait.

Bien entendu, si demain il était vainqueur...

Mardi, le temps était clair et frisquet. Il arriva de bonne heure à sa permanence, mais elle avait été là avant lui. « Qu'est-ce que je fais ? » demanda-t-il avec brusquerie. Il avait décidé de ne pas évoquer la réunion et son absence à celle-ci.

— Avez-vous déjà voté ?

— Zut, non.

— C'est la première chose à faire. Ensuite revenez ici afin de prendre du matériel et faire le tour du district pour voir s'il y a bien quelqu'un dans chacune de vos permanences électorales. Remerciez-les en leur indiquant combien vous appréciez leur concours et remettez-leur du matériel au cas où ils en manqueraient.

— Ce sera fait.

Il se dirigea vers la porte. Elle cria après lui : « Marchez la tête haute. Le temps est de notre côté. »

Il s'arrêta. « Que voulez-vous dire par là ?

— Le mauvais temps aurait favorisé Cash et Baggio. Ils sont organisés pour véhiculer leurs électeurs, qu'il pleuve ou qu'il vente. Mais par beau temps, même les gens qui se sentent peu concernés sont davantage enclins à se rendre aux urnes.

— Oui, vous avez raison. Avez-vous déjà voté ?

— Naturellement.

— Pour qui avez-vous voté ?

— Pour Tommy Baggio, comme de bien entendu. Je suis amoureuse de ce gars depuis le début. »

Il se dirigea vers le bureau électoral en se demandant vaguement si elle n'avait pas voulu lui faire une allusion par sa remarque. Alors qu'il marchait dans la rue, il fut interpellé par plusieurs passants, lui souhaitant bonne chance ou lui annonçant qu'ils venaient de voter pour lui. L'un d'eux lui donna même du « monsieur le sénateur ».

Il passa toute la matinée à faire le tour du district et, quand il fut de retour, peu après midi, il constata qu'elle avait installé une grande machine à café avec des cartons de petits fours. La corbeille à papier débordait de gobelets en carton et de serviettes en papier froissées, sans parler des gobelets roulant sous la table.

Il se prit un café et quelques petits fours. Tout en mâchonnant, il dit : « J'ai fait le tour de tous les bureaux. Partout, la participation est assez faible. On ne pouvait guère s'attendre à mieux pour des primaires. On dirait qu'il y a eu foule, ici.

— Pas tellement, mais il y avait toujours du monde.

— Pourquoi ne ferions-nous pas un peu le ménage ? suggéra-t-il ?

— Non, laissons tout tel quel. Cela montre que nous sommes très occupés.

— Beaucoup d'appels pour des voitures ?

— Pas trop. La plupart des gens s'adressent à des candidats se présentant pour des postes à l'échelle de l'État. (La sonnerie du téléphone retentit.) Une minute, s'il vous plaît.

Prenant l'appareil, elle se présenta : « Quartier général Scofield. » Elle écouta un moment, puis enchaîna : « Oui, c'est une belle journée. Nous allons vers une bonne participation. Qui est votre favori pour le poste de gouverneur, Constant ou Belise ? Oui, il est très bien. Les deux ont des qualités et sont de bons républicains. Pouvez-vous me répéter votre adresse ? Oui, nous n'allons pas tarder à vous envoyer une voiture.

— Qu'est-ce que cela signifie ? demanda-t-il. Pourquoi vous occupez-vous de son vote pour le poste de gouverneur ?

— De manière à savoir qui je dois appeler pour une voiture. Elle a dit Constant, j'appelle donc la permanence de Constant. Ils disposent de beaucoup plus de voitures que nous. »

Il la regarda avec admiration. « Pourquoi n'irions-nous pas déjeuner ?

— Et laisser ce local inoccupé ? Non, allez-y et rapportez-moi un hamburger, sans moutarde.

— Que dois-je faire ensuite ?

— Vous refaites le tour des permanences. C'est la chose la plus importante, vous devez montrer aux gens qui s'activent pour vous que vous êtes intéressé et que vous appréciez leur action. Il n'y a que vous qui puissiez le faire. Et quand vous aurez terminé, vous recommencerez.

— D'accord, chérie, il sera procédé selon vos désirs. A une condition, que nous dînions ensemble ce soir.

— Entendu, après la clôture du scrutin.

— Mais il sera huit heures, protesta-t-il.

— Si vous vous êtes affamé, vous pouvez vous rattraper sur les petits fours en attendant », répondit-elle.

Il s'en alla pour ne réapparaître qu'à sept heures et demie. Il insista pour qu'elle parte avec lui.

— Nous ne pouvons pas partir avant la clôture du scrutin.

— Combien de coups de fil avez-vous reçu durant la dernière demi-heure ?

— Seulement quelques-uns, admit-elle, mais...

— Il n'y a pas de mais qui tienne. Ceux qui appellent ici sans recevoir de réponse appelleront le quartier général d'un des candidats briguant un poste à l'échelle de l'État. D'ailleurs, il y a de bonnes chances qu'ils commencent par téléphoner là-bas. Au demeurant, si on nous téléphone maintenant, le temps que nous dégotions une voiture et que nous amenions l'électeur au bureau de vote, celui-ci sera probablement fermé.

Cela semblait sensé. Et il se montra si étonnamment ferme qu'elle s'inclina. « Éteignons-nous la lumière, ou mettons-nous l'écriteau “ Serons de retour tout à l'heure ” ?

— Pour quoi faire ?

— C'est que, voyez-vous, les gens peuvent venir attendre les résultats.

— Pas ici, ils iront au siège local du parti. Éteignez la lumière. » Sur le parking, il demanda : « Si nous prenions votre voiture ? Sur la mienne, il y a ce panneau sur le toit, et j'aimerais ne plus penser à cette campagne pour un moment. Je vous propose de choisir un restaurant le long de la route 128 en dehors du district. »

En arrivant au restaurant, elle découvrit qu'il avait réservé. Curieusement, elle n'en était pas offusquée. Il commanda des cocktails, et quand le maître d'hôtel demanda s'ils voulaient choisir les plats, il dit : « Non, quand nous aurons bu. » Puis, se tournant vers Laura : « Ce soir, j'aimerais prendre tout mon temps pour manger. »

Il était presque dix heures lorsqu'ils prirent le café. « La télé donnera les résultats avec les informations de onze heures, formula-t-il. Si nous allions les écouter chez moi ?

— D'accord. »

Il avait un grand studio dans les Waterfront Towers, un des rares immeubles d'habitation de standing à Barnard's Crossing. L'ameublement était assez parcimonieux : un grand lit, quelques sièges modernes bien rembourrés mais sans accoudoirs, une table de bureau avec un fauteuil et une table surmontée d'un poste de télé.

— Tandis qu'il s'affairait autour d'une bouteille de whisky et de cubes de glace, elle alluma la télé ; comme il n'y avait pas encore d'informations, elle s'avança vers la fenêtre donnant sur le port. « C'est une belle vue, remarqua-t-elle. Euh... » Il lui donna un grand verre, puis s'assit sur un siège en face de la télé. Elle resta debout pour boire.

Ce fut l'heure des informations, dont les primaires étaient le sujet principal. Il y avait deux meneurs de débats, entourés de plusieurs « experts », de reporters politiques des journaux de Boston pour commenter les implications du vote.

— ... Le depouillement n'est pas terminé dans tous les bureaux... cependant, il apparaît que Constant a une bonne avance sur Belise pour la place de procureur général...

Les chiffres succédaient aux chiffres sur l'écran et les experts commentaient les résultats de tel ou tel bureau de vote. La participation était faible, comme c'était généralement le cas lors des primaires ; les meneurs de débats s'efforçaient visiblement de susciter l'intérêt des téléspectateurs se servant de chaque changement dans les chiffres pour essayer de créer un suspens. Il était près de minut, lorsqu'un des meneurs annonça : « Maintenant, nous allons passer aux postes régionaux... Dans le premier district, personne ne s'est opposé au sénateur démocrate sortant au sein de son parti, par contre la bagarre pour la nomination du candidat républicain fut acharnée... Dans le second district... Le troisième district, celui de l'Essex, vote traditionnellement républicain, de sorte que le gagnant des primaires de ce parti est pratiquement considéré comme élu. Trois hommes se disputaient la nomination... »

Scofield s'était penché en avant sur son siège et Laura avait déposé son verre sur le rebord de la fenêtre.

« ... Le vainqueur par une nette majorité s'appelle John Scofield. Nous verrons donc une nouvelle figure au Sénat... »

Scofield était rivé à son siège, abasourdi. Laura leva les bras au ciel et poussa un cri de joie. Puis, elle vint délibérément s'asseoir sur les genoux de Scofield et presser ses lèvres contre les siennes.

Un instant plus tard, alors qu'elle voulait se relever, il la maintint serrée contre lui : « Non. » Le candidat officiel au sénat du parti républicain avait parlé.

Elle ne résista point et ne fit aucun effort pour s'échapper. Quand elle sentit sa main s'égarer sous sa robe pour lui caresser la cuisse, elle se contenta de soupirer d'aise.

Bien plus tard, alors qu'ils étaient au lit, détendus et heureux, il dit : « Sais-tu, je suis un peu effrayé. Je ne connais pas grand-chose en matière de politique et je serai un des rares nouveaux élus. On me posera toutes sortes de questions...

— Il faut que j'y réfléchisse. Viens me voir demain.

— A quel propos ? demanda-t-il intrigué.

— A propos des questions auxquelles tu ne sais pas répondre. Nous en parlerons et déciderons de la position que tu prendras.

— Tu viendras ?

— Bien entendu. Je dirigerai ton bureau. Quelques législatures comme sénateur d'État, puis nous franchirons la prochaine étape. »

Se rappelant de son image du cheval et du jockey, il

lui demanda : « Ton but est-il de me tenir la bride jusqu'à Washington ?

— Exactement, monsieur le membre de la Chambre des représentants. Peut-être, ensuite, si après plusieurs législatures les choses s'annoncent favorablement, tu te présenteras au Sénat de Washington. Qui sait, pourquoi ne te mènerai-je pas jusqu'à la Maison-Blanche ?

— La Maison-Blanche ! gloussa-t-il avec délectation. Tu m'imagines président des États-Unis ? Et toi, que seras-tu ?

— Je serai, bien entendu, ta First Lady ?

— Tu es d'ores et déjà ma Firs Lady, dit-il sérieusement. Allons-nous officialiser cela ?

— Naturellement.

— Quand ?

— Oh, quelque temps après les élections...

— Pourquoi pas tout de suite ? A quoi bon attendre ?

— Ce ne serait pas sage politiquement. Je suis juive, ce qui signifie que nous serons mariés par un rabbin. Il y a certains bigots qui pourraient en être fâchés et voter contre toi par dépit.

— Dans ce cas, pourquoi faut-il que nous soyons mariés par un rabbin ?

— Parce que ce sont les parents de la fiancée qui organisent la noce. Tu ne peux t'attendre à ce que mon père prenne contact avec un pasteur et une église.

— Et si nous prenions un juge. Je connais...

— Non, fit-elle sur un ton sans réplique. Mes parents se sentiraient blessés et, moi non plus, je n'aimerais pas cela. J'aurais l'impression que nous ne sommes pas vraiment mariés.

— Je ferai comme tu voudras, ma chérie.

22.

Morris Halperin éternua, puis éternua de nouveau.

— Es-tu en train de t'enrhumer ? interrogea son épouse ?

— N... non. (Il renifla.) C'est déjà fait.

— Alors il vaudrait mieux que tu n'ailles pas à la réunion ce soir. Prends quelques cachets d'aspirine et mets-toi au lit.

— Je prendrai les cachets, mais j'irai à cette réunion. Une fois rentré, je reprendrai quelques comprimés avant de me coucher.

— Ça te regarde, ponctua-t-elle. (Elle alla vers l'armoire à pharmacie.) Il ne reste que deux cachets.

— Je passerai en acheter au drugstore.

La Commission municipale se réunissait tous les mercredis soirs, et Morris Halperin devait y assister comme délégué du Conseil municipal. Avant l'audience publique dans la salle des audiences, les cinq membres de la commission délibéraient entre quize et vingt minutes dans leur bureau, une petite pièce à peine assez grande pour contenir leurs cinq tables, pour fixer l'ordre du jour de la séance et s'entretenir des points qu'ils allaient évoquer. Habituellement, Morris Halperin était là pour donner, si besoin était, son avis de juriste.

Alors qu'il roulait en direction de la mairie, Halperin avait l'impression que les cachets lui avaient éclairci les idées. Mais à peine était-il enfermé dans l'atmosphère confinée du bureau qu'il recommença à éternuer.

— Êtes-vous en train d'attraper un rhume, Morris ? demanda Tom Bradshaw, le président de la commission.

— Je crois que c'est lui qui m'attrape.

— Savez-vous ce qu'il vous faut ? Il vous faut une bonne rasade de whisky.

Bradshaw ouvrit le dernier tiroir de son bureau pour en extraire une bouteille et un verre. L'ayant rempli, il le tendit à Halperin.

— Ciel, je ne sais pas si je dois. Je viens d'avaler des cachets.

— Allez-y, mon vieux ; cela vous fera du bien.

Apparemment, il était soulagé ; du moins le pensait-il. Mais dès qu'ils revinrent dans la salle des audiences, il transpirait abondamment, aussi peu chauffée qu'elle le fût. Il avait l'impression que sa tête allait éclater et avait mal un peu partout. Aussi, lorsque vers dix heures la réunion prit fin, décida-t-il de ne pas se joindre aux « copains », c'est-à-dire les membres de la commission et quelques autres notables locaux pour aller boire encore aux Ship's Galley. Il s'excusa, annonçant qu'il rentrait se mettre au lit.

— Vous prenez une bonne ration de whisky avec, si vous voulez, un peu de thé chaud, conseilla Tom Bradshaw, et demain matin vous serez guéri.

— D'accord.

Alors qu'il se dirigeait vers la maison, il passa devant un drugstore, fermé à cette heure-ci ; cela lui rappela qu'il n'avait plus de cachets. Sachant qu'à Lynn il y avait une pharmacie ouverte la nuit, il décida de faire le détour qui le retarderait d'un quart d'heure environ. Il connaissait le pharmacien et comme il lui demandait un verre d'eau pour prendre tout de suite des cachets, ce dernier interrogea : « Rentrez-vous, monsieur Halperin ? Je veux dire, n'allez-vous pas à Boston ou autre part ?

— Non, je rentre directement me mettre au lit. Pourquoi ?

— C'est que les antihistaminiques peuvent vous rendre légèrement somnolent.

— Oh ? Non, je vais directement chez moi.

Millie Hanson leva les yeux du numéro du *Confidences* qu'elle était en train de lire quand Tony d'Angelo sortit sa veste de la penderie.

— Où vas-tu, chéri ? demanda-t-elle.

— Je vais chercher de quoi casser la croûte.

— Mais nous avons des petits pains et les boutiques sont fermées... Ah, tu veux dire du flouze ? Est-ce que tu en as pour longtemps ? (Il enfila sa veste.) « Je n'en sais rien. Ce ne sera peut-être pas très long. »

Elle sentait qu'il ne fallait pas insister. Elle était curieuse, mais elle se rendait vaguement compte que, dès lors que Tony se montrait discret sur ses activités, il valait probablement mieux qu'elle ne cherche pas à savoir. Elle entendit claquer la porte de la maison et le bruit de démarrage du moteur. Alors, elle ajusta ses coussins, s'allongea sur le sofa et fut bientôt plongée dans les problèmes de l'infirmière Mary Mc Teague, occupée à soigner sa patiente, la vieille et acariâtre lady Haversham, tout en tentant d'amener le fils de cette dernière, le séduisant lord Haversham, à lui prêter attention.

Tony traversa Revere, puis Lynn, avant de se retrouver sur une route nationale. Lorsqu'il arriva au panneau signalant l'entrée de Barnard's Crossing, il ralentit et prit la file de droite. Il vit le panneau « Glen Lane », une petite voie s'ouvrant au milieu d'une rangée d'arbres. Sans le panneau, on pouvait facilement la manquer, dans le noir. Il suivit la ruelle pleine de virages sur une centaine de mètres, puis voyant un renfoncement, il s'y plaça et s'arrêta. Il éteignit les phares, alluma une cigarette et se mit en attente.

Peu après son départ de la pharmacie, Morris Halperin commença effectivement à se sentir somnolent. Les voitures roulant dans le même sens que lui le dépassaient et celles venant d'en face l'éblouissaient avec leurs phares. Une fois ou deux, il eut droit à de furieux coups d'avertisseur, soit qu'il eut ralenti de façon inattendue, soit parce qu'il avait changé de file. Aussi décida-t-il de quitter la grand-route et de rentrer par la Glen Lane, où, pensait-il, il n'y aurait pas de circulation.

Il passa des feux de croisement aux phares et conduisit normalement, lorsque soudain il se heurta à un nid de poule. Alors que l'avant de la voiture remonta, il crut apercevoir un corps étendu au milieu de la route. Ecrasant les freins, il arrêta sa voiture. Il descendit la glace de sa portière et se pencha en arrière pour regarder. Il y avait effectivement quelqu'un. Il quitta la voiture et la contourna. Il s'agenouilla, ne sachant pas au juste quoi faire. A voix basse, presque en chuchotant, il appela : « Hé, mon vieux, vous sentez-vous bien ? » Puis : « Pouvez-vous m'entendre ? »

Si seulement, pensait-il, une autre voiture venait ; il

lui ferait signe d'arrêter. L'un resterait avec le pauvre bougre tandis que l'autre irait chercher du secours. Mais il réalisa bien vite que c'était très improbable. Presque personne n'empruntait la Glen Lane en pleine nuit.

Il se remit à son volant pour se diriger vers le bout de la Glen Lane avant de bifurquer dans la Maple Street. Il pensa à sonner quelque part pour demander à téléphoner. Mais il ne fit aucune lumière allumée dans les maisons, à une exception près, à un étage élevé derrière des volets soigneusement clos.

Presque au bout de cette rue, au croisement de la Main Street, il y avait de la lumière dans une maison, celle du rabbin Small. Mais il était gêné d'y aller. Il se sentait chancelant, peut-être à cause des cachets, peut-être aussi à cause du whisky. Il n'avait bu qu'un seul verre, et plusieurs heures s'étaient écoulées depuis, mais il ne pouvait y avoir une interaction avec les cachets. Le rabbin pourrait croire qu'il était ivre.

Il continua donc à descendre la Maple Street quand, au moment de bifurquer vers la Main Street, il aperçut une voiture de police. Il actionna son avertisseur et la voiture de police s'arrêta aussitôt. Un agent en descendit et s'avança vers sa voiture.

Le reconnaissant à la lueur de sa lampe de poche, l'agent lui dit : « Ah, c'est vous, monsieur le conseiller. Y a-t-il quelque chose de spécial ?

— Il y a un corps étendu Glen Lane, juste derrière la côte. Je... je crois qu'il est mort.

— Glen Lane ? O.K. ! nous allons vérifier cela. »

Accroupi à côté du corps étendu, le brigadier Drummond inséra ses gros doigts dans le col. « A mon avis, il est mort, mais ce n'est pas sûr. Écoute, je vais téléphoner pendant que tu mettras les feux de détresse.

Il vaut mieux barrer la rue tout de suite, avant que d'autres voitures ne s'y engagent et viennent y foutre le bordel.

— D'accord. (L'agent Knowland prit des lampes à l'arrière de la voiture.) Et l'autre extrémité de la rue ?

— J'y placerai les feux de détresse dès que j'aurais téléphoné. »

Mais quand Knowland revint à la voiture, le brigadier était toujours là, balayant le sol de sa torche électrique. « C'est certainement un accident avec délit de fuite. Regarde tout ce verre ; c'est des morceaux de verre de phares. Nous devons faire attention à ne rien toucher. Parfois, les gars du labo arrivent à faire des miracles à partir des pièces qu'ils ramassent. Bon, allons mettre les feux à l'autre bout de la rue. Nos gars seront là dans quelques minutes pour faire les constatations. »

Alors qu'ils descendaient la côte, le brigadier balayait la rue de long en large avec sa torche. Ils virent une voiture garée sur un bas-côté.

— Penses-tu que c'est sa voiture ? demanda Knowland.

— Sans doute. Je suppose qu'il est descendu pour satisfaire un besoin naturel. (Il se tourna pour pointer la côte avec sa torche.) Probablement derrière ce bosquet au sommet de la côte.

— Mais brigadier, il y a partout des buissons. Il aurait pu simplement ouvrir sa portière, se tourner sur son siège et se soulager.

Le brigadier Drummond n'appréciait guère qu'un subordonné conteste ses dires, surtout s'il s'agissait d'un type du genre de Bill Knowland. « Il y a des gens, trancha-t-il d'un ton supérieur, qui veillent à ne pas souiller leur nid. »

23.

Sophia Magnuson s'assit sur le bord du lit et regarda sa fille se brosser les cheveux devant sa table de toilette. S'adressant à l'image de Laura dans le miroir, elle dit : « Nous t'avons peu vue ces dernières semaines.

— J'ai été très prise par la campagne, admit Laura sans se retourner, mais maintenant c'est en train de se tasser. Certes, il y a encore l'élection, mais nous n'avons pas de soucis à nous faire dès lors que nous avons gagné la primaire. Cette circonscription vote toujours républicain. Nous ne pouvons évidemment pas nous relâcher, il y a toujours beaucoup de travail, mais les choses avancent bien et nous n'avons plus guère de crainte.

— Tu parles comme si... comme si... »

Elle se tourna vers sa mère. « Comme si je me présentais moi-même à cette élection ? Eh bien, c'est le cas. Nous formons une équipe, Jack Scofield et moi. Il n'aurait jamais gagné la primaire sans moi et il le sait. Il aurait probablement tout laissé tomber s'il ne s'était pas senti obligé de continuer pour moi. Et moi je n'aurais pas été bien loin sans lui.

— Je ne pige pas, enchaîna sa mère. Quand tu as commencé ce... ce travail politique, ton père et moi avons cru comprendre que tu voulais compléter ton acquis universitaire de sciences politiques par un exercice pratique. C'est du moins ce que tu nous avais expliqué. Ton père pensait que tu pourrais rencontrer de cette manière quelque jeune homme intéressant et éventuellement te stabiliser et... et...

— Et me marier ?

— Ce n'est pas la pire des choses pour une femme, dit placidement la mère.

— Je t'en prie, Maman, nous sommes à la fin du vingtième siècle.

— Je répète que c'était l'idée de ton père. Ton père est plutôt conservateur, comme la plupart des hommes.

— Mais n'étais-tu pas d'accord ?

— Moi, je reconnais du moins que les choses ont changé. Je ne vois certainement pas d'inconvénient à ce que tu fasses carrière dans la politique, pas davantage que si tu avais voulu te lancer dans le droit ou la médecine. Mais, tu dois reconnaître que la politique est, comment dirais-je... hasardeuse. On peut travailler et travailler, pourtant si on perd une élection on n'a plus pied nulle part et tout est fichu.

— Bien entendu, reprit Laura avec vivacité. Voilà pourquoi j'ai choisi mon mode d'opération. Je ne tiens pas à faire moi-même acte de candidature, car je ne suis pas intéressée par la gloriole. D'ailleurs, toute femme qui se présente à une fonction élective souffre d'un gros handicap. Sa voix n'est pas conditionnée pour les discours politiques. Elle essaye d'exprimer de fortes convictions et cela se traduit parfois par des criailleries. En outre, il suffit ces jours-ci qu'une femme pose sa candidature à une fonction pour qu'on la catalogue comme M.L.F., et cela je n'en veux pas. Je veux simplement faire quelque chose d'important et qui en vaille la peine.

— Ce qui signifie que tu désires le pouvoir et l'autorité.

— Parfaitement. Pourquoi pas ? Le pouvoir devrait aller à ceux qui sont capables d'en user intelligemment. »

Sa mère sourit. « Tu veux dire : à ceux qui prennent jouissance à l'exercer. »

Laura lui retourna le sourire. « D'accord. Aussi ai-je eu l'idée de mettre le grappin sur un candidat à une fonction politique que je pourrais diriger et guider. Oh, cela ne signifie certes pas que j'avais tout planifié dès le début. Je crois qu'à l'origine mon idée était de commencer par soutenir un candidat dans sa campagne, pour peut-être me rendre indispensable. Là-dessus, j'ai rencontré Jack Scofield et tout a marché comme sur des roulettes. Il a été parfait. En premier lieu, il était seul.

— Que veux-tu dire ?

— Qu'il n'avait pas de supporters politiques, nul groupe de pression à défendre, de sorte que j'étais à l'abri de toute concurrence. Mieux encore, il est célibataire, donc pas d'épouse à affronter. Il a suffi que je sois là pour tout prendre en main. Enfin, le bouquet, il n'avait aucune position, ni plate-forme, ni idée particulière à promouvoir, ni raison spéciale de se présenter sinon une vague idée que sa candidature pourrait faire un peu de publicité à son cabinet d'avocat qui est loin d'être florissant pour le moment.

— Et un désir de pouvoir et d'autorité ? » suggéra Mme Magnuson.

Laura réfléchit et secoua la tête : « Non, je ne pense pas, pas dans le sens de donner des ordres. Il est plus à l'aise pour en prendre. Oh, ne disons pas des ordres, mais des suggestions.

— Tu as proposé de diriger sa campagne et de l'appuyer… avec de l'argent ? »

Laura rit. « Rien de tel. Nous avons simplement parlé et je lui ai soumis des suggestions ; puis, avant qu'il ait eu le temps de crier gare, je lui ai installé un quartier général. Ce qui a entraîné des frais et l'a embêté. Tu ne peux savoir, Maman, combien les gens qui n'ont pas beaucoup d'argent peuvent se faire du mauvais sang au sujet de factures à régler.

— N'a-t-il pas du tout d'argent ?

— Oh, il a quelques milliers de dollars sur lesquels il veille comme un vrai grigou. Lorsque je m'arrangeais pour lui faire prendre la parole quelque part, il était toujours d'accord dès lors qu'il risquait de recevoir des contribtions financières pour sa campagne. (Elle poussa un gloussement de rire.) C'est de cette façon que je l'ai maintenu au travail. »

Sa mère sourit d'un air entendu. « Mais s'il gagne l'élection…

— C'est pratiquement dans la poche, du moment que nous avons gagné la primaire.

— Alors, il ira à Boston, n'est-ce pas. Que deviendras-tu ?

— Je dirigerai son bureau à Boston, bien entendu.

— Tu veux dire que tu resteras avec lui ?

— Certainement. J'ai l'intention de le mener à Washington à la Chambre des représentants, et, le cas échéant, comme sénateur fédéral.

— Mais s'il est célibataire, il peut vouloir se marier et…

— Il se mariera avec moi, naturellement. Tu ne penses quand même pas que je vais laisser quelqu'un d'autre empiéter sur mon terrain.

— Est-ce à dire qu'il t'a demandée en mariage ? »

Laura sourit. « Cela a passé de mode. Actuellement, les hommes se font comprendre d'une manière différente. »

Sa mère sentit ses mains se crisper nerveusement. « Laura, as-tu été, comment dirais-je... intime avec lui ?

— Bien sûr. Tu ne penses quand même pas que, dans le cas contraire, je me serais engagée à l'épouser. »

« Les anciennes réticences ont disparu, pensa la mère. On fait un tour d'essai, comme avant l'achat d'une voiture. Après tout c'est peut-être mieux comme ça », réfléchit-elle. « L'aimes-tu ? demanda-t-elle.

— Veux-tu dire que je deviens toute chose dès que je pense à lui ? Comme pour mon prof de math en première année de fac ? Non, et je ne le voudrais pas. Mais, j'ai beaucoup de sympathie pour lui. Nous nous complétons bien et j'espère que notre mariage sera une réussite ; et que nous aurons des enfants. Ils représentent un capital sur le plan politique et font très bon effet sur les photos diffusées à l'occasion des campagnes électorales », ajouta-t-elle avec espièglerie.

Après un moment d'hésitation, Mme Magnuson risqua : « Sait-il que tu es juive ?

— Bien entendu.

— Et cela ne lui fait rien ?

— Maman, cela ne fait plus rien à personne, actuellement.

— Cela pourrait faire quelque chose à ton père, maintenant qu'il se retrouve président de la synagogue dans cette ville.

— Nous ferons célébrer la cérémonie par un rabbin, si c'est cela qui te turlupine. Je l'ai clairement exposé à Jack dès le début. Du moment que la noce est organisée par la famille de la fiancée, c'est-à-dire nous, il est normal qu'elle se fasse selon notre rite.

— Veux-tu dire qu'il a l'intention de se convertir ?

— Ah non. Je ne le laisserais pas faire, même s'il en avait l'intention. Ce serait un handicap pour lui, sur le plan politique. Je ne le laisserais pas davantage se convertir, que moi-même je ne voudrais me convertir.

— Dans ce cas, je doute fort que le rabbin accepte de bénir votre mariage, fit la mère. Je crois savoir que ce serait contraire au droit rabbinique.

— C'est un non-sens. N'étais-je pas demoiselle d'honneur à la noce de Toby Berman il y a quelques années ? Le fiancé était chrétien et pourtant il y avait un rabbin, même barbu, pour le cérémonial de rigueur. Toutefois, je crois me rappeler que Toby m'avait confié que c'était un rabbin qu'ils étaient allés dégoter ailleurs, quelque part dans le New Hampshire.

— Bon, j'en parlerai à ton père. Pour commencer, tu pourrais peut-être nous amener ton prétendant à dîner un de ces soirs.

— Ce sera fait, dit Laura avec enthousiasme. Tu verras, tu l'aimeras et Papa également.

— Je l'espère ; j'en suis même certaine. (Mme Magnuson se leva pour quitter la pièce. Arrivée à la porte, elle hésita.) As-tu envisagé la possibilité d'un mariage uniquement civil, célébré par un juge ? Ton père connaît bien le juge Pearsall, conseiller à la Cour suprême du Massachusetts. »

Les lèvres de Laura se serrèrent pour former une moue qui indiquait clairement à sa mère qu'elle avait pris sa décision et qu'elle n'en démordrait pas. « C'est mon mariage, et c'est moi qui en fixe les détails. C'est bien ce que Jack a admis dès le premier moment. »

24.

Le commissaire de police de Revers, Cesar Orlando — Chezzie pour les amis — estimait qu'il était de bon ton pour l'harmonie régionale d'en référer personnellement au commissaire Lanigan.

— Hugh ? Chezzie Orlando à l'appareil. Je préfère t'informer que nous traitons cette affaire d'homicide involontaire avec délit de fuite pour toi. J'en ai chargé le détective Lance. Le connais-tu ? On dirait un ordinateur des pompes funèbres. Il est très bien pour ce genre d'affaire. Il a beaucoup de tact, sais-tu.

— Alors, vous devez en avoir rudement besoin chez vous, répliqua Lanigan.

— Allons Hugh, souviens-toi que nous sommes une cité, pas une petite ville comme vous. Quoi qu'il en soit, Lance est allé enquêter au domicile de la victime. Il s'agit d'une maison d'habitation, genre hôtel meublé. Pas particulièrement propre, mais convenable. Il ne s'agit pas d'un immeuble à problèmes, tu vois ce que je veux dire. Pour la plupart, ce sont des locataires de courte durée, mais il y a de vieilles personnes qui y résident depuis des années.

— Je comprends.

— Il y avait une bonne femme. Assez bien ; pas le

genre douteux. Autour de trente-cinq ans, peut-être un peu plus vieille. Elle et la victime, Tony d'Angelo, vivaient ensemble depuis plusieurs mois. Actuellement, cela équivaut pratiquement à un mariage.

— Elle a un nom ? (Lanigan se saisit d'un bloc.)

— Ne te l'avais-je pas donné ? Mildred Hanson. Mais quand les voisins l'ont appelé Mme d'Angelo, elle ne les a pas corrigés. D'après Lance, elle a l'air d'une femme bien. Il l'a emmenée à la morgue et elle a identifié le corps.

— As-tu des renseignements sur lui ?

— Elle a déclaré penser qu'il était originaire de New York.

— Et quel était son gagne-pain ?

— Elle ne savait pas trop sauf qu'il s'occupait de politique.

— Et toi, Chezzie, tu ne le connaissais pas ? (Lanigan était franchement incrédule.)

— Il ne faisait rien sur le plan local. Il jouait dans la classe supérieure avec les gros bras de Boston. Après tout, c'est plutôt ton boulot que le mien ; j'ai quand même téléphoné à quelques potes, des Ritals, pour te rendre service...

— Merci Chezzie, tu es adorable.

— Je dis toujours : un service vaut l'autre. Bref, il s'occupait de basses besognes.

— Pour le compte de qui ?

— Il travaillait apparemment à la pige, mais il en a fait beaucoup pour le chef de la majorité au Parlement de l'État.

— Écoute, Hugh, ce n'est pas un meurtre, ce n'est qu'un délit de fuite. Ah, il y a une chose que je voulais te demander. Tes hommes l'ont fouillé. Qu'ont-ils trouvé comme argent sur lui ?

— Juste quelques dollars. Attends une minute. Voilà : vingt-sept dollars dans son portefeuille et cinquante-deux cents en petites pièces de monnaie dans la poche droite de son pantalon. Pourquoi ?

— La fille a laissé entendre qu'à son avis il devait transporter une grosse somme.

— Je vois. Où est la fille actuellement ? Où habite-t-elle ?

— Elle continue à habiter là-bas, pour autant que je sache.

— A-t-elle de l'argent ? Comment va-t-elle faire pour vivre ?

— Elle est serveuse au « Blue Moon ». Une sorte de bar.

— O.K. ! Chezzie, merci. Tiens-moi au courant, si tu apprends quelque chose.

— Tu me connais assez, Hugh.

Ce n'était pas que le sergent-détective Dunstable fût paresseux ou du genre geignard, mais il n'aimait pas faire un travail inutile : « Bon Dieu, lieutenant, il faudrait qu'un gars ait perdu la tête pour faire réparer son phare dans un garage après avoir commis un délit de fuite.

— Et comment savez-vous qu'il n'a pas perdu la tête ? Peut-être avait-il bu et, quand il a heurté le gars, il a cru que c'était simplement un cahot du fait que la route était mal entretenue. Rappelez-vous que cela c'est passé dans la Glen Lane où il y a davantage de nids de poule que de pavés. Donc, il rentre se mettre au lit. Le lendemain matin, il constate qu'il a un phare cassé.

— Oui, mais...

— Ça la ficherait plutôt mal que nous ne prenions pas la peine de vérifier, alors que dans une quelconque station-service on se souviendrait avoir remplacé un phare à un quidam. Imaginez qu'ensuite un de nos édiles téléphone au commissaire Hugh Lanigan, que devrait-il répondre ? Que " le sergent Dunstable ayant estimé qu'un gars devrait avoir perdu la tête pour faire remplacer son phare endommagé lors d'un accident ponctué par un délit de fuite, je n'ai pas pris la peine de procéder à des vérifications dans les garages locaux ".

— Ce n'était qu'une cogitation, lieutenant. »

Dans le premier garage, le propriétaire secoua la tête et dit : « C'est au sujet d'un délit de fuite, hum ? Écoutez, il faudrait qu'un gars ait perdu la tête pour faire remplacer un phare dans la ville où il viendrait de commettre un délit de fuite.

— Comment savez-vous ?

— Bill Knowland en a parlé au bistrot ce matin.

— Ce n'est qu'un contrôle de routine, car nous tenons à ne laisser aucune voie inexplorée, répondit avec raideur le sergent.

— Essayez chez Gately, lui cria le garagiste alors qu'il s'éloignait. »

Le quatrième essai fut le bon pour le sergent Dunstable. M. Glossop, des Ets Glossop's Automotive and Gas, leva les yeux de dessous des sourcils décolorés par le soleil pour affirmer : « Oui, j'ai remplacé un phare hier.

— Êtes-vous sûr que c'était bien hier ? »

Glossop descendit les pieds de sa table de bureau et se redressa sur sa chaise ; son long visage ; au teint basané, reflétait combien il était contrarié. « Je suis sûr et certain que c'était hier. Je ne change pas tellement souvent des phares.

— Connaissez-vous le client ?

Glossop secoua la tête. « C'était une Chevrolet

noire, modèle 73 ; le gars faisait traîne-savates sur les bords, mais je ne le connais pas. »

Son assistant, Tom Blakely, un grand jeune homme roux, venant de servir de l'essence, entra dans le bureau pour remplir une fiche de carte de crédit ; il enchaîna : « Moi, je le connais, sergent.

— Vous le connaissez ? Comment s'appelle-t-il ?

— Je ne le connais pas vraiment, mais je l'ai vu dans les parages. Une minute, Sergent. »

Il sortit pour recueillir la signature du client sur la fiche et Glossop reprit son histoire : « Il est venu en fin d'après-midi et m'a demandé de lui faire le plein. Ayant remarqué que son phare était cassé, je lui ai demandé s'il ne voulait pas le remplacer. (Il s'interrompit et regarda le plafond.) Je me suis peut-être servi d'un petit truc de vendeur. Je lui ai fait sous-entendre que la police était en train de mener une campagne et verbalisait toutes les voitures dont l'équipement n'était pas réglementaire, notamment en ce qui concerne l'éclairage... Pourquoi les grandes surfaces boufferaient-elles tout ?

— Oui, le commerce local doit être maintenu en vie. »

Glossop acquiesça : « C'est également ma façon de penser. Donc, il est sorti, a jeté un regard sur le phare pour dire quelque chose comme “ on a dû me projeter un caillou ” — et allez-y. Alors, j'ai dévissé le carter et ai enlevé ce qui restait du phare proprement dit, la douille...

— Qu'avez-vous fait de la douille ?

— Je l'ai jetée dans la poubelle là-bas. »

Tom Blakely était de retour. « Comme je vous l'ai dit, sergent, je ne le connais pas vraiment, mais je l'ai vu dans les parages. Je crois qu'il n'habite pas notre ville depuis longtemps. Il est presque aussi grand que moi, à peu près, 1,80 mètre mais il est assez fluet. Il a des autocollants de la Northeastern University sur la vitre arrière ; j'en déduis qu'il étudie à Boston. »

Le sergent alla vers la poubelle pour y fourrager un peu avec la main. Il revint et dit : « J'aimerais utiliser votre téléphone pour appeler le commissariat. Il faut que je fasse venir quelqu'un pour prendre cette poubelle.

— Qu'est-ce que cela signifie, la prendre ? interrogea Glossop.

— Seulement pour un moment. Nous vous la ramènerons. Je veux uniquement la faire vider là-bas.

— Et comment faisons-nous entre-temps ?

— Il y a un carton derrière que nous pouvons utiliser, fit Blakely.

— Qu'est-ce que tu fiches à Maple Street ? » l'interrogea Glossop avec curiosité.

Blakely ricana. « Oh, je connais bien une fille qui habite là. »

Un peu plus tard au commissariat, le sergent fit son rapport au commissaire Lanigan. « Le gars habite Maple Street, au coin de la Glen Lane. Son nom est Kramer. Désirez-vous que j'y aille pour vous l'amener ?

— Non, nous attendrons d'avoir le rapport du labo. Si ce que nous avons trouvé dans la poubelle correspond aux débris ramassés sur les lieux, vous me l'amènerez. Bon travail, sergent.

Dunstable sourit avec fausse modestie. Un petit travail de routine pour un détective.

25.

— Eh bien, que penses-tu de lui ? demanda Mme Magnuson après avoir refermé derrière elle la porte de la chambre à coucher.

Howard Magnuson gagnait du temps en dénouant sa cravate.

— C'est un gars de bonne apparence.

— Il est visiblement en adoration devant Laura, enchaîna Mme Magnuson. Il ne l'a pas quittée des yeux durant tout le repas.

— Je l'ai aussi remarqué. Même quand il me parlait, il continuait à la fixer. Peut-être était-ce de l'adoration, mais j'avais plutôt l'impression qu'il la regardait pour recevoir des directives.

— Oui, c'était assez étrange, reconnut Mme Magnuson comme pour se défendre. Je comprends qu'il tenait à éviter tout impair.

— Certainement, je comprends. Il faisait un gros effort pour éprouver du plaisir. » Toutefois, une réticence innée à soi-même de bluffer lui faisait aussitôt ajouter : « Tu dois admettre qu'il ne casse pas des briques.

— Qu'en sais-tu ?

— Eh bien, j'ai appris par Laura qu'il s'est dirigé

vers la politique parce qu'il n'a pas réussi dans le droit. Et s'il n'y avait pas eu Laura, il n'aurait pas davantage réussi dans la politique. Grâce à un héritage, il possède quelques milliers de dollars qu'il a placés à la Caisse d'épargne. Il achète une voiture d'une couleur impossible, parce qu'il l'obtient bon marché. Il...

— Qui a dit qu'il fallait forcément être génial pour un mariage réussi ? enchaîna Mme Magnuson, changeant de tactique. Tu prends une fille comme notre Laura, déterminée, résolue, je dirais même entêtée, et tu la maries à un homme énergique, sais-tu ce qui arriverait ? Ils ne tarderaient pas à se déchirer. Il se peut que Laura soit plus clairvoyante que toi, au moins en ce qui concerne le choix d'un époux. Je suis encline à penser que Laura a besoin d'un homme facile à vivre, flexible...

— Pourquoi ne dis-tu pas carrément un mollusque, faible et borné ? la provoqua-t-il.

— Soit, fit-elle calmement. Pourquoi s'en faire ? Elle le guidera, le dirigera. Il le saura et lui en sera reconnaissant et dévoué. Il n'a pas d'argent ? Et après ? Elle en a, et en aura encore bien plus un jour. Elle veut faire une carrière politique et elle la fera à travers lui. Avec elle derrière lui pour le conseiller et le piloter, je suis persuadée qu'il fera un bon sénateur d'État. Après quelques législatures, il se présentera au Congrès, il sera élu et ils iront à Washington. Si tu es intéressé à ce que ta fille connaisse le succès dans sa vie, qu'elle puisse donner sa mesure, tu devrais être enchanté de son choix.

— Certes, mais zut alors...

— Te rends-tu compte comment les choses se passeraient si elle nous amenait le genre d'homme que tu aimerais qu'elle choisisse ? Un jeune et brillant médecin, avocat ou p.-d.g. ? Il ferait une belle carrière, tandis qu'elle passerait son temps à la maison à organiser des réceptions et des dîners pour ses amis et relations professionnelles. Elle serait une ménagère, un point c'est tout. Tandis qu'il s'occuperait des choses intéressantes, elle conférerait avec des décorateurs sur la couleur des stores. Vois-tu, Laura est le fils que nous n'avons pas eu. Alors que ses amies ont arrêté leurs études après le bac, tu as insisté pour qu'elle aille à l'université. Si elle était un garçon, tu aurais été enchanté qu'elle s'engage dans la politique.

— Oui, mais...

— Suppose qu'elle soit un garçon et qu'elle nous ait amené une Scofield de sexe féminin. Tu te serais tordu de rire en apprenant qu'elle a placé ses quelques milliers de dollars à la Caisse d'épargne, qu'elle a acheté une voiture de couleur saumon et en la voyant regarder ton fils avant de parler pour recevoir des directives.

— Et les enfants ? questionna-t-il.

— C'est elle qui les mettra au monde.

— Ce n'est pas à cela que je pense, mais au fait qu'habituellement les enfants tiennent de leurs parents. Ils peuvent ressembler à Laura, comme ils peuvent lui ressembler, à lui, ou en partie à chacun d'entre eux. Est-ce que ça te chanterait d'avoir des petits-enfants ayant l'intelligence et la caractère de Scofield ? »

Sur le coup, elle fut embarrassée, mais elle reprit rapidement le dessus. « Penserais-tu à cela si Laura était Larry, un fils, et soit venu avec une fille comme Scofield. Pour autant que l'idée des enfants te serait venue à l'esprit, tu te serais uniquement posé la question si elle était en assez bonne santé pour en avoir. Sur ce point, je pense que nous n'avons pas de soucis à nous faire au sujet de Scofield, quant au reste, c'est une question de chance. »

Magnuson soupira. « O.K. !, Soph, tu as gagné, comme d'habitude (il sourit). Espérons que cela se goupillera aussi bien pour eux que cela s'est goupillé pour nous. »

Elle se rebiffa. « Serais-tu en train d'insinuer que j'essaie de te dominer. Tu sais très bien que c'est toi qui prends toutes les décisions.

— Oui, tu te contentes de donner des conseils, mais tes conseils sont terriblement persuasifs. Je suppose qu'il en sera de même pour Laura. Peut-être est-ce le cas de toutes les femmes. Laura t'a-t-elle indiqué quand elle a l'intention de se marier ? »

Son épouse secoua la tête. « Elle n'a pas mentionné de date. Cependant, j'ai l'impression que c'est pour tout de suite après l'élection.

— Mais c'est d'ici un mois déjà. Il vaut mieux que je m'en occupe sans tarder.

— Pourquoi dois-tu t'en occuper, *toi ?*

— Il faut que je règle tout avec le rabbin et quelque chose me dit que ce ne sera sans doute pas facile. »

26.

Après avoir ouvert la porte, Paul Kramer jeta un regard interrogateur sur les deux hommes. L'un d'eux exhiba une carte de police et se présenta : « Brigadier Dunstable, police de Barnard's Crossing. (Puis, désignant d'un geste de la tête son compagnon :) Agent Norton. Pouvons-nous entrer ?

— Certainement ; mais mes parents ne sont pas là, au cas où vous désireriez les voir.

— Est-ce votre voiture, la Chevrolet noire garée sur la Glen Lane ?

— Oui, c'est ma voiture.

— Étiez-vous garé là la nuit dernière ?

— Ou... oui.

— Et la nuit précédente ?

— Euh... enfin... (il crut comprendre) Oh, je sais que depuis novembre il n'est plus permis de se garer dans la rue pour la nuit. Mais je pensais que ce n'était pas valable pour la Glen Lane, car ce n'est pas vraiment une rue. En outre, elle était garée sur une sorte de renfoncement, qui serait un trottoir (il rit nerveusement) s'il y avait là des trottoirs.

— Pourquoi ne vous mettez-vous pas au garage ou sur le parking ? questionna Dunstable.

— Parce que parfois la batterie me fait des misères, particulièrement après la nuit quand il a plu, de sorte que je n'arrive pas à démarrer le matin. Aussi je me mets au haut de la Glen Lane afin de profiter de la petite pente pour lancer ma voiture.

— Fermez-vous la voiture à clé, lorsque vous la garez pour la nuit ?

— Bien entendu. (Il eut à nouveau un rire nerveux.) Voyez-vous, je me rends tous les matins à l'université où je stationne Huntington Avenue. Là-bas, je la ferme toujours à clé, parce qu'il y a beaucoup de vols de voitures. Ici, je pense que c'est moins indispensable, car qui irait faucher une vieille bagnole datant de soixante-treize ? Mais j'ai pris le pli.

— Était-elle fermée la nuit de mercredi ?

— Je pense que oui. (Il réfléchit un instant avant de continuer.) Oui, je suis sûr qu'elle était fermée la nuit de mercredi. Pourquoi ? Qu'est-ce qui s'est passé la nuit de mercredi ?

— Vous l'ignorez ? C'était dans *l'Express de Lynn.*

— Je ne lis pas *l'Express,* uniquement les journaux de Boston.

— Il y a eu un accident avec délit de fuite, Glen Lane.

— En quoi cela me concerne-t-il ?

— Un de vos phares était cassé et vous l'avez fait remplacer hier ; est-ce faux ?

— C'est exact. J'étais à Boston presque toute la journée. Cela a dû arriver là-bas. Ou alors j'aurais ramassé un gravillon en revenant de Boston à moins que ce ne soit déjà à l'aller. Je ne m'en étais pas rendu compte jusqu'au moment où le gars de la station-service me l'a signalé.

— Et où étiez-vous mercredi soir ?

— J'étais là à réviser pour un examen. Je ne suis même pas allé manger. Je me suis préparé quelque chose ici.

— Bon, je vous propose de venir avec moi pour voir le commissaire Lanigan et lui raconter tout cela.

— D'accord, je viens derrière vous.

— Non, vous venez dans ma voiture. Donnez les clés de votre voiture à l'agent Norton et il la conduira au commissariat. »

Le jeune homme eut une hésitation dans la voix. « Serait-ce que... que vous m'arrêtez ? »

Le brigadier Dunstable était d'une imprécision élaborée. « Je n'ai pas de mandat d'amener. Le commissaire m'a simplement dit de vous demander de venir. Bien entendu, si vous refusez, je fais un rapport en conséquence. Alors, le commissaire demandera probablement au parquet d'établir un mandat. »

Paul eut vite fait de réfléchir. Il ne pouvait s'agir que d'une erreur. Un gars a dû être renversé par un chauffard ivre. On a probablement trouvé des débris de verre sur les lieux et la police procédait à une enquête. Comme il avait fait remplacer un phare, il était une des personnes qu'elle interrogeait. Peut-être d'autres étaient-elles interrogées par la police de Lynn et la police de Revere, voire par celle de Boston. Il aurait vite fait d'expliquer qu'il ne roulait pas à l'heure de l'accident. Peut-être lui ferait-on faire une déclaration consignée sur un procès-verbal qu'il devra signer, et cela s'arrêtera là.

« Très bien, fit-il, allons-y. »

Ce n'était pas si simple que cela. Le commissaire Lanigan qu'il devait voir n'était pas là à leur arrivée. Il était assis sur un banc devant le brigadier de service au guichet. Il s'était levé, une fois ou deux, pour s'étirer les jambes ou chercher un vieux journal dans la corbeille à papier. Quand, levé une nouvelle fois, il se dirigea vers la porte, le brigadier lui demanda où il allait.

— Je pensai aller boire un café quelque part.

— Le commissaire sera là d'une minute à l'autre. Il n'apprécierait pas de ne pas vous trouver ici. Vous voulez une tasse de café ? O.K. !, je vais voir ce que je peux faire.

Le brigadier lui apporta un café avec même un beignet de la salle de garde. Paul n'avait pas le sentiment d'être enfermé et on ne lui avait pas dit qu'il n'avait pas le droit de partir. Cependant, ils avaient pris ses clés de voiture et il ne voyait pas comment il rentrerait tant qu'ils ne les lui auraient pas rendues. Il était sept heures passées quand enfin le commissaire Lanigan arriva et lui demanda de venir dans son bureau.

Il s'assit sur une chaise tandis que Lanigan téléphonait. Finalement, Lanigan se tourna vers lui. Les mains derrière la tête, les doigts entrecroisés, il se balançait d'avant en arrière dans son fauteuil pivotant. Puis, tout en souriant, il lui dit : « Une supposition que vous me racontiez tout ce qui est arrivé.

— Je ne sais pas ce que vous voulez que je vous raconte.

— Racontez-moi simplement ce qui est arrivé.

— Écoutez, tout ce que je sais consiste en ce que j'ai appris par le brigadier, c'est-à-dire que dans la nuit de mercredi il y a eu un accident avec délit de fuite Glen Lane. La nuit de mercredi, j'étais à la maison. Je n'ai pas bougé de chez moi.

— Comment votre phare s'est-il cassé ?

— Je n'en sais rien. Je vais tous les jours à Boston et

je me gare Huntington Avenue ou sur le Fenway, là où je trouve une place. Parfois, en revenant, on trouve sa voiture cabossée ou égratignée. Pensez-vous qu'ils vous laisseraient une note ? Ils fichent le camp. Donc, quelqu'un m'a abîmé le phare mercredi ou jeudi, je ne sais pas au juste. A moins qu'en roulant j'aie été victime d'une projection de gravillon ; allez savoir.

— Si c'était arrivé mercredi, ne vous en seriez-vous pas rendu compte jeudi au moment de partir pour Boston ?

— Je ne procède pas à l'inspection de ma voiture chaque fois que je m'apprête à m'en servir. Je me mets au volant et je démarre. Je ne regarde pas l'avant. Si j'étais parti la nuit, je l'aurais remarqué en allumant les phares ; mais je suis parti le matin. »

Lanigan acquiesça. « Cela paraît plausible. (Il resta pensif un moment, semblant hésiter.) Où sont vos parents ? demanda-t-il.

— Ils sont en déplacement.

— Oui, mais où ?

— Je ne sais pas au juste. Ils voyagent à travers le pays.

— Donc, si vous désirez les contacter, vous ne le pouvez pas ?

— On est convenu qu'ils me téléphoneraient plusieurs fois par semaine. En principe, ils doivent m'appeler ce soir.

— Je vois. Laissez-moi vous dire de quoi il s'agit. La victime de l'accident dont l'auteur a pris la fuite est décédée, de sorte qu'il y a homicide involontaire. C'est sérieux. Les détectives de l'État, ceux de la police judiciaire et les services du procureur suivent tous l'affaire. Or, on a trouvé des débris de verre à côté de la victime, des débris provenant d'un phare de voiture brisé par l'impact. Savez-vous ce que nous faisons des débris de verre ?

— J'ai vu un polar à la télé où les flics, je veux dire les policiers, les ont assemblés comme... comme si c'étaient les pièces d'un puzzle.

— C'est vrai. Nous procédons exactement de cette façon. Nous assemblons les pièces et, si elles correspondent, nous les recollons. Vous avez fait remplacer votre phare chez Glossop ; c'est le seul phare qu'ils aient remplacé ces jours-ci. Les débris de votre ancien phare qu'ils avaient jetés dans une poubelle ont été récupérés par un de nos hommes ; nous les avons assemblés, puis recollés. (Il leva un index en guise d'admonestation.) La situation se présente de la manière suivante : les pièces recollées correspondent exactement à l'encadrement de votre phare.

— Mais c'est impossible !

— Alors comment expliquez-vous que les débris s'adaptent exactement à votre phare ?

— Mais j'étais toute la nuit à la maison. »

Lanigan haussa les épaules.

« Je voudrais contacter un avocat », articula Paul.

Lanigan acquiesça. « Oui, je crois que c'est une bonne idée. (Il lui passa le téléphone à travers la table.) Allez-y, téléphonez. Si vous le désirez, je peux quitter la pièce.

— Je... je ne connais pas d'avocat, fit Paul, tout penaud. Nous n'habitons que depuis peu de temps ici. Je pensais... que... je pensais...

— Que c'est nous qui les fournissions ? Bon, vous comparaîtrez devant un juige lundi ; il vous en commettra un d'office si vous n'en avez pas d'ici là. Mais...

— Oh, j'en connais un ! Ce gars qui a gagné la primaire pour le sénat.

— Scofield ? Vous connaissez Jack Scofield ?

— Je ne le connais pas vraiment. Un soir, j'étais à une réception avec mes parents ; il était venu parler quelques minutes. Il a dit que si on avait besoin d'aide, il ne fallait pas hésiter à l'appeler. Ensuite, mon vieux, je veux dire mon père, a dit qu'il semblait être autant à la recherche de clients pour son étude que de votes. Peut-être, si je l'appelle... personne d'autre ne me vient à l'esprit.

— Téléphonez-lui, mais ne soyez pas déçu s'il vous oppose un refus.

— Pourquoi refuserait-il ? C'est bien une affaire de droit.

— Oui, mais il s'agit d'un dossier pénal ; alors il se pourrait qu'il demande d'abord à parler à vos parents. Car dans les affaires pénales, les avocats demandent habituellement un paiement d'avance. »

27.

Il était dix heures passées quand le rabbin et son épouse rentrèrent de l'office du vendredi soir. Le rabbin n'avait pas fini de tourner la clé dans la serrure qu'ils entendirent la sonnerie du téléphone à l'intérieur.

— Probablament quelqu'un s'est-il trompé de numéro, fit Myriam.

— Ou une urgence, rectifia le rabbin, si on appelle le sabbat.

Sans prendre le temps d'enlever son pardessus, le rabbin se saisit du récepteur. Il entendit une voix de femme, nerveuse, hors d'haleine. « Monsieur le rabbin Small ? Dieu merci, j'ai pu vous joindre. Excusez-moi de vous déranger si tard, mais je suis... nous sommes terriblement ennuyés. Je ne savais pas qui appeler, alors j'ai pensé à vous. Je suis Sally Kramer. Nous sommes voisins. Nous avons emménagé au bout de la rue, Maple Street, à l'angle de la Glen Lane. J'aurais voulu appeler les voisins de la maison jouxtant la mienne, mais je ne les connais pas ; je veux dire que je ne sais même pas leur nom. Certes, je ne vous connais pas vraiment non plus ; c'est-à-dire, vous ne me connaissez pas, mais nous avons l'intention de devenir membres de la communauté et...

— Qu'attendez-vous de moi, madame Kramer ?

Le rabbin entendit une voix masculine dire : « Laisse-moi lui parler. » Ensuite, la même voix au téléphone : « Ben Kramer à l'appareil. Mon épouse est un peu nerveuse, monsieur le rabbin. Nous sommes en train de faire un voyage à travers le pays. Je suis convenu avec mon fils Paul, lequel est resté à la maison car il est étudiant à l'université, que nous l'appellerions tous les vendredis vers sept heures du soir. Nous l'avons appelé et nul n'a répondu. Il y a des chances que, pensant que nous ne commencerions pas ce vendredi, car nous ne sommes partis que mercredi matin, il soit sorti pour la soirée, mais ma femme s'inquiète.

— Que voudriez-vous que je fasse, monsieur Kramer ?

— Eh bien, si ça ne vous dérange pas, pourriez-vous aller voir si la voiture est là-bas. C'est une vieille Chevrolet noire, modèle 73 si je ne m'abuse, avec un badge de l'université du Nord-Est sur la lunette arrière ; si la voiture y est, cela signifie qu'il est à la maison et vous pourriez lui demander de nous appeler. Si la voiture n'est pas là, ni en tournant le coin dans la Glen Lane, je ne pense pas qu'il l'ait mise au garage ou sur le parking, cela signifierait qu'il est parti pour la soirée et que mon épouse n'a aucune raison de se faire du mauvais sang.

— Je vois. Et vous aimeriez que je vous rappelle pour vous donner une réponse.

— Oui. Voilà le numéro de téléphone. Avez-vous un stylo et du papier sous la main ?

— Je n'écris pas le sabbat, monsieur Kramer. Mais si vous me donnez le numéro, je le répéterai à haute voix et ma femme s'en souviendra, si moi je ne le retiens pas.

— C'est magnifique, monsieur le rabbin. Croyez-moi, nous vous en sommes reconnaissants. Maintenant, pouvez-vous me dire quand vous avez l'intention d'aller...

— Je me mets immédiatement en route.

— Magnifique ! Voici le numéro. (Il l'énonça et le rabbin le répéta à haute voix pour Myriam.)

— Donc je puis attendre de vos nouvelles d'ici une demi-heure... trois quarts d'heure ?

— Probablement dans moins que cela.

— Magnifique ! Bien entendu, vous m'appelez en p.c.v.

Le rabbin alla jusqu'à l'extrémité de la Maple Street et, après avoir inspecté les lieux, fut de retour vingt minutes plus tard. Comme il s'était répété le numéro de téléphone sans cesse tout en marchant, il n'eut pas besoin de consulter Myriam pour le composer.

Mme Kramer était à l'autre bout.

— Il n'y avait aucune voiture à l'angle de la Glen Lane, madame Kramer, ni sur votre parking. J'ai jeté un coup d'œil par la vitre à l'intérieur de votre garage et j'y ai vu une voiture, une petite grise...

— C'est la mienne. Il est probablement sorti pour la soirée.

— Il y avait une lumière dans le couloir et une autre au second étage, poursuivit le rabbin. J'ai donc actionné la sonnette, j'ai pu entendre la sonnerie du dehors, puis j'ai frappé, en insistant, mais sans aucune réponse. Voulez-vous que je...

— Non, c'est très bien, ponctua-t-elle. Je lui ai recommandé de laisser le couloir et sa chambre allumés s'il part pour la soirée. Je suppose que tout est au mieux. Nous appellerons donc vendredi prochain. Si... (Elle hésita.)

— Oui ?

— Si ça ne vous dérange pas trop, pourriez-vous demain ou après-demain lui glisser un mot dans la boîte aux lettres pour lui demander d'être à la maison quand nous appellerons la prochaine fois.

— Vous pouvez compter sur moi, madame Kramer.

L'édition de samedi du journal local n'était distribuée qu'en fin d'après-midi, et les Small ne la lisaient pas par principe avant la fin du sabbat. Comme ils étaient sortis samedi soir, Myriam ne feuilleta le journal que dimanche matin. Parcourant la page des faits divers, elle lut un court paragraphe relatant qu'un certain Paul Kramer, demeurant Maple Street, avait été arrêté pour avoir pris la fuite après un accident mortel survenu mercredi. Elle montra l'article à son mari.

— Selon le journal, il a été arrêté vendredi après-midi. Cela signifie qu'il était détenu au commissariat tandis que tu frappais à sa porte.

— Sans doute.

— Il faut que tu avertisses ses parents, David.

— Comment ?

— Ne te rappelles-tu pas du numéro qu'ils t'ont donné ?

Il secoua la tête en signe de dénégation. « Cela ne servirait à rien si je m'en rappelais. Ils ne sont certainement plus là-bas.

— Mais les gens chez lesquels ils étaient…

— Ils ont dû téléphoner d'un hôtel ou d'un restaurant. En rappelant, j'ai trouvé une standardiste au bout du fil.

— Oh, David, ne pouvons-nous vraiment rien faire ?

— Si, je pourrais peut-être téléphoner au commissaire Lanigan. S'agissant d'un délit de fuite, l'arrestation a sans doute été effectuée par la police judiciaire, mais il doit être plus ou moins au courant. Il est probablement chez lui à la maison ; je vais l'appeler là-bas. »

Lorsqu'il eut Lanigan au téléphone, il demanda : « Est-ce que ce sont vos hommes qui ont arrêté Paul Kramer ?

— C'est exact.

— Pouvez-vous me donner quelques précisions ?

— Où se situe votre intérêt dans cette affaire, David, mis à part qu'il s'agit d'un des vôtres ?

— Je pense qu'en soi ce serait déjà suffisant, mais, en outre, ses parents m'ont téléphoné. (Il raconta ce qui s'était passé vendredi soir à son retour de la synagogue.)

— Je vois. J'ai une proposition à vous faire. J'étais en train de partir pour le commissariat quand vous m'avez appelé ; vous m'avez rattrapé sur le pas de la porte. Pourquoi ne nous rencontrerions-nous pas là-bas ?

28.

En sa qualité de membre du comité directeur de l'association des commissaires de police, Cesare Orlando était fréquemment en contact avec ses collègues commissaires de police à travers tout l'État. Il cherchait régulièrement à susciter leur intérêt et leur présence à la conférence annuelle qui se tenait à Boston le jour du Thanksgiving. Comme l'enthousiasme qu'il rencontrait était, au mieux, tiède, il abordait le sujet par la bande. Ainsi, appelant Lanigan, il commença par le féliciter pour avoir résolu aussi promptement cette affaire de délit de fuite.

— Comment as-tu fait, Hugh ?

— J'y suis arrivé grâce au bon travail de détective qui a valu sa renommée à la police de Barnard's Crossing, Chezzie.

— Hum. Tu pourrais rédiger un rapport et en donner lecture à la conférence de Boston.

— Oui, je pourrais le faire, à condition que je mette la main sur un stylo.

Orlando rit. « Si tu es sage, je t'en offrirai peut-être un. À propos, j'ai eu quelques informations relatives à cette affaire.

— Vraiment ?

— Ouais. Tu souviens-tu de ce tract qu'un groupe s'intitulant le “ Comité pour un bon gouvernement ” ou “ Comité des citoyens vigilants ” avait fait circuler avant les primaires ? Tu sais sans doute que Tommy Baggio a déclaré qu'il s'agissait d'un montage, qu'il n'avait jamais assisté à ce dîner ; il n'en a pas moins perdu l'élection. Sur ce, il a saisi la commission électorale qui a mis plusieurs détectives sur cette affaire.

— Crois-tu qu'ils enquêtent réellement pour ce genre de choses ?

— Tu sais ce qu'il en est. D'habitude, ils ne se pressent pas trop, mais Tommy a un beau-frère siégeant à la commission électorale et celui-ci a poussé sur l'accélérateur. Et connais-tu le résultat des courses ? Il paraît que les “ Citoyens vigilants ” avaient pour seul adhérent le dénommé Tony d'Angelo, la victime de ton accident dont l'auteur a pris la fuite.

— Voilà qui doit tomber à pic pour certains.

— Je sais ce que tu penses, Hugh ; et je ne chercherais pas à contester qu'il arrive occasionnellement de mettre sur le dos d'un mort un méfait non solutionné. C'est exactement de cette façon que nous avons procédé durant la guerre au service de l'intendance auquel j'appartenais. Chaque fois qu'un de nos cargos était coulé, on le chargeait de toute pièce disparue ou égarée dont nous étions responsables. Je me rappelle d'un “ liberty ship ” de 10 000 tonnes qui a été englouti avec quelque 100 000 tonnes de tables de bureau, de machines à écrire, de grues et le ciel sait quoi encore. Mais ce que j'ai dit pour Tony d'Angelo, c'est du cent pour cent. Ils ont mis la main sur l'imprimeur et celui-ci a craché le morceau.

— Et Tommy Baggio a pris cela pour argent comptant ? fit Lanigan, sceptique.

— Les preuves sont irréfutables. Cependant, il affirme n'avoir jamais rencontré Tony d'Angelo, qu'il n'aurait pas reconnu même s'il avait buté contre lui. Donc, il a fallu que celui-ci ait travaillé pour un tiers. Baggio a soupçonné les frères Fiore lesquels pouvaient lui en vouloir pour avoir fait passer un arrêté fixant la fermeture des boîtes de nuit à une heure du matin. Mais ceux-ci ont objecté qu'ils n'avaient nulle raison d'empêcher une élection qui aurait éloigné Baggio de la ville, alors que c'est justement au conseil municipal qu'il les gênait.

— Cela semble logique. Qu'en est-il de la bonne femme ? Qu'a-t-elle à raconter ?

— La bonne femme ? Ah, tu veux parler de Mildred Hanson, la nana avec laquelle il vivait ? Elle est partie. Cela ne signifie rien. Ce genre de personne change souvent de domicile.

— Donc, la commission électorale ferme son dossier ? C'est bon à savoir. Merci pour ton appel et tes informations, Chezzie. » Il raccrocha en souriant.

Quelques secondes plus tard, le téléphone sonna. C'était encore Orlando. « Dis, tu m'as raccroché. »

Feignant l'innocence, Lanigan fit : « Comment, je croyais que notre conversation était terminée, Chezzie.

— Tu es futé. Écoute Hugh, tu viens à la réunion le lendemain du Thanksgiving, n'est-ce pas ?

— Pourquoi faut-il que ce soit toujours à Boston ?

— Où veux-tu que ce soit ? À Barnard's Crossing ? Dois-je réserver une chambre pour toi et ta femme ?

— Pourquoi prendrais-je une chambre, Chezzie ? Je suis sur place en trente ou quarante minutes de route.

— Nous avons été obligés de retenir un certain nombre de chambres à l'hôtel Statler.

— Écoute, Chezzie. Je tâcherai de venir, mais je ne passerai pas la nuit à Boston.

— Bon, mais je peux au moins t'inscrire pour le dîner ; d'accord ? »

Lanigan se laissa fléchir. « D'accord pour le dîner. »

29.

— Ces gosses ! (Lanigan cracha ces deux mots comme s'il s'agissait d'une obscénité.) On a beau le leur dire, ils croient tout savoir. Les preuves contre lui sont d'une clarté aveuglante. Les débris de verre ramassés sur les lieux correspondent exactement au verre du phare qu'il a fait remplacer. Ce n'est pas seulement le même verre, mais les débris reconstituent exactement le verre cassé, comme dans un puzzle. Et pourtant il persiste à dire qu'il n'a pas bougé de la maison durant toute la soirée et toute la nuit.

— Quelqu'un d'autre aurait pu se servir de sa voiture ? suggéra le rabbin.

Lanigan secoua la tête. « Il dit que non.

— Je veux dire, sans sa permission. »

Lanigan secoua à nouveau la tête, en arborant cette fois-ci un large sourire. « Il ferme sa voiture à clé en la quittant. Non seulement il la ferme à clé, mais par-dessus le marché il fixe sur une des roues un gadget qui la bloque. J'ai cru comprendre que là où il se gare habituellement le jour, dans les parages de l'université de Boston, il y a souvent des vols de voitures. »

Le rabbin acquiesça. « Voilà qui limite plutôt les possibilités, n'est-ce pas ? La victime était à pied, je présume. Qui était-elle et que faisait-elle en pleine nuit à marcher Glen Lane ? Était-ce quelque vagabond ou…

— Elle est bien bonne, celle-là, l'interrompit Lanigan. Juste avant notre arrivée, je venais de parler au commissaire de police de Revere. La victime était un petit malfrat de Revere, magouillant dans la politique. Selon le commissaire de cette ville, il était l'auteur de ce tract montrant Baggio, candidat au poste de sénateur de l'État, attablé avec une bande de gangsters. Avez-vous vu ce tract ? Quant à son passage Glen Lane, nous pensons qu'il se dirigeait vers Salem et qu'il a ressenti un pressant besoin naturel. Aussi, a-t-il bifurqué dans Glen Lane avant de sortir de sa voiture pour se soulager.

— Je vois. (Le rabbin réfléchit un instant.) Par ailleurs, j'estime que quelqu'un conduisant sur une voie aussi obscure et peu fréquentée que Glen Lane ne s'attend pas à trouver un piéton en travers de sa route…

— Exactement, renchérit Lanigan. Il se peut que le gars ait brusquement surgi du petit bois au moment où arrivait la voiture. Peut-être a-t-il été effrayé par quelque animal, un raton laveur ou un putois, et il est sorti du bois en courant pour venir se jeter contre la voiture. Voyez-vous, dans un accident avec délit de fuite, il y a deux éléments : l'accident et la fuite. Par définition, l'accident est accidentel. Néanmoins, nous commençons toujours, en cas d'accident, par présumer qu'il y a eu une négligence de la part du chauffeur, et quand ledit chauffeur est soupçonné d'avoir été pris de boisson, cela devient plus qu'une présomption. Toutefois, le bon sens nous dit que parfois la victime était fautive et il arrive que le conducteur le plus prudent du monde ne puisse pas éviter un accident. Mais, dans une procédure normale, nous commençons par faire jouer la présomption contre le chauffeur. Le parquet lui retire automatiquement le permis, et il lui appartient, une fois qu'il est inculpé, de prouver son innocence.

« En général, la peine n'est pas trop sévère même si, la victime étant décédée, il s'agit d'un homicide involontaire. Habituellement, cela se traduit par un retrait du permis pour une certaine période. Mais le second élément, le délit de fuite, qui est le fait d'une décision consciente du chauffeur, est beaucoup plus répréhensible. Il laisse sa victime, sans se préoccuper de ses souffrances et du danger d'aggravation en raison de l'absence d'une rapide intervention médicale. »

Lanigan se carra dans son fauteuil, croisa les bras et fixa son interlocuteur du regard pendant quelques secondes. Puis, il se redressa. « Bon. Une fois qu'on lui a mis le grappin dessus, je lui ai exposé les éléments que nous avions réunis contre lui. Il était assis là, en face de moi, dans le fauteuil que vous occupez. Je ne l'ai ni accablé ni rudoyé, je me suis contenté de lui expliquer de quoi il en retournait. Et il a trouvé moyen de nier ! Il prétend ne pas avoir quitté sa maison et veut se faire assister par un avocat.

— C'est son droit, dit tranquillement le rabbin.

— Certainement, admit Lanigan. Croyez-moi, avec l'actuel code de procédure pénale, je ne voudrais pas établir le dossier des charges pesant sur lui sans la présence d'un avocat. Mais, il était là, assis, sans l'ombre d'une émotion. À son âge, si je m'étais trouvé dans un commissariat de police pour quelque raison que ce soit, j'aurais été paniqué, ne serait-ce qu'en pensant à ce que diraient mes parents, même si j'avais été aussi innocent que l'enfant qui vient de naître. Actuellement, être arrêté ne signifie plus rien pour les jeunes. Ils le recherchent. Il suffit qu'ils se fassent pincer pour passer pour des héros. Cela prouve qu'ils luttent pour l'écologie, les droits civils, contre les brutalités policières ou pour une quelconque autre noble cause. Le fait d'avoir été arrêté implique que l'on est défenseur d'une noble cause.

— A-t-il pu trouver un avocat ? demanda le rabbin.

— Assez curieusement, oui.

— Qu'y a-t-il de curieux à cela ?

— Eh bien, en général, les avocats commencent par demander une provision avant de se charger d'une affaire pénale. Bien entendu, un avocat qui aurait travaillé précédemment pour la famille se serait chargé de sa défense, mais ces gens viennent d'emménager ici et le garçon ne connaissait personne. Puis, il s'est rappelé avoir rencontré dans une maison où lui et ses parents étaient invités Jack Scofield, venu faire sa campagne électorale ; il lui a téléphoné et, à ma surprise, Scofield a accepté de l'assister. C'est un beau geste de sa part, à mon avis. Reste à savoir si ce sera durable.

— Pourquoi ne serait-ce pas durable ?

— Naturellement, Scofield ne m'a rien dit ; mais j'ai pu voir à sa figure qu'il n'était pas très content après s'être entretenu avec le garçon. Peut-être estimait-il que l'intransigeance du gosse à nier rendait sa tâche d'avocat particulièrement ardue. Normalement, dans un cas comme celui-ci, la stratégie habituelle consiste à reconnaître les faits, tout en essayant d'atténuer au maximum sa responsabilité : « La victime a surgi du bois, j'ai klaxonné et il a sauté du mauvais côté. » C'est facile, la victime n'étant plus là pour dire le contraire. Quant au délit de fuite, il pourrait exposer qu'il a paniqué ou qu'il est rentré pour téléphoner à la police, et là il a eu un trou de mémoire. Presque n'importe quoi. Mais si le garçon persiste à dire qu'il n'a pas quitté la maison, que peut faire Scofield pour lui ?

— Donc, comment les choses vont-elles se passer pour lui ? demanda le rabbin.

— Vous voulez dire par la suite ?

— Non, je parle de la procédure. Je suppose qu'il va être inculpé.

— C'est exact. Dès lundi matin. Nous demanderons qu'il soit maintenu en détention du fait qu'il y a eu homicide, ou qu'à défaut l'on exige une forte caution pour une remise en liberté. Toutefois, il y a de bonnes chances que le juge accepte de le libérer contre son simple engagement de comparaître, compte tenu de sa qualité d'étudiant et de ce qu'il y a peu de risques qu'il prenne la fuite. C'est la tendance actuelle de la jurisprudence. À voir les choses de près, les demandes de caution n'ont jamais causé de problèmes aux riches, uniquement aux pauvres.

— J'aimerais le voir », dit le rabbin avec insistance comme s'il s'attendait à une opposition de la part du commissaire.

Cependant, Lanigan donna immédiatement son accord. « Bien sûr. Peut-être arriverez-vous à lui faire adopter une position de bon sens. Vous me ferez connaître le résultat de votre entretien. »

30.

— Je suis le rabbin Small, un de vos voisins.

— Oui, je vous connais de vue.

— Vos parents m'ont téléphoné vendredi soir dernier après qu'ils n'aient pas pu vous joindre.

— Et vous leur avez raconté que j'avais été arrêté ?

Son ton, sans être franchement hostile, indiquait son sentiment selon lequel dans le conflit de générations, parents contre enfants, le rabbin était à l'évidence dans le camp des premiers.

Le rabbin avait deviné la pensée du jeune homme, sans pour autant faire un quelconque effort pour le détromper. « N... non, je ne le savais pas à l'époque. Bien entendu, je leur aurais dit si j'avais su. Ils ont le droit de savoir. Mais je n'ai appris votre arrestation que ce matin en lisant le journal.

— Donc vous êtes venu pour...

— Vous aider dans la mesure du possible et simplement découvrir ce qui s'est passé pour le cas où vos parents me rappelleraient. Seriez-vous disposé à me raconter ce qui s'est passé ?

— Pour que vous puissiez le rapporter à la police. »

Le rabbin se pinça les lèvres tout en réfléchissant à la réponse qu'il allait donner. « Nous ne sommes pas au confessionnal et je ne suis pas un prêtre catholique. Si vous me disiez que vous avez commis un crime, j'en ferais part à la police. Mais, en l'occurrence, comme celle-ci prétend détenir des preuves formelles contre vous, je ne vois pas en quoi cela pourrait vous gêner. J'aimerais savoir ce qui s'est passé parce que je suis personnellement intéressé et également pour vos parents pour le cas où ils me téléphoneraient de nouveau. J'aimerais pouvoir leur présenter l'affaire sous le meilleur aspect possible.

— Il ne s'est rien passé du tout.

— Soit. Alors, racontez-moi ce que vous avez fait après le départ de vos parents.

— Mes parents sont partis mercredi matin, vers huit heures. Je me suis mis en route pour l'université quelque vingt minutes plus tard. J'avais des cours toute la journée ; le dernier a débuté à trois heures. A quatre heures, je suis reparti pour Barnard's Crossing. En arrivant, je me suis garé selon mon habitude dans la Glen Lane. Il y a là une petite déclivité et, si ma batterie me fait des histoires, ce qui arrive parfois, notamment par temps de pluie, je mets la voiture en route en dévalant la pente. Ma mère m'avait préparé le dîner, de sorte que je n'avais qu'à le sortir du frigo et le réchauffer. Après, j'ai fait la vaisselle avant de retrouver ensuite mes bouquins. J'avais une interrogation le lendemain et beaucoup à réviser. Je me suis couché vers onze heures. Le lendemain matin, nous sommes partis pour l'université...

— Nous ? »

Le jeune homme semblait interloqué. « Nous ? » répétait-il.

— Vous avez dit « nous », confirma le rabbin.

— Ah, je pensais la bagnole et moi.

— Oh ! (Le rabbin mentionna d'un signe de tête qu'il avait compris.) Et vous n'avez pas remarqué que votre phare était cassé ?

— Regardez-vous l'avant de votre véhicule chaque fois avant de vous mettre au volant, monsieur le rabbin ?

— Je ne pense pas.

— Quoi qu'il en soit, j'ai fait mon interrogation, puis j'ai suivi différents cours avant de me remettre en route pour la maison vers quatre heures. En arrivant à Barnard's Crossing, je me suis rendu compte qu'il ne me restait pas beaucoup d'essence. Alors qu'il me faisait le plein, le gars à la station-service a attiré mon attention sur mon phare cassé et je lui ai dit de le remplacer. Le lendemain, les flics sont venus m'embarquer. Voici le récit de ce qui s'est passé depuis le départ de mes parents.

— Donc mercredi vous n'avez pas quitté la maison après votre retour de l'université ? Vers cinq heures ?

— Exactement.

— Et comment expliquez-vous qu'on ait trouvé des débris de votre verre de phare dans la Glen Lane ?

— Comment puis-je savoir que ces débris provenaient de mon phare ? rétorqua Paul.

— La police les a comparés avec les débris de verre de votre phare retrouvés à la station-service.

— Et comment puis-je savoir que les débris récupérés à la station-service provenaient de mon phare ? Peut-être proviennent-ils d'une autre voiture.

— Si j'ai bien compris, votre phare est le seul qu'ils ont remplacé ces derniers jours.

— Soit. Et comment puis-je savoir que les débris sont correspondants ? Avez-vous jamais étudié l'anthropologie, monsieur le rabbin ?

Le rabbin, étonné du changement de sujet, secoua la tête en signe de dénégation.

— L'année dernière j'ai suivi un cours d'anthropologie. Un jour quelqu'un a trouvé une dent et quelques mètres plus loin un maxillaire. Il s'est empressé de fixer la dent dans un trou du maxillaire. Certes, ce n'était pas parfaitement ajusté comme lorsqu'un dentiste confectionne une dent artificielle qu'il vous imbrique. Mais cela allait. Aussitôt, il en a déduit que le gars en question mesurait 1,50 m, qu'il marchait en se tenant droit et qu'il vivait de la chasse. Il y a des gens s'estimant capables d'en dessiner un portrait et de vous raconter sa vie en détail. Avez-vous entendu parler de l'homme de Piltdown ? On a monté un canular consistant à assembler le crâne d'un homme des temps modernes avec la mâchoire d'un singe. A partir de là, des savants, tous plus qualifiés les uns que les autres, ont élaboré une foule de théories. Enfin, cinquante ans plus tard, j'ai bien dit cinquante ans, ils ont fini par découvrir la vérité.

— Et vous croyez que quelque chose de comparable s'est produit pour vous et que la police veut vous mettre quelque chose sur le dos ? Quelle raison aurait-elle de faire cela ?

— Oh, je ne dis pas qu'ils m'en veulent personnellement, encore que nous venons d'arriver dans cette ville où les gens vous considèrent comme un étranger, dès lors que vous n'y êtes pas né. Mais ne serait-il pas possible que la police s'arrange pour ne pas avoir à classer un dossier gênant sans suite ?

— Avez-vous soulevé cette objection en face du commissaire Lanigan ?

— J'estimais devoir m'exprimer le moins possible. En tout cas, hors de la présence d'un avocat.

— Il n'est pas stupide, jugea le rabbin quand il eut retrouvé le commissaire Lanigan. Or, il faudrait qu'il soit tout à fait stupide pour nier l'implication de sa voiture dans l'accident de Glen Lane en face des preuves que vous détenez.

— C'est un fait, David, que certains délinquants, lorsqu'ils sont pris, se montrent souvent extrêmement stupides dans leurs efforts pour se disculper alors que par ailleurs ils sont très intelligents.

— Je crois que vous m'avez mal compris, persista le rabbin. S'il avait voulu se dégager de sa responsabilité pour le délit de fuite, il aurait pu prétendre de façon assez plausible qu'il n'était pas au courant. Il aurait parfaitement pu mettre sa voiture après l'accident au garage plutôt que la laisser à nouveau à l'extrémité de la Glen Lane. Par ailleurs, plutôt que de faire remplacer son phare sur place, il aurait pu faire effectuer ce remplacement dans une grande surface à Boston, où nul n'y aurait prêté attention.

— Bien entendu, mais...

— Au lieu de cela, il conteste avoir été Glen Lane et affirme mordicus être resté à la maison durant toute la soirée où les faits se sont produits.

— Alors comment se fait-il que les débris de verre ramassés sur les lieux coïncident exactement avec son verre de phare ?

Le rabbin sourit. « Il le conteste. Il dit que les débris ne peuvent pas coïncider avec son verre de phare.

— Croyez-moi, ils coïncident.

— Il pense que la police l'a épinglé parce qu'il n'habite que depuis peu dans cette ville.

— Que c'est un coup monté contre lui ? Croyez-vous cela, David ?

— Bien sûr que non.

— Néanmoins, vous estimez qu'il dit vrai. Soit, alors expliquez-moi comment c'est possible avec les preuves que nous détenons ?

— Quelqu'un d'autre aurait pu se servir de sa voiture, tandis qu'il était à la maison. »

Le commissaire secoua énergiquement la tête. « Il n'y a aucun risque. La voiture était fermée à clé et le volant était muni d'un antivol, qu'un voleur aurait pu à la rigueur casser, mais non pas remettre en place ensuite.

— Je ne pensai pas à un voleur, formula le rabbin. Mais supposez que quelqu'un ait pris la voiture avec sa permission et l'ait conduite au moment de l'accident.

— Alors pourquoi ne nous le dirait-il pas ? »

Le rabbin haussa les épaules. « Peut-être par un sentiment exagéré de loyauté. (Il réfléchit un instant.) Ou par galanterie. Il s'agit peut-être d'une fille.

— Y a-t-il une quelconque autre raison, que l'intelligence que vous prêtez à Paul Kramer, pour penser que ce n'était pas lui ? »

Le rabbin hésita. « Pas vraiment, sinon ce qui pouvait avoir été un *lapsus linguae* de sa part. Alors qu'il me racontait ce qu'il avait fait durant les derniers jours, il a dit être resté à la maison toute la soirée de mercredi à réviser pour une interrogation fixée à jeudi matin. Puis il a enchaîné : "Le lendemain matin, nous sommes partis pour l'université. " Quand je l'ai questionné sur la signification de ce " nous ", il a dit qu'il s'agissait de lui... et de la voiture !

— Ce n'est pas impossible. Ces gosses parlent de leur bagnole comme les cow-boys, du moins ceux que l'on voit dans les westerns, parlent de leur cheval.

— Oui, mais ensuite il a ajouté : " Sur le chemin du

retour, je me suis arrêté pour prendre de l'essence. " Il me semble que si habituellement il se servait du " nous " pour parler de lui-même et de la voiture, il aurait été logique qu'il utilise ce pluriel pour l'achat d'essence. »

Lanigan sourit. « Je vois où vous voulez en venir, David. Mais c'est bien mince. Que voulez-vous que je fasse ? »

Le rabbin était embarrassé. « Je ne sais pas, sauf peut-être que vous pourriez garder les yeux ouverts et examiner s'il n'est pas possible qu'il ait été en compagnie de quelqu'un mercredi soir ? »

Lanigan secoua lentement la tête. « Je ne dispose pas d'effectifs pour mener une enquête de cette nature. Il ne m'est pas possible de demander à mes hommes d'enquêter au sujet de la moindre hypothèse pouvant surgir à l'esprit. Si un tel fait existe, c'est à lui d'en faire état, car pour le moment il est dans de sales draps. »

31.

Howard Magnuson avait récompensé Morris Halperin des services que celui-ci lui avait rendus en lui confiant plusieurs dossiers juridiques. « Et surtout, avait indiqué Magnuson, ne croyez pas qu'il soit utile de ne pas décompter des honoraires plus importants que ceux que vous demandez à vos clients du coin. Nous sommes l'agence bostonienne d'une société d'importance nationale et nous tenons à payer un juste prix pour vos services. » La relation était lucrative et Halperin se donnait de la peine pour la maintenir. Chaque fois que Magnuson voulait le consulter, Halperin était disponible.

Aussi était-il tout à fait naturel que Magnuson vienne conférer avec lui avant d'aller trouver le rabbin Small au sujet des projets matrimoniaux de Laura. Bien que les Halperin eussent l'intention d'aller au cinéma, Morris assura : « Non, je suis libre ce soir. Je peux passer chez vous à l'heure qui vous convient. » Par ailleurs, il n'avait nul besoin de fournir des explications ou des excuses à son épouse. Elle était également consciente de l'intérêt que présentait le maintien des relations avec Magnuson, tant sur le plan financier que sur celui du standing social. Cela valait la peine de louper une séance de cinéma pour pouvoir raconter à une quelconque amie au téléphone : « Nous avions l'intention de voir ce film, mais Howard Magnuson a téléphoné, vous savez il est client de Morris, et il désirait le voir pour une affaire urgente ne souffrant aucun délai. Vous n'ignorez pas ce que les clients sont pour Morris. Ils ont une priorité absolue. »

Magnuson, bien que parfaitement conscient de ce que Halperin fût son obligé, se comportait comme si cet avocat lui rendait un immense service en se dérangeant pour lui. Il le salua avec effusion. « Entrez, s'il vous plaît. Je suis content de vous voir. J'ai essayé de vous toucher en espérant que vous seriez libre ce soir.

— Vous avez bien fait, Howard. Je suis heureux de venir chez vous.

— Je voulais vous consulter... non, je m'exprime mal. Il ne s'agit pas d'une affaire de droit. Non plus d'une affaire de synagogue. Pourtant, il y a de cela. Mais c'est quelque chose de très personnel. J'aimerais connaître votre avis sur ce sujet, si vous voyez ce que je veux dire.

— Vous aimeriez simplement m'en parler.

— Exactement cela. Voyez-vous, ma fille, Laura, a l'intention de se marier.

— Oh, félicitations. Mazal tov *.

— Euh... oui, je vous remercie. Mais il y a un problème. Le jeune homme n'est pas juif...

— Ah, et il désire se convertir ?

— Non. Je ne pense pas. A vrai dire, je suis sûr que non. Je ne lui en ai pas parlé, mais je sais par Laura qu'il ne saurait en être question. Elle considère que ce ne serait pas habile politiquement. Vous ai-je dit qu'il s'occupait de politique ? Effectivement, il s'en occupe.

Il n'y a aucune raison de s'en cacher. C'est John Scofield qui vient de gagner la primaire républicaine pour le Sénat de l'État. Laura estime que ce garçon a de l'avenir dans la politique et... » Il regarda interrogativement son interlocuteur.

Halperin acquiesça. « Oui, je connais un peu John Scofield. Bien entendu, je sais que votre fille s'est donnée beaucoup de peine pour lui. Il est dur pour un juif de percer en politique dans cette partie du pays. Peut-être à New York ou en Floride, mais pas dans le Massachusetts. Je comprends votre fille quand elle pense que sa conversion lui serait nuisible sur le plan politique. Je suppose que vous, de votre côté, seriez formellement opposé à ce qu'elle se convertisse.

— C'est elle. Bien entendu, moi également, mais Laura est inflexible sur ce point.

— Donc, à l'évidence, cela ne peut être qu'un mariage civil.

— Voilà justement le problème. Laura tient absolument à être mariée par un rabbin. Ce n'est pas une question de religion, ajouta-t-il tandis que Halperin haussa les sourcils. C'est suite à une promesse qu'elle a faite à sa grand-mère maternelle, qui l'a dotée d'un important legs. »

Halperin se pencha en avant dans son fauteuil. On abordait là une question de droit. « Et le legs était subordonné à la condition qu'elle se marie à un juif ?

— Non, pas exactement. A l'époque, Laura avait, voyons voir, autour de seize ans. Nous étions tous allés au mariage d'une cousine de ma femme. Elle a épousé un non-juif, un homme très bien ; c'est un mariage réussi, ils ont trois enfants. La cérémonie avait été célébrée par un pasteur, mais il n'y avait rien de sectaire. Le nom de Jésus n'a pas été évoqué et le mariage n'a pas eu lieu dans une église, mais dans le jardin entourant la maison de la fille. Néanmoins, ma belle-mère était très énervée, et elle s'est fait promettre par Laura que lorsqu'elle se marierait, la cérémonie serait célébrée par un rabbin. Laura lui a donné sa parole. Elle aimait beaucoup sa grand-mère. Suite à cela, sa grand-mère lui a dit qu'elle l'avait dotée d'un legs dont elle pourrait disposer dès qu'elle aura atteint l'âge de vingt et un ans.

— Et ce legs était subordonné à son mariage avec un juif ?

— Sans doute pas légalement, mais Laura estime avoir une obligation morale, d'autant plus qu'elle tire de l'argent sur ce legs depuis cinq ou six ans.

— Je vois. J'ignore le montant que votre fille a prélevé sur ce legs, mais je pense que vous n'éprouveriez aucune difficulté à le reverser.

— Non, cela ne servirait à rien. Laura n'en démordrait pas.

— Bon, il y a des rabbins réformés qui acceptent occasionnellement de célébrer conjointement avec un pasteur ou un curé ce que l'on pourrait appeler une noce œcuménique. A première vue, je ne connais pas de rabbin conservateur qui ait accepté de le faire, et, à fortiori, pas de rabbin orthodoxe.

— Et le rabbin Small est bien entendu conservateur, opina Magnuson.

— Avec une tendance à l'orthodoxie, compléta Halperin.

— Vous savez, il n'est pas indispensable que cela se passe à la synagogue. »

Halperin secoua la tête. « Cela ne changerait rien pour le rabbin Small. Je suis sûr qu'il n'acceptera pas.

— Mais, nom d'un chien, ce genre de chose doit se produire fréquemment.

— Bien sûr. Actuellement, ça arrive couramment. Mon propre neveu...

— A épousé une non-juive ?

— Oui. Ils ont fait un mariage civil, de sorte qu'il n'y a pas eu de problème. Mais mes parents étaient très en colère. Puis, il y a la nièce de Ben Joseph, la sœur de Mary Slobodkin, le frère d'Ira Lamport, et, tenez, je serais prêt à parier qu'il n'y a pas un seul administrateur de la synagogue qui n'ait pas un membre de sa famille, un frère, une sœur, un neveu, une nièce, un cousin, engagé dans un mariage mixte. Je me suis laissé dire que cela représente la moitié des mariages.

— Et comment font-ils tous ?

— Cela varie de cas en cas. Parfois, le chrétien se convertit, d'autres fois, c'est le juif. Quelquefois aussi, le mariage est célébré dans une église par un pasteur ou un curé, sans qu'il y ait conversion. J'ai appris que les catholiques se sont assouplis. Dans le temps ils demandaient un engagement écrit que les enfants seraient élevés en catholiques. Je ne pense pas qu'ils le réclament toujours, du moins par par écrit. La plupart du temps, les partenaires se contentent d'un mariage civil. Je me suis laissé dire qu'il y a un rabbin dans le New Hampshire qui s'est fait une spécialité de la célébration de ce genre de mariage. Il paraît qu'il se déplace à travers toute la Nouvelle-Angleterre.

— J'aimerais le contacter, réfléchit Magnuson à haute voix.

— Je peux facilement vous procurer ses nom et adresse.

— Bien. Mais je dois d'abord en parler au rabbin Small, par simple courtoisie.

— Bien entendu.

— Je lui expliquerai la situation et lui demanderai d'officier.

— Il refusera.

— Alors, je lui rétorquerai que dans ce cas je dois prendre quelqu'un d'autre part.

— Il n'appréciera pas, remarqua Halperin.

— Moi non plus, je n'apprécie pas. Rien ne me plaît là-dedans. A parler franchement, je ne suis pas enchanté à l'idée du mariage de ma fille avec John Scofield. Je ne suis pas enchanté de son insistance à faire célébrer ce mariage par un rabbin, alors qu'un juge ferait parfaitement l'affaire. Je n'aime pas cette façon hypocrite mise en œuvre par ma fille pour couper les cheveux en quatre. Car, il est certain qu'en lui faisant promettre de se marier devant un rabbin ma belle-mère entendait que ma fille épouse un juif, de naissance ou par conversion. Mais dans ma vie d'homme d'affaires, il m'est arrivé de devoir avaler des couleuvres, à mon corps défendant.

— Oui, mais le rabbin pourrait estimer ne pas devoir avaler celle-là.

— Alors que peut-il faire ?

— Rien, sinon vous opposer un refus. »

32.

Paul Kramer fut inculpé lundi matin au tribunal de Salem. Le brigadier Dunstable était présent pour deux raisons : c'est lui qui avait arrêté le suspect et l'avait amené au tribunal. Le procureur adjoint, Charlie Venturo, requit une caution élevée, en rappelant qu'il y avait eu mort d'homme. En sa qualité de défenseur, John Scofield fit valoir que Paul n'avait pas de casier judiciaire, qu'il était étudiant et qu'il n'y avait aucune raison de supposer qu'il se déroberait à la justice.

Après la plaidoirie, le juge s'adressa à Paul : « Je prononcerai mon verdict le vingt novembre. En attendant, je vous mets en liberté sur parole. La date de l'audience vous sera signifiée par courrier, mais d'ores et déjà, retenez la date que j'ai énoncée, car vous devez comparaître. M'avez-vous bien compris ?

— Oui, monsieur, pardon, oui Votre Honneur. »

Scofield était très content de lui pour l'avoir emporté sur Venturo bien qu'il ne s'agît que d'un point mineur. Il ne put s'empêcher d'exprimer son contentement à haute voix devant son rival alors qu'ils sortirent en même temps du palais de justice : « Cette fois-ci, j'ai pris le meilleur sur vous, Charlie. »

Venturo, en vieux routier, n'ayant pas attendu un

autre résultat, sourit et dit : « Tantôt on gagne, tantôt on perd. Puisque vous avez gagné, vous allez payer un verre. » Quand ils furent attablés, Venturo demanda : « Comment avez-vous eu ce dossier, Jack ? »

Scofield répondit : « Le gosse m'a téléphoné. Il a affirmé m'avoir rencontré lors d'une réception où j'avais fait acte de présence durant quelques minutes pendant ma campagne électorale.

— Avait-il de l'argent pour vous verser une provision ?

— Non, mais j'irai trouver ses parents dès qu'ils seront de retour. Je suis certain qu'ils me payeront les honoraires. »

Venturo acquiesça. « Je pense qu'en opérant de cette façon on se constitue une clientèle dans le privé. »

De retour à Barnard's Crossing, le brigadier Dunstable fit son rapport à Lanigan, qui ne fut ni surpris ni indigné. « C'est normal. A l'évidence, ce garçon n'est pas un criminel. Il y a eu des cas bien plus graves où le juge a estimé bon d'accorder la liberté provisoire sans caution. De toute façon, les prisons sont surpeuplées. »

Il nota sur son agenda la date prévue pour le prononcé du jugement et sortit cette affaire de son esprit. Malgré les doutes exprimés par le rabbin Small, il estimait avoir construit un dossier à toute épreuve.

Mais, le lendemain après-midi, le brigadier de service à la réception passa la tête dans l'entrebâillement de la porte du bureau de Lanigan pour annoncer : « Chef, il y a quelqu'un qui a des révélations à faire sur le délit de fuite de Glen Lane.

— D'accord, faites-le entrer.

— Ce n'est pas un *le,* c'est une *la.*

— Alors, faites-*la* entrer. »

Le brigadier dandina du chef avant de s'écarter pour

laisser le passage à une jeune femme en jeans et polo dont les manches étaient retroussées jusqu'aux coudes. Ses cheveux, visiblement décolorés et bouclés style afro, étaient ramenés vers l'arrière de manière à ce qu'on voit les oreilles au bout desquelles cliquetaient des pendants noirs. Son crayon à lèvres incolore avait donné une teinte rosâtre à ses lèvres. Elle avait soigneusement peint le pourtour de ses yeux en bleu dans le haut et en vert dans le bas, tandis que les paupières étaient bordées de noir. Le jeans lui moulait étroitement l'arrière-train et alors qu'elle s'assit dans le siège, en face du commissaire, ses seins, non entravés par un soutien-gorge, bougeaient à l'intérieur du polo.

— Je suis simplement venu vous dire que vous faites entièrement fausse route en ce qui concerne Paul Kramer. Il n'est pas coupable.

— Vraiment ? Comment le savez-vous ?

— Parce que j'ai passé la nuit avec lui. A partir de huit heures et quart. Et il n'a pas quitté la maison.

Lanigan qui s'était enfoncé au fond de son fauteuil se redressa. Il la regarda droit dans les yeux. « Comment vous appelez-vous ?

— Fran Kimball.

— Et vous habitez... ?

— Elm Street.

— Elm Street ? Tom, non, Ted Kimball ?

— C'est mon père. Mais il ne vit plus à la maison.

— Depuis trois ou quatre années ?

— Depuis plus de six ans, rectifia-t-elle.

— Bon. Donc, vous prétendez avoir été cette nuit avec Paul Kramer. Que voulez-vous dire ? Jusqu'à quelle heure ?

— Jusqu'au matin, quand nous sommes partis ensemble pour l'université.

— Vous étiez là-bas toute la nuit ? Vous avez passé la nuit avec lui ?

— Euh, ouï.

— Votre mère était-elle au courant ?

— Non évidemment. Ma copine Beth Mac Allister m'a servi de couverture. J'avais une interrogation le lendemain, que nous avons préparée ensemble, Paul et moi.

— Êtes-vous inscrite à l'université Northeastern ?

— Oui, je suis en maîtrise de gestion. Paul n'est qu'en seconde année, mais nous suivons le même cours obligatoire de littérature américaine. Comme on nous a placés selon l'ordre alphabétique, nous sommes assis l'un à côté de l'autre, moi Kimbla, lui Kramer. Parfois, il me prend dans sa voiture. Donc, mercredi, alors que nous roulions sur le chemin du retour, nous avons parlé de l'interrogation du lendemain et il m'a dit qu'il était prêt. C'est un cerveau...

— Un cerveau ?

— C'est un gros bûcheur. J'avais l'intention d'étudier dans l'aide-mémoire. Mais, une fois arrivée chez moi, j'ai constaté que j'avais oublié l'aide-mémoire à l'université. Par conséquent, je lui ai téléphoné pour lui demander s'il pouvait me prêter le sien ; il m'a répondu qu'il n'en avait pas car il préférait travailler sur le cours complet.

— Incroyable, murmura Lanigan.

— Là-dessus, il m'a dit que si je venais chez lui, nous pourrions réviser ensemble. Comme il a ajouté que ses parents étaient partis le matin même pour un assez long voyage à travers le pays, je savais qu'il était seul.

— Est-ce lui qui vous a proposé de passer la nuit ensemble ?

— Ah non. Il est très jeune, dix-neuf ans par là.

— Et vous ?

— J'ai vingt-deux ans.

— Alors, passer la nuit ensemble, c'était une idée à vous ?

— En quelque sorte, oui. Au départ, je n'avais pas cette intention. C'est arrivé comme ça. Voyez-vous, je n'avais pas dit à ma mère que j'allais chez lui, car elle m'aurait tout de suite posé une foule de questions : qui y aurait-il d'autre, à quelle heure je rentrerais, etc. Aussi, lui ai-je dit que j'allais chez Beth. Une fois que j'étais chez Paul, j'ai appelé Beth pour lui demander de me couvrir...

— Et comment fonctionnait cette couverture ?

— Simplement, si ma mère appelait, elle dirait que je suis dans la salle de bains ou que je suis allée me dégourdir les jambes dans la rue et que je la rappellerais. Puis, elle me téléphonerait chez Paul, je lui avais donné son numéro, pour que je rappelle ma mère.

— Et votre mère a-t-elle téléphoné ?

— Euh... non. Mais vers dix heures c'est moi qui ai appelé ma mère pour lui dire que je restais chez Beth et que je partirai directement de chez elle à l'université.

— Je vois. Et il était à peu près dix heures ?

— À peu près. Je le sais, car Paul voulait allumer la télé pour les informations de dix heures. (Son front se creusait tandis qu'elle se concentrait dans un effort de mémoire.) Il n'était pas tout à fait dix heures, car quand j'avais raccroché c'était le début des informations. Entre-temps, je m'étais rendu compte qu'il y avait beaucoup de boulot, et que cela durerait au-delà de minuit. Il me résumait tout le cours et je prenais des notes. Il connaissait tout par cœur. Formidable !

— Bien. Et à quelle heure avez-vous terminé ?

— Autour d'une heure. Oui, facilement.

Lanigan se carra dans son fauteuil pour la dévisager. Finalement, il conclut : « Et une fois terminé, vous lui avez proposé de l'accompagner au lit en guise de paiement, ou était-ce convenu dès le début ?

— Rien de tel. (Elle était franchement indignée.) Nous sommes simplement allés nous coucher. Pas en guise de paiement, mais parce qu'il était, comment dire, tellement gentil. Il est très jeune, évidemment, mais c'est un beau garçon et il est si... oui, si gentil.

— Je vois. Donc, le lendemain matin...

— Nous nous sommes levés ; il y avait du jus d'orange au frigo et il a préparé du café avec des toasts. Après avoir déjeuné, nous sommes partis pour l'université.

— Vous êtes allés ensemble à la voiture ?

— Exactement.

— La voiture était-elle fermée à clé ? »

À nouveau son front se ridait tandis qu'elle faisait un effort de mémoire. « Oui, je suis allée du côté du passager et j'ai dû attendre qu'il ouvre ma portière de l'intérieur, une fois qu'il était installé. Puis, il a débloqué l'antivol sur le volant, et nous avons démarré.

— Je vois. Mais qu'est-ce qui vous a fait venir aujourd'hui ? »

Elle était visiblement surprise. « Eh bien, quand j'ai appris... il fallait naturellement que je vienne pour en parler à qui de droit...

— Vous l'a-t-il demandé ?

— Ah, non ! Il était très en colère quand je lui ai dit que j'allais venir. Il ne voulait pas que je le fasse. Il était très gêné. Il est encore tellement gamin... »

Le commissaire Lanigan se pinçait les lèvres en pensant à la situation. Qu'avait-il réellement comme nouveaux éléments ? L'histoire de la fille qu'elle pouvait avoir concoctée avec Paul Kramer ? Après tout, ils étaient des camarades de faculté et, du propre aveu de la fille, amants.

Lanigan se leva pour s'approcher du plan de la ville, agrafé au mur. Il l'examina, puis la pointant : « Voilà Elm Street ; et, si j'ai bonne mémoire, vous habitez là.

— Oui, à côté de Laurel Street.

— Et vous êtes partie de chez vous à...

— Vers huit heures.

— Et vous avez pris la Laurel Street jusqu'à la Maple...

— Non, j'ai descendu par Elm jusqu'à la Main, puis j'ai bifurqué de la Main dans la Maple.

— Pourquoi avez-vous fait tout ce détour alors qu'il était tellement plus simple d'aller directement à la maison des Kramer en remontant la Laurel Street ?

Elle ne put s'empêcher de faire la moue devant une question aussi stupide. « Beth habitait Gaithskille Circle, il fallait bien que j'aille dans cette direction, non ?

— Bon. Avez-vous rencontré une de vos connaissances ? Vous êtes-vous arrêtée pour parler à quelqu'un ? »

Elle réfléchit un moment, puis secoua la tête avec tant de vigueur que ses pendants d'oreilles tintèrent. « Non. »

Lanigan acquiesça. « Donc personne ne sait que vous étiez dans l'immeuble Kramer cette nuit-là ?

— Si, Beth McAllister le sait, rectifia-t-elle.

— Elle ne peut pas vraiment en témoigner. Tout ce qu'elle avait c'était un numéro de téléphone dont elle ne s'est pas servi. Votre mère ne le sait pas, et personne ne vous a vue entrer le soir ni sortir le lendemain matin. »

A nouveau elle secoua la tête, puis ajouta dans un petit sourire lascif : « Eh bien, Paul le sait.

— Oui, je suppose qu'il le sait. Très bien. Il se peut que je vous demande de revenir pour prendre votre déposition sur un procès-verbal que je vous demanderai de signer.

— Oh ! Ma mère sera-t-elle mise au courant ?

— Cela dépend. C'est possible.

— C'est que je ne voudrais pas qu'elle le soit. Je veux dire… vous savez parfaitement ce que je veux dire. Par ailleurs, je ne veux pas que Paul aille en prison ou soit condamné pour un délit qu'il n'a pas commis. Si je ne m'abuse, c'est ce que l'on appelle avoir le sens civique, non ? »

33.

Bien que Magnuson ait dit qu'il parlerait au rabbin Small par courtoisie, avant de chercher une autre issue, il pensait dans son for intérieur que le rabbin accepterait probablement de célébrer la cérémonie. A travers le peu de contact qu'ils avaient eus, le rabbin Small lui était apparu comme un homme raisonnable. Il lui avait rendu un service, un service non sollicité, en lui accordant un relèvement appréciable de sa rémunération. Et le rabbin en était conscient. Alors... pour Magnuson, c'était donnant donnant. En acceptant un service, on contractait une dette ; quiconque ne s'en acquittait pas n'était qu'un ingrat et un malappris.

En allant voir le rabbin, il était pleinement confiant dans le succès de sa démarche et il pensait que la discussion se limiterait à des points de détails. « J'ai un petit problème », fit-il en guise d'introduction.

« Si je puis vous êtes d'un quelconque secours...

— Ma fille va se marier...

— Ah, mazal tov * ! Pour quand est-ce prévu ? Le jeune homme est-il de la ville ?

— Oui, il est de la ville...

— La raison de ma demande, enchaîna le rabbin, est

que, dans la mesure du possible, j'aime voir les futurs mariés en même...

— Il s'agit du candidat républicain de notre district pour les prochaines élections sénatoriales de l'État.

— Mais, c'est...

— John Scofield », compléta Magnuson.

Maintenant le rabbin comprenait pourquoi Lanigan pensait que les juifs soutenaient la candidature de Scofield. Cependant, il se contenta de formuler : « Il m'avait échappé qu'il était juif.

— Il ne l'est pas.

— Ah, je vois. Il a l'intention de se convertir.

— Je ne crois pas, monsieur le rabbin. Il n'est pas question qu'il se convertisse. »

Le rabbin observa un court silence. « Donc, vous envisagez une cérémonie civile ? demanda-t-il sans élever la voix.

— Laura tient à une cérémonie célébrée par un rabbin. Je suis conscient de ce que vous ne pouvez pas la célébrer à la synagogue, continua Magnuson en accélérant son débit, mais nous avons attentivement, dès le début, eu l'intention de faire célébrer ce mariage dans notre maison ou dans le jardin, si le temps est clément.

— Ce n'est pas faisable du tout, fit carrément le rabbin.

— Vous voulez dire...

— Je veux dire que pour la célébration d'un mariage religieux juif, les deux futurs époux doivent être juifs. Si l'un des partenaires n'est pas juif, il ne peut pas y avoir davantage un mariage religieux juif que si aucun des deux ne l'est. Il y a là une antinomie.

— Mais... mais écoutez, monsieur le rabbin, je sais qu'il s'agit de religion et que la religion est importante.

Cependant, lorsqu'un couple vient vous voir pour un mariage, les interrogez-vous sur leur foi et leur pratique, ou vous contentez-vous de leur dire : " Félicitatins, monsieur Goldstein et mademoiselle Cohen ? Avez-vous déjà une date en vue ? Aurez-vous besoin des locaux du centre communautaire ? " Pourtant les deux peuvent être des athées à cent pour cent.

— C'est vrai.

— Alors... »

Le rabbin soupira. « Il est désolant que des non-juifs, notamment nos pires ennemis, semblent mieux comprendre la situation que beaucoup de juifs. Eux, au moins, réalisent que c'est une question d'appartenance ethnique ; qu'un juif reste un juif même s'il ne met jamais les pieds dans une synagogue. Nous sommes une tribu, une famille si vous préférez, les descendants d'Abraham, d'Isaac et de Jacob. Dans certaines tribus primitives, il est de règle de se marier en dehors de la tribu ; les ethnologues appellent cela l'exogamie. Dans d'autres tribus, on se marie uniquement à l'intérieur ; c'est l'endogamie. Eh bien, nous sommes endogames. Ceci est la tradition, la pratique, la loi de notre tribu. Parce que selon notre croyance, nous, en tant que tribu, avons conclu un contrat avec Dieu. Nous nous sommes engagés, pour notre part, à pratiquer le judaïsme, notre religion. Lorsque l'un des nôtres se marie à un étranger, nous demandons non seulement à ce que ce dernier s'engage à se joindre à nous pour l'observance des termes du contrat nous concernant, mais également qu'il devienne un des nôtres par adoption dans la tribu.

« Le judaïsme est formé d'un système de morale et d'éthique ainsi que d'un ensemble de pratiques cérémonielles, rituelles et liturgiques dont le but premier est de nous fortifier dans le respect de notre code éthique. La base de ce code est constituée par les Commandements que Dieu nous a donnés au mont Sinaï lors de la conclusion du contrat. Certains juifs appliquent ces Commandements à la lettre (il sourit), on pourrait dire religieusement. D'autres les appliquent en partie, d'autres encore ne s'en soucient nullement. Mais pour autant ils ne sont pas relevés de leur obligation.

« Il y a aussi des gentils qui les appliquent, mais cela n'en fait pas des juifs. Ils y viennent par des voies différentes. Soit qu'ils aient conclu que ces Commandements rendent la vie meilleure, soit qu'ils les estiment judicieux. Mais étant donné qu'ils y sont arrivés par des voies qui leur étaient propres, ils peuvent également les modifier. Nous ne le pouvons pas car nous sommes liés par notre contrat avec Dieu, dont nous avons accepté les dispositions. Quand, dans les affaires, vous concluez un contrat avec quelqu'un et que celui-ci omet d'en exécuter certains termes, cela ne signifie pas que le contrat est annulé, mais seulement que votre cocontractant est fautif. Et lorsqu'un des cocontractants est un groupe ou une société, et non un individu, le contrat n'est pas abrogé par le départ d'un des membres du groupe.

« Un catholique, qui n'accepte pas les dogmes de son Église et ne pratique pas sa religion, n'est plus un catholique. Par contre, un juif qui n'observe pas les Commandements et n'entre jamais dans une synagogue est toujours un juif. Il peut même épouser la fille du grand rabbin d'Israël. Ce dernier pourra ne pas être d'accord, il pourra essayer d'empêcher ce mariage, il pourra même renier sa fille, mais il ne pourra pas en prendre le deuil comme il le ferait si elle épousait un gentil. »

Magnuson secoua la tête. « Je ne vous comprends pas, monsieur le rabbin. Vous préféreriez qu'elle fasse un mariage civil...

— Je préférerais qu'elle épousât un juif.

— Je sais, mais les choses étant ce qu'elles sont, faut-il que ce soit un mariage civil ? Et les enfants, je présume que, selon la loi juive, ils seront considérés comme des bâtards.

— Ah, non. (Le rabbin était choqué.) Les enfants seront juifs dès lors qu'ils seront issus d'une mère juive. Ce ne serait pas le cas si c'était l'inverse, que le père soit juif et la mère gentille. Là ils seraient gentils même s'ils reçoivent une éducation juive et sont très observants. Enfin, selon la loi juive, les enfants conçus en dehors du mariage ne sont pas des bâtards. Il y a bâtardise uniquement en cas d'adultère ou d'inceste.

— En ce qui me concerne, il n'est pas question que nous nous inclinions. Laura veut absolument être mariée par un rabbin. Je ne vous comprends pas. Un *tu l'as* ne vaut-il pas mieux que deux *tu l'auras ?*

— Votre un *tu l'as*, c'est comme si vous m'annonciez qu'une femme est partiellement enceinte, rétorqua le rabbin. Je ne pourrai pas prendre part à ce mariage.

— Je crois savoir que tous les rabbins ne partagent pas votre point de vue, affirma Magnuson.

— Aucun rabbin orthodoxe ou conservateur n'acceptera de célébrer votre cérémonie. J'ai entendu parler de certains rabbins réformateurs qui le feraient, mais je n'en connais aucun dans cette région.

— Je suis sûr que j'en trouverai un qui acceptera, dit Magnuson sur un ton agressif, même si je dois aller le chercher loin d'ici. Que puis-je faire d'autre ?

— Vous pouvez démissionner, dit calmement le rabbin.

— Démissionner ?

— De la présidence de la synagogue, ajouta fermement le rabbin.

— Pourquoi devrais-je démissionner ? (Magnuson était devenu rouge de colère.)

— Parce qu'il serait honorable que vous le fassiez, exposa le rabbin. Comme président de la synagogue, vous êtes le dirigeant de la communauté conservatrice juive et vous avez l'intention de faire quelque chose qui est contraire au judaïsme conservateur. Si votre fille partait pour le New Hampshire ou le Vermont ou n'importe où elle trouverait ce rabbin complaisant afin de s'y marier, vous auriez droit à ma sympathie et à ma compréhension. Mais vous envisagez d'amener un autre rabbin ici, à Barnard's Crossing, dans *mon* ressort, qui est également *votre* ressort, je me permets de le rappeler, pour y commettre une action que je juge erronée. Ceci, je ne puis l'admettre, même de la part du président de la communauté ; je me dois de l'interdire. »

Il n'avait pas eu l'intention d'aller aussi loin, mais il avait été emporté par son propre élan.

Magnuson, de son côté, se sentait soudain à l'aise. En un sens, il se retrouvait sur un terrain familier. En maintes occasions, il lui était arrivé lors de la reprise d'une société de se trouver en désaccord avec l'ancien propriétaire, qui avait conservé des actions, ou avec le directeur ou quelques-uns des cadres qui désapprouvaient les modifications qu'il voulait introduire. Parfois, cela impliquait une bagarre à l'intérieur du conseil d'administration. Il se flattait de savoir s'y prendre pour venir à bout de ce genre de problème. Il se leva pour se diriger vers la porte. « Non, monsieur le rabbin, moi je ne démissionnerai pas. » Alors qu'il avait ouvert la porte, il pensa encore à autre chose. « Dans ces conditions, j'aimerais que dorénavant vous n'assistiez plus aux réunions du Conseil d'administration de la communauté. »

34.

— Allez-vous téléphoner au procureur ? demanda sur un ton lugubre le lieutenant de police Eban Jennings à Lanigan lorsque celui-ci eut terminé de lui raconter son entretien avec Fran Kimball.

Il était grand et maigre, avec des yeux bleus larmoyants et une pomme d'Adam proéminente qui s'agitait dès qu'il était énervé.

— Nous avons le temps d'y réfléchir. Comment puis-je savoir si elle m'a dit la vérité ?

— Une fille ne ment pas sur un sujet comme celui-ci, Hugh. Aucune fille n'admettra de son propre chef avoir passé la nuit avec un gars à moins qu'elle n'y soit forcée.

— Allons, Eban, les choses ont changé depuis le temps où vous couriez les filles. Entre-temps, avec la pilule et le MLF, cela ne représente plus rien pour elles. Elles arrivent même à mentir à ce propos autant que les hommes. Bien des filles sont capables de raconter qu'elles ont couché avec quelque grosse huile, acteur de cinéma, chanteur de rock ou politicien important, rien que pour se faire valoir.

— Je n'ai pas l'impression que ce Paul Kramer soit une grosse huile.

— Sans doute pas. Mais je peux imaginer que cette fille Kimball désire lui rendre un service. Elle a dit qu'il était un cerveau et il semble effectivement être un garçon intelligent. Alors, une supposition, il lui propose de lui donner un coup de main pour son travail universitaire à condition qu'elle vienne me voir pour me raconter qu'elle a passé la nuit avec lui. Rappelez-vous que nous n'avons aucun moyen de vérifier ses allégations. Nous ne pouvons pas interroger sa mère. Elle nous dira que sa fille était chez son amie (il jeta un coup d'œil sur ses notes)... Beth McAllister. Et si nous interrogeons cette McAllister, tout ce qu'elle pourra nous dire est qu'on lui avait communiqué un numéro de téléphone qu'elle n'a pas eu l'occasion d'appeler.

— Vous pourriez demander à sa mère ?

— Lui demander quoi ?

— Vous pourriez simplement lui demander si sa fille a passé la nuit à la maison ce mercredi.

Lanigan secoua la tête. « Il y a de bonnes chances qu'elle n'ait pas passé la nuit à la maison. Elle aurait certainement pensé que je pourrais interroger sa mère à ce sujet. Bien, ensuite j'irais voir cette fille McAllister. Il n'y a guère de risques qu'elle crache le morceau à moins que nous exercions une pression sur elle. Donc, il faut supposer qu'elle dira avoir couvert son amie Kimball. " Elle m'a donné un numéro de téléphone pour que je l'appelle en cas de besoin. — Quel numéro ? Je ne me rappelle pas. Je l'ai marqué sur un bout de papier que je n'ai pas estimé utile de garder. »

— Et si tout cela était vrai ?

— Alors il faudrait admettre que l'automobiliste, auteur de l'accident, ait roulé jusqu'au bout de la Glen Lane, se soit arrêté au croisement, soit descendu de sa voiture pour aller à l'endroit où était garé le véhicule de Kramer, ait cassé le phare, ait ramassé les débris de verre pour aller les éparpiller à côté de la victime, puis se soit remis à son volant et ait pris la fuite. Quel est le fou qui aurait fait tout cela ?

— C'est peut-être quelqu'un qui hait Kramer.

— Il faudrait que ce soit une haine très violente. Pensez simplement au risque qu'il aurait couru d'être pris. Puis Kramer vient d'arriver dans cette ville. Il n'est là que depuis le début de l'année universitaire. Probablement, personne ne le connaît dans le coin. »

Jennings s'essuya les yeux avec son mouchoir, après avoir remonté ses lunettes sur le front. « Le risque que vous évoquez n'était pas considérable. En effet, il roule jusqu'au bout de la Glen Lane et il s'arrête. Si quelqu'un le voit, il dit qu'il a aperçu le corps sur la chaussée. Puis, il se penche pour éparpiller les débris de verre autour du cadavre, quelqu'un survient à ce moment-là ; quoi de plus naturel que de se baisser pour voir si la victime d'un accident est toujours en vie ? (Il remit son mouchoir dans la poche de son pantalon.) J'admets que tout cela n'est pas évident, mais... (Il s'arrêta au milieu de la phrase, une idée ayant surgi à son esprit. Sa pomme d'Adam remuait nerveusement.) Ecoutez, Hugh, et si le chauffeur en voulait à la fille ? Une supposition, ce gars avait le béguin pour la fille. Il est jaloux, vous me suivez ?

— Et pourquoi s'en prendrait-il à Kramer ?

— Vous voyez un gars avec la fille qui vous a laissé tomber et...

— Et comment pouvait-il savoir qu'elle était avec Kramer ?

— Il se peut que cette Mc Alister en ait parlé ou qu'il l'ait vue entrer dans la maison.

— C'est du domaine du possible », reconnut Lanigan.

Ils restèrent silencieux durant un moment. Puis Jennings avança : « Réalisez-vous que, si l'histoire de la fille est véridique, nous devons recommencer notre enquête à zéro ? »

Lanigan acquiesça : « Et nous n'avons aucun fil conducteur.

— Il y a Morris Halperin, proposa Jennings.

— Le conseiller municipal ? Allons, que vient-il faire là dedans ?

— Il était sur les lieux. C'est lui qui a signalé les faits, persévéra Jennings. (Il enchaîna, de plus en plus excité :) Ce soir, j'étais à la réunion du conseil municipal et il y était également. Il n'avait pas du tout l'air dans son assiette, un mauvais rhume. Après la réunion, certains des conseillers et d'autres notables sont allés boire une bière au Ship's Galley et je me suis joint à eux. Ils se sont un peu moqué de Halperin ; il semble que Tom Bradshaw lui ait versé une bonne rasade de whisky pour soigner son rhume et il paraissait passablement éméché.

— Après ?

— Donc après le verre qu'on lui a servi, il se peut qu'il ait été légèrement ivre.

— Quoi ? Après un verre ?

— Certainement, c'était un grand verre, il n'a pas l'habitude de boire et comme il ne se sentait pas bien il se peut qu'il ait avalé en outre quelques pilules. Il est également possible qu'il se soit arrêté ailleurs par la suite pour boire un autre verre. Il est sûr qu'il n'est pas rentré, car qu'aurait-il fait Glen Lane s'il s'était dirigé vers sa maison ? Ce n'était pas sa route. Donc, mettons que légèrement beurré il est surpris par l'apparition inopinée du piéton au beau milieu de la Glen Lane, à cette heure tardive et il ne réussit pas à l'éviter.

— Soit, mais pourquoi serait-il allé casser le phare d'un tiers pour mettre l'affaire sur son dos ?

— Parce qu'une histoire comme celle-ci peut briser sa carrière.

— Nul n'est à l'abri d'un accident. A mon avis, si Halperin en avait eu un, il en aurait avisé la police.

— Oui, mais étant sous l'emprise d'un état d'alcoolémie ou pensant l'être...

— Certes... Mais il a informé la police. Il a fait part de l'accident aux agents de la voiture de patrouille.

— Naturellement, parce que les ayant vus il estimait qu'eux pouvaient l'avoir vu. Cependant, il n'est pas sorti de sa voiture. Il s'est contenté de leur dire qu'un corps était étendu sur la chaussée. Bien entendu, ils y sont allés immédiatement.

— Hum... (Lanigan se mordait la lèvre inférieure.) Ce ne serait pas une mauvaise chose d'examiner cela de plus près. Mais, je ne peux pas le convoquer abruptement, monsieur le conseiller municipal. Il faut que nous organisions cela. Je peux lui demander de venir faire une déclaration. Pendant que sa voiture sera sur le parking vous pourrez l'inspecter, la regarder sous toutes les coutures. »

Jennings sourit. « Si ça se trouve, il y aura beaucoup de voitures sur le parking quand il viendra, de sorte que je serai à même de l'inviter à garer sa voiture dans le garage.

— Parfait. Opérons de cette façon. Entre-temps, je

vais téléphoner au procureur pour l'informer de la démarche de cette Mlle Kimball.

— Et que fera le procureur ?

— Il est censé avisé le défenseur qui peut agir à sa guise. »

35.

— Je dois reconnaître, formula Howard Magnuson avec solennité, une fois que Morris Halperin eut pris place, que je me suis trompé sur le compte du rabbin Small. Je l'avais pris pour un gentleman. J'ai fait erreur.

Magnuson hochait la tête. « Je m'attendais à ce qu'il fasse un effort pour me venir en aide. Mais non, il était inflexible. J'admets que je représentais un cas gênant, mais cet homme ne semblait nullement s'en soucier. Quand je lui ai demandé ce que je devais faire, savez-vous ce qu'il a trouvé à me répondre ? Il m'a dit de démissionner.

— Vraiment ? » Halperin était choqué, mais comme en sa qualité d'avocat il était habitué à ce qu'on lui décrive les faits de façon plus ou moins tronquée, il demanda : « Que vous a-t-il dit exactement ? »

Magnuson relata son entretien avec le rabbin. « J'ai admis son point de vue, à savoir qu'il ne pouvait pas célébrer lui-même la cérémonie, encore que certains rabbins y procèdent dans des cas semblables sans être pour autant défroqués ou rayés des cadres, pour employer une expression plus adéquate ; quoi qu'il en soit, j'estime qu'il est exagérément dogmatique. J'ai accepté sa position selon laquelle la cérémonie ne pouvait pas avoir lieu dans une synagogue. Mais quand il prétend s'opposer à ce qu'elle soit célébrée dans ma propre maison, par un rabbin de mon choix, sous prétexte que c'est sur son territoire pour lequel il a compétence, je trouve qu'il pousse le bouchon un peu trop loin. Cela, je ne puis le tolérer. Sinon, il voudra inspecter un de ces jours ma cuisine pour voir si j'ai bien des plats séparés pour les aliments carnés et lactés ! »

Bien que Halperin fût enclin à donner raison à Magnuson, son sens de l'équité le poussait à expliciter la position du rabbin. « Je pense que le rabbin a essayé de vous exposer qu'il était peu convenable que la célébration se fasse dans votre maison, étant donné que vous êtes le président de la communauté. De son point de vue, c'est comme si...

— Je sais ce qu'il voulait m'exposer, dit Magnuson sévèrement. Êtes-vous d'accord avec lui ? »

Halperin réalisa que Magnuson lui demandait de prendre parti. Estimant devoir ménager la chèvre et le chou, il haussa les épaules en souriant. « En ce qui me concerne, ce n'est qu'une cérémonie et je ne suis pas un fanatique des cérémonies. L'important c'est le mariage et non qui prononce quelles paroles et où. Pour moi, il me paraît essentiel de savoir qui détient le pouvoir, la communauté à travers les représentants qu'elle a élus ou le rabbin. Ce qui m'intéresse c'est d'établir si un rabbin a le droit de prescrire, voire même de suggérer, la démission du président de la communauté. Qui commande, le rabbin ou la communauté ? En d'autres termes, qui peut congédier qui ? »

Magnuson n'était pas bête. Il comprenait où Halperin voulait en venir. « Pensez-vous que les autres membres du conseil d'administration partageront votre appréciation ?

Halperin réfléchit un moment. « Je crois, à condition que nous sachions bien leur montrer de quoi il retourne. Certes, si vous procédez selon vos plans, c'est-à-dire que vous ameniez quelque rabbin étranger, je présume que Small manifesterait son opposition en démissionnant. Il indiquerait à la communauté la raison de sa démission et cela ferait du grabuge.

— Exact. Mais nous n'agirons pas de cette manière.

— Non ?

— J'ai déjà été confronté à ce genre de situation. Lorsque vous reprenez une affaire et que certains des cadres ne veulent pas se plier à vos directives, savez-vous ce que vous faites ? Vous les licenciez.

— Mais on ne peut pas licencier le rabbin, simplement parce qu'il refuse d'officier au mariage de votre fille.

— Bien sûr que non. Mais nous pouvons le licencier pour sa contestation du pouvoir du Conseil d'administration, par le fait qu'il demande ma démission.

— Mais il a un contrat.

— Aucun problème. Nous continuerons simplement à lui payer son traitement jusqu'à l'expiration dudit contrat. Il n'y en a pas pour très longtemps ; nous pourrions même lui verser un forfait pour solde de tout compte. En effet, si nous lui demandons de démissionner, il estimera naturellement nécessaire de fournir des explications à la communauté, au moins aux membres qui viennent à l'office du vendredi soir. Combien en attire-t-il ? Soixante-quinze ? Une centaine ? Mais la semaine suivante ils seront probablement deux sinon trois cents auxquels il réitérera ses explications. Alors, il y aura le feu à la maison. Mais si nous ne renouvelons pas son contrat parce que... parce que nous avons perdu la confiance que nous lui accordions, je crois qu'il ne dira pas un mot sauf, à la rigueur, au revoir. Il a sacrement sa fierté. Je doute qu'il aille insinuer que la vraie raison est son refus d'officier au mariage de ma fille, alors qu'il n'en sera nullement fait état dans la notification du congé. Bien entendu, il serait bon que nous disposions d'un autre rabbin, prêt à prendre le relais dès le prochain office. Je ne sais pas. Est-ce que ce serait difficile ? Qu'en pensez-vous ? »

Halperin s'adossa dans son fauteuil et croisa les jambes. Puis, penchant la tête de côté, il fixa un coin du plafond ce qui lui donna un air d'intense réflexion. Finalement, il formula sur un ton de détachement élaboré : « Je pourrais peut-être proposer la place à mon frère.

— Mais oui, vous m'aviez mentionné avoir un frère rabbin. Que fait-il pour le moment? N'a-t-il pas de place ?

— Si, il est pourvu d'une chaire, mais ne s'y plaisant pas beaucoup il a refusé de se lier par un contrat. Avez-vous jamais entendu parler de Jezrel, dans le Kansas? Voilà le coin perdu où il se trouve.

— Qu'est-ce qui ne va pas chez lui ?

— Tout va bien. A mon avis, c'est un excellent rabbin. J'ai une bande vidéo sur laquelle il présente sa candidature. Vous pouvez la voir pour vous forger une opinion ; bien entendu, s'il vient ce sera à l'essai et il lui appartiendra de faire ses preuves.

— Je regarderai cette bande. Mais s'il est tellement bon, comment se fait-il qu'il ait abouti dans ce trou ?

— Il n'a pas eu de chance ; c'est la seule explication que je vois. En sortant du séminaire, il est devenu un aumônier dans la marine, uniquement parce que sa fiancée, devenue entre-temps son épouse, était la fille d'un dentiste de la marine. A la fin de son engagement, ne trouvant pas de chaire valable, il prit un emploi dans une maison d'étudiants. Ensuite, estimant qu'il était temps d'aborder sa carrière rabbinique, il se chargea de cette communauté du Kansas, pensant que cela lui ferait une première expérience. Il n'a pas pu s'en décoller, depuis.

— Bon. Je suis enclin à penser que son expérience avec une unité militaire, puis dans une maison d'étudiants où il a pris l'habitude de travailler avec les jeunes, en font l'homme dont nous avons besoin ici. Mais qu'en est-il de mon petit problème ?

— Bien entendu, je lui indiquerai que cela fait partie du marché. Il a trois ans de moins que moi et il m'a toujours pris comme mentor. Je pense être en mesure de l'amener à composition. Si vous êtes d'accord, je vais lui téléphoner.

— O.K. ! Allez-y. Mais commencez d'abord par sonder les autres membres du Conseil d'administration. »

36.

Morris Halperin était poli et cordial, bien qu'un peu perplexe :

— Vous avez mis la main sur le coupable, vite fait bien fait, alors, je ne comprends pas...

— C'est un de ces jeunes attachés de parquet, explique Lanigan d'un air excédé. Il veut une déclaration de votre part étant donné que vous avez découvert le corps. Comment il se fait que vous vous soyez trouvé Glen Lane, ce que vous avez vu, comment vous avez agi. C'est bête, mais il faut s'incliner.

— Il doit être nouveau dans le métier, alors il applique le règlement à la lettre. Allons-y, puisqu'il faut en passer par là.

Lanigan se saisit de son carnet de p.-v. avant de dévisser un vieux stylo. « Commençons par le début. Voyons, ce soir-là il y avait une réunion du Conseil municipal. Vous y étiez, non ?

— Oui. Mais n'avez-vous pas déjà un p.-v. à ce sujet ?

— Pas encore. Je vais recueillir votre déposition ; il faut que je la fasse taper, pour que vous la relisiez et la signiez. Maintenant, êtes-vous resté jusqu'à la fin de la réunion ?

— Oui, mais je suis parti tout de suite après.

— C'est-à-dire vers dix heures ?

— A peu près. Peut-être légèrement plus tard.

— N'êtes-vous pas allé au Ship's Galley avec vos collègues ?

— Non, j'étais enrhumé et avais hâte d'aller me coucher. J'avais peine à tenir la tête droite.

— Donc...

— Mais j'ai réalisé que je n'avais plus ces pilules qui me soulageaient. J'avais avalé les deux dernières avant de me rendre à la réunion. En partant, j'avais l'intention d'aller en acheter, puis j'ai oublié. Après la réunion, les pharmacies étaient toutes fermées à Barnard's Crossing. Aussi, ai-je décidé de me rendre à Lynn où il y en a une qui reste ouverte jusqu'à minuit.

— Minute, Morris. « Reste ouverte jusqu'à minuit. » Allez un peu moins vite, s'il vous plaît.

— Donc, j'y suis allé acheter ces pilules ; je m'en suis même constitué un petit stock, enchaîna Halperin en ralentissant son débit, afin que Lanigan puisse le suivre. Puis, je me suis mis en route pour regagner mes pénates, empruntant pour ce faire, comme de bien entendu la route principale.

— Comment vous sentiez-vous ?

— Oh, très bien. J'avais le nez bouché, mais les idées parfaitement claires. Arrivé, à l'embranchement de Glen Lane, j'y ai bifurqué pensant gagner quelques minutes grâce à ce raccourci. Il y fait noir comme dans un four, aussi ai-je mis les pleins phares. En arrivant au sommet de la côte, je suis entré dans un nid de poule. Vous comprenez, avec les pleins phares je ne pouvais pas voir la surface de la route.

— Bien sûr.

— L'avant de ma voiture tangua de haut en bas. Il

me faut peut-être de nouveaux amortisseurs. Quoi qu'il en soit, c'est à ce moment-là que j'ai aperçu le corps. Du fait du tangage.

— « Du fait du tangage ». Et qu'avez-vous fait alors ?

— J'ai freiné de toutes mes forces pour m'arrêter six à huit mètres plus loin. Je suis sorti de la voiture...

— Avez-vous arrêté votre moteur ?

— Je... il ne me semble pas. Non, je ne l'ai pas arrêté ; je me suis contenté de mettre mon levier automatique sur la position parking.

— O.K. !

— J'ai rebroussé chemin et me suis accroupi à côté du corps. Là, j'ai remarqué tous ces débris de verre. Je vous assure que j'étais soulagé. C'est qu'un moment j'ai cru que c'était peut-être moi qui l'avais heurté. Mais comme mes deux phares étaient restés allumés, je savais qu'il n'en était rien.

— Comment pouviez-vous y voir alors qu'il faisait si noir et que vos phares étaient tournés de l'autre côté ?

— Grâce à mes feux arrière. Ce n'était pas grand-chose, mais c'était suffisant.

— Et qu'avez-vous fait là ?

— Je n'ai rien fait. Je l'ai appelé, lui demandant s'il m'entendait, tout en prenant soin de ne pas le toucher. Je ne voulais pas le bouger, car au cas où il aurait souffert de fractures j'aurais pu aggraver son état. Par ailleurs, m'étant rendu compte que l'auteur de l'accident avait pris la fuite, je tenais à ne pas effacer les indices. Si l'endroit avait été un tant soit peu fréquenté, je serais resté sur place pour tenter d'arrêter une voiture ; mais Glen Lane... tard dans la nuit. Aussi me suis-je remis au volant pour me diriger vers le téléphone le plus proche. Je voulais sonner quelque part, mais partout les lumières étaient éteintes, sauf dans la maison du rabbin Small. Je crois qu'il a l'habitude de veiller tard.

— Alors, pourquoi n'avez-vous pas téléphoné de là-bas ?

— Je m'apprêtais à le faire, puis je me suis dit qu'il se pouvait que vos hommes me demandent de les attendre sur le lieu de l'accident, ou que le rabbin ne m'entraîne dans une discussion, or je n'avais qu'une hâte : me coucher. Par ailleurs, je n'étais qu'à quelques minutes de chez moi. Quoi qu'il en soit, j'ai aperçu votre voiture de patrouille au moment où je tournais dans la Main Street. J'ai fait signe à ses occupants et les ai informés des faits. »

Lanigan continua à écrire pendant une minute ou deux. Puis, il leva la tête pour adresser un sourire à son interlocuteur. « Je crois que c'est tout. Je vais le faire taper afin que vous le signiez si vous êtes d'accord. »

Par la suite, Lanigan parla à Jennings. « Vous ai-je laissé assez de temps ? Avez-vous trouvé quelque chose ?

— Largement. J'ai relevé une foule d'empreintes sur le capot et les ailes. Il y a de bonnes chances que ce soit celles de Halperin, de son épouse ou de quelque employé de station-service. Cependant, je fais vérifier s'il y en a pas qui coïncident avec celles de la victime. J'ai également relevé quelques bouts de tissu pour les comparer avec celui de la veste de la victime. Il n'y a pas de traces de choc. S'est-il douté de quelque chose ? »

Lanigan secoua la tête. « Il n'avait aucune raison pour ce faire. »

37.

Meyer Andelman était sidéré en apprenant par la bouche de Morris Halperin qu'il se pourrait que Howard Magnuson démissionne. En tant que dirigeant de l'Appel juif unifié, il comptait non seulement sur une grosse donation de Magnuson, mais également sur l'effet d'entraînement que celle-ci ne manquerait pas d'avoir sur d'autres contributions.

— Veux-tu dire uniquement de la présidence ou également comme membre de la communauté? demanda-t-il avec anxiété.

— Pour autant que je sache, ce serait uniquement de la présidence, répondit Halperin. Je suppose qu'il continuera à appartenir au Conseil d'administration.

— Détrompe-toi. S'il démissionne de la présidence à cause d'une bagarre avec le rabbin, il démissionnera également du Conseil. Et même s'il ne le fait pas, on ne le verra plus jamais à aucune séance.

— Je crois que tu as raison, lui accorda Halperin, de la façon dont les choses se présentent actuellement c'est lui ou le rabbin.

— C'est cela l'alternative? Alors, je choisis à tous les coups Magnuson. Des rabbins, on en trouve treize à la douzaine, mais comment ferions-nous pour dégoter un autre ponte de l'envergure de Magnuson ? Sa seule présence constitue un avantage pour chacun des autres membres du Conseil d'administration. Je n'ai rien contre notre rabbin, bien qu'il soit un pisse-froid et qu'il agisse parfois comme s'il était Dieu le père en personne, mais si on me demande de choisir entre les deux, je n'ai pas l'ombre d'une hésitation.

— Mais, Meyer, il ne s'agit pas de voter pour l'un contre l'autre.

— Non ?

— C'est cela et ce n'est pas cela. Vois-tu, si Howard fonce et fait venir quelque rabbin étranger pour marier sa fille, même si la cérémonie doit avoir lieu dans sa propre maison, alors le rabbin démissionnera. Mais... (là, il pointa un index pour appuyer son argumentation) il exposera la raison de son départ à toute la communauté. Howard ne veut pas de cette solution, car il craint qu'elle ne provoque un risque de scission.

— C'est ce que j'appelle un chic type. Il préfère démissionner plutôt que de créer un trouble. Alors je vais te dire comment nous allons procéder. Pourquoi ne congédierions-nous pas le rabbin pour... pour quelque chose comme insuffisance dans l'exercice de ses fonctions, ou parce que nous avons envie d'un changement ? Après tout, il a refusé d'accepter le contrat à vie qu'on lui a proposé il y a quelques années. Il voulait être libre de partir, alors pourquoi ne serions-nous pas libres de le remplacer ? Il ferait appel à l'ensemble des membres ? Que pourrait-il leur dire ? " Le Conseil d'administration me renvoie parce que ses membres en ont marre de moi, mais je ne pense pas que ce soit vrai ? " »

Halperin acquiesça d'un signe de tête. « Bien pensé.

Mais garde ça pour toi, s'il te plaît, jusqu'à ce que j'en parle aux autres gars.

— Entendu. A propos, ton frère n'est-il pas rabbin ?

— Oui, mais quel est le rapport ?

— Peut-être serait-il intéressé par la place. »

Oscar Stein avait beaucoup de compréhension pour Magnuson.

— Quand ma petite sœur m'a confié qu'elle avait l'intention d'épouser un goy, j'étais naturellement tout remué, essentiellement parce que je me demandais comment mes parents réagiraient. Ils étaient drôlement affectés, particulièrement ma mère. Ils ne sont pas allés au mariage. Quel mariage ? Tu parles d'un mariage ! Je les ai accompagnés au tribunal de Salem et ensuite nous sommes allés au restaurant. Si nous avions trouvé un rabbin complaisant, nous aurions pu célébrer le mariage à la maison et mes vieux s'en seraient sentis mieux. Car ils ont de la sympathie pour le garçon ; c'est un gars très convenable. J'en ai parlé au rabbin, mais il est inébranlable. Je suppose que de son point de vue, il ne pouvait pas agir autrement. Je n'ai pas discuté avec lui, mais je n'ai pas pu m'empêcher de penser qu'il faudrait entreprendre quelque chose à cet égard car ces situations sont très fréquentes. Après tout, certains rabbins acceptent. S'ils acceptent c'est que la loi admet diverses interprétations. Car si la loi y était carrément opposée, comment pourraient-ils procéder ? On n'a jamais entendu qu'un rabbin ayant célébré un tel mariage ait été démis de ses fonctions. Après tout, notre rabbin est peut-être un intégriste.

— Beaucoup de gars pensent comme toi, Oscar, enchaîna Halperin. Et je me suis même laissé dire qu'ils envisagent une action pour y remédier.

— Ah oui ? Quel genre d'action ?

— Par exemple changer de rabbin. Nous sommes quelques-uns à considérer que le rabbin ayant toujours tenu à avoir un contrat annuel de façon à pouvoir partir à son gré, ce qui vaut pour l'un vaut pour les autres, et du moment qu'il se querelle avec notre président, rien ne nous empêche de lui chercher un remplaçant.

— Cela me semble logique.

Malcolm Kovner trancha : « Il se peut que le rabbin ait raison et il se peut qu'il ait tort. Qu'il puisse célébrer un mariage ou non, c'est son affaire et, jusqu'à preuve du contraire, j'admets qu'il connaît probablement son affaire. Cependant, il n'avait aucunement le droit de demander à Magnuson de démissionner. Ceci n'est pas son affaire et, en procédant de cette manière, il est allé au-delà de ses prérogatives. Si Magnuson s'était incliné, il n'en aurait pas moins outrepassé ses droits, mais nous n'aurions pas eu à nous en mêler. Ou peut-être que si, mais je ne vois pas comment à moins que Magnuson nous eût adressé une plainte. Mais dès lors que Magnuson proclame qu'il va démissionner, il met la balle dans notre camp. Après tout, Magnuson est un des nôtres, ce qui n'est pas le cas du rabbin.

— Que veux-tu dire par là, Mal ?

— Regarde, chez nous dans nos bons vieux États-Unis d'Amérique, il y a trois pouvoirs : l'exécutif, le législatif et le judiciaire. D'accord ? Ils sont séparés mais égaux ; c'est ce que l'on appelle l'équilibre des pouvoirs. Le Congrès n'est pas habilité à donner des instructions à un membre du gouvernement ; c'est une prérogative du président. De même que le président ne peut pas dire au Congrès : " Je n'aime pas ce sénateur, je voudrais que vous l'invalidiez " ; ça, c'est du domaine du Sénat. Or nous sommes le Conseil d'administration de la Communauté et le rabbin est un cadre que nous employons. Par conséquent, il n'est pas davantage habilité que Stanley, notre concierge, à demander à l'un d'entre nous de démissionner. Tu me suis ?

— Certes, mais que pouvons-nous faire à ce propos ?

— Écoute, Morris, combien de présidents avons-nous eu, une demi-douzaine ? Alors en vertu de quoi devons-nous nous limiter à un seul rabbin ? Nous changeons très fréquemment de président, changeons donc pour une fois aussi de rabbin.

— Beaucoup de gars pensent de cette façon. (Il rit.) Meyer Andelman a suggéré que je contacte mon frère, il est rabbin, pour déterminer s'il serait intéressé par la place.

— C'est une bonne idée ! Penses-tu qu'il serait intéressé ?

— Je n'en sais rien. Je suis sceptique.

— Pourquoi ne pas le lui demander, Morris ? Ce n'est qu'un coup de fil à donner.

— Je ne risque rien à essayer. »

Charlie Tanner n'avait jamais éprouvé de sympathie pour le rabbin.

Ce gars-là n'a jamais été ma tasse de thé. En règle générale, je ne suis pas un fana des rabbins, mais celui-ci particulièrement, je ne peux pas le blairer. Je ne suis pas le seul ; beaucoup de gars ne peuvent pas le supporter. En effet, indique-moi s'il a un seul ami au Conseil d'administration. J'entends par là quelqu'un qui est connu comme étant l'ami du rabbin, prenant son parti et le soutenant. Il n'en a pas un seul. Et sais-tu pourquoi ? Parce qu'il n'agit qu'avec arrogance.

« Selon mon père, le rabbin était le principal

notable de la communauté dans l'ancien temps. Il était l'homme le plus savant et, de ce fait, tout le monde lui marquait de la déférence. Le rabbin Small se conduit comme si nous étions encore au XIXe siècle et qu'il soit le seul à tout connaître. De nos jours, la communauté compte une foule de médecins, d'avocats, d'experts-comptables, d'ingénieurs ; par ailleurs, la plupart des hommes d'affaires ont été à l'université. Alors, d'où lui vient cette outrecuidance l'amenant à nous regarder de haut pour nous enseigner ce qui nous est permis et ce qui ne nous est pas permis ? Voilà le hic : c'est un gars de l'ancien temps transplanté dans le monde moderne. Il est un anachronisme. Chester Kaplan m'a dit qu'il connaissait parfaitement le Talmud *. Et sais-tu ce qu'est le Talmud ? C'est un recueil de lois en vigueur à l'époque biblique. Parfait, si nous étions encore en ces temps. Mais c'est du passé. Nous vivons aux États-Unis, à la fin du XXe siècle. Qui a besoin de ce fatras ? Ce dont nous avons besoin, c'est d'un homme comprenant les événements du monde actuel et capable de nous tracer une ligne de conduite spirituelle adaptée aux problèmes de nos jours.

— Les choses étant ce qu'elles sont, serais-tu opposé à un changement ?

— Allons Morris, qu'est-ce que je viens de te dire ? Je suis disposé à accepter presque n'importe qui, par exemple un garçon frais émoulu du séminaire, en remplacement du rabbin Small.

— Il semble que ce soit le sentiment général.

— Donc, que pouvons-nous faire ? Lui demander de démissionner ?

— Non. Il faudrait que nous lui fassions connaître une raison, le cas échéant que nous formulions des griefs. Il en appellerait à l'ensemble des membres et cela créerait toutes sortes de conflits. Nous avons l'intention de lui notifier que son contrat ne sera pas renouvelé, sans indiquer la raison. S'il nous pose la question, nous répondrons que nous avons envie d'un changement. Il disposerait de la période restante, jusqu'à l'expiration de son contrat, pour se chercher une autre place ; quant à nous, nous le remplacerions dès que possible.

— Alors qu'il se trouvera encore ici ?

— Pourquoi pas ? Il faut voir le problème de façon réaliste. Admets que nous lui fassions part du non-renouvellement de son contrat et qu'il continue à officier jusqu'à ce que nous lui trouvions un remplaçant. Quelle serait la qualité de son service ? Il ne manquerait pas une occasion pour nous mettre les bâtons dans les roues. S'il y a un enterrement, ce qu'à Dieu ne plaise, il se découvrirait une raison pour ne pas s'y rendre. Idem pour une Bar-mitzwa * ou un mariage. Imagine une noce, le marié, la mariée, la famille, les amis et le rabbin faisant faux bond. En plus, cela ne lui coûterait rien, car les droits versés pour les mariages sont encaissés par la synagogue. Par contre, si du jour où nous faisons parvenir notre notification de non-renouvellement à Small, nous disposons d'un remplaçant, tout baigne.

— Mais il a un contrat.

— Par conséquent, nous le rénumérerons jusqu'à l'expiration dudit contrat. A moins que nous lui versions un montant global pour solde de tout compte.

— Oui. De cette façon, il n'y aura pas de litige. C'est parfait.

38.

La nouvelle de l'inculpation de Paul Kramer fut publiée dans le journal local parmi les faits divers. Le rabbin, s'étant contenté selon son habitude de feuilleter le journal jusqu'à ce qu'il ait trouvé les nouvelles religieuses, ne l'avait pas vue. Par contre, l'article n'avait pas échappé à Myriam.

— Il a été mis en liberté provisoire sans caution. Cela signifie-t-il que le juge le croit innocent ?

Le rabbin secoua la tête. « Non, uniquement qu'il estime qu'il n'essaiera pas de se soustraire à la justice.

— Le pauvre garçon. Ne penses-tu pas que nous devrions tâcher de le voir, David ? Surtout qu'il est seul, ses parents étant absents.

— En tant que voisins, nous pourrions l'inviter à dîner un soir. Écoute, j'ai promis à sa mère que je passerai lui mettre un mot afin qu'il soit à la maison quand ses parents téléphoneront. Pourquoi ne lui ajouterais-je pas une invitation pour le dîner du sabbat ?

— Mais c'est justement vendredi soir qu'ils téléphonent.

— Alors je lui demanderai de m'indiquer quel soir lui conviendrait. J'y vais de ce pas. »

Il s'assit immédiatement pour griffonner un mot, puis enfila son manteau pour le porter. « Je reviens tout de suite. »

Toutefois, il tarda à revenir car au moment où il atteignit la maison des Kramer, Paul en sortit. « J'allais justement vous glisser un billet dans la boîte aux lettres, expliqua-t-il. Votre mère m'a demandé de vous rappeler d'être à la maison pour son prochain coup de fil.

— Oh merci. Je n'aurais pas oublié.

— J'y avais aussi ajouté une invitation à dîner pour un soir.

— Merci beaucoup, monsieur le rabbin.

— Vendredi soit peut-être, un repas sabattique ?

— C'est le soir où mes parents appellent. Peut-être s'ils appellent assez tôt...

— Très bien. Vous pouvez venir tout de suite après leur coup de fil. Avez-vous l'intention de leur parler de votre problème ?

— Non. Et s'ils vous appellent, j'espère que vous n'en ferez rien de votre côté.

— Pourtant, ils l'apprendront, tôt ou tard, insista le rabbin.

— Je suis certain que, d'ici quelques jours, cette histoire ne sera plus qu'un mauvais souvenir. Voyez-vous, il y a un nouvel élément qui m'innocente définitivement.

— Oh ? »

Le jeune homme était embarrassé mais il était conscient de ne pas pouvoir se dérober à de explications. « Je n'étais pas seul à la maison ce soir-là. J'étudiais avec quelqu'un. C'était une fille et comme nous avons travaillé tard, elle est restée. Il me semble que vous l'aviez deviné quand l'autre jour nous avons discuté au commissariat.

— Je vois. (Le rabbin fit un effort pour ne pas paraître choqué, ni même réprobateur. Il dit sur un ton indifférent :) Et elle a l'intention de venir déposer pour...

— Elle l'a déjà fait. Quand elle a appris mon arrestation et mon inculpation, elle s'est rendue chez le commissaire Lanigan pour le lui dire. J'ai essayé de l'en dissuader à cause des commérages ; je ne veux pas que mes parents pensent que dès qu'ils ont le dos tourné, bref...

— Elle est allée dire au commissaire Lanigan qu'elle a passé la nuit avec vous ?

— C'est exact. (Paul sourit pour dissimuler son embarras.)

— Je vois. Vous a-t-elle rapporé ce que le commissaire Lanigan a dit ?

— Il n'a pas dit grand-chose. Si, il lui a demandé quelle route elle a empruntée pour se rendre chez moi, si chemin faisant elle a rencontré une personne de sa connaissance et si sa mère savait ou non où elle avait passé la nuit. En effet, une fois qu'elle était chez moi, elle a téléphoné à son amie et lui a communiqué mon numéro de téléphone ; comme ça si jamais sa mère appelait chez cette amie où elle était censée se trouver, celle-ci aurait dit qu'elle était sortie pour un moment, et lui aurait ensuite téléphoné chez moi afin qu'elle rappelle sa mère. Finalement, elle a téléphoné la première à sa mère pour lui dire qu'elle passait la nuit chez cette fille. Vous me suivez ?

— Oui, c'est parfaitement clair.

— Je pense donc que d'ici un ou deux jours, la police ou le tribunal me fera connaître que je suis disculpé et que je peux venir reprendre ma voiture. De sorte que mes parents ne sauront rien.

— Et votre avocat, est-il au courant de ces nouveaux développements ?

— Je ne lui en ai pas encore parlé. Il se peut que la police l'ait fait.

— Et comment ferez-vous quand il vous présentera sa note d'honoraires ?

— Je lui expliquerai la situation et lui proposerai de le régler par des versements hebdomadaires. Ça a l'air d'être un gars convenable, je pense donc qu'il acceptera. (Le jeune homme regarda le rabbin avec anxiété avant de lâcher tout à trac :) Écoutez, monsieur le rabbin, si vous préférez que je ne vienne pas chez vous, je comprendrais. Vous êtes rabbin et...

— Non, je serais heureux que vous veniez. »

39.

Le commissaire Lanigan relisait au moins pour la dixième fois les pièces du dossier Paul Kramer, en s'amusant toujours autant de la méticulosité des rapports du brigadier Dunstable : « 16 h 13 : examiné poubelle du garage Glossop ; 16 h 15 : avisé téléphoniquement à partir du bureau du garage l'inspecteur Jennings, tout en ne perdant pas de vue la poubelle ; attente arrivée voiture pour enlèvement de la poubelle. 16 h 31 : arrivée voiture ; 16 h 52 : repéré Chevrolet noire immatriculée 937254 à l'angle de la Maple Street et de la Glen Lane ; retourné... remis rapport... »

Il y avait quelque chose qui le turlupinait dans ce rapport. Cette fois-ci, il avait trouvé ce que c'était. Il s'adressa par l'interphone au brigadier de service au comptoir : « Billy Dunstable est-il dans les parages ?

— Oui, monsieur. Il est à la salle de garde.

— Envoyez-le moi. (Un moment après le brigadier se présenta.)

— Asseyez-vous, chef. A la lecture de votre rapport concernant ce délit de fuite, j'ai constaté que vous avez découvert le véhicule Kramer vingt minutes après votre départ du garage Glossop.

— Oui, monsieur.

— Comment avez-vous réussi cela ? »

Dunstable sourit d'un air satisfait. « Simple affaire de routine policière.

— Mais avec la circulation qu'il y a, cela représente à peu près le temps nécessaire pour se rendre de Glen Lane au garage Glossop.

— Oui, monsieur. »

Lanigan se carra sur son siège, se croisant les mains sur le ventre et, tout en souriant benoîtement, apprécia : « Ce n'est pas une affaire de routine, c'est une réussite extraordinaire pour un policier. »

Dunstable rougit. « A vrai dire, j'ai bénéficié d'un tuyau. »

Lanigan se pencha en avant sur son siège : « Cela signifie-t-il que quelqu'un vous a indiqué où ce véhicule stationnait ? »

Dunstable se tortillait, mal à l'aise. « Pas exactement. Il pensait qu'il pouvait y être, car habituellement c'est là qu'il stationne.

— De qui s'agit-il ? Qui vous a donné ce tuyau ?

— C'est Tom Blakely, il travaille dans ce garage.

— Le connaissez-vous ?

— Bien sûr. Vous devez également le connaître. Un grand rouquin. Est-ce que vous ne vous rappelez pas ? Il jouait arrière dans l'équipe de Barnard's Crossing qui a failli devenir championne du Massachusetts, il y a cinq ans.

— Ah oui, ça me revient. On l'avait fêté comme un héros. Il travaille chez Glossop maintenant ? Je ne le savais pas. Je ne passe pas souvent dans ce coin. Je croyais qu'après avoir passé le bac il s'était inscrit dans une université, d'autant plus qu'il avait reçu de nombreuses offres de bourse.

— Effectivement. Il est allé dans une université dans

le Sud, mais il en est reparti au bout du premier semestre. Il s'est occasionné une vilaine fracture du poignet, et après cela on lui a coupé les vivres. Ils sont comme ça les Sudistes.

— Et depuis il travaille chez Glossop ?

— Non, il s'est consacré un temps à la pêche au homard. Il le fait toujours, tout en travaillant chez Glossop.

— Et comment savait-il où Paul Kramer gare sa voiture ?

— Il fréquente Aggie Desmond qui habite Maple Street. Il aura sans doute vu la voiture en allant chez elle.

— Vous semblez être très bien renseigné sur son compte.

— Il était au collège avec mon jeune frère et ils sont restés copains. »

Lanigan demanda de but en blanc : « Y avait-il également une Fran Kimball dans cette classe ?

— Oui, c'est elle qui dirigeait la claque lors des matchs.

— Et Beth McAllister ?

— Oui, elle était également dans cette classe.

— Elles connaissent donc forcément Tom Blakely.

— Certes. Fran Kimbal sortait avec Tom.

— Était-ce sérieux ?

— Ah oui. Il formaient un couple.

— Ont-il rompu ? Se sont-ils disputé ?

— Je ne pense pas. Je n'ai jamais entendu parler de dispute. Mais lui est parti vers son université dans le Sud, tandis qu'elle s'est inscrite à l'université de Boston. Là-bas, elle a sans doute rencontré d'autres gens et elle ne s'est plus intéressée à lui. »

Lanigan réfléchit un court moment. « Devinez ce que

j'aimerais savoir ? (Il leva de grands yeux bleus au regard perçant sur le brigadier.) J'aimerais savoir ce que ce Tom Blakely a fait ce mercredi soir. »

Le brigadier Dunstable rit. « Je suis en mesure de vous renseigner à ce sujet. J'ai dû me rendre à la réunion du Conseil municipal ce mercredi soir au sujet du vol avec effraction au bar, car c'est moi qui ai mis la main sur l'auteur de ce méfait. Après avoir fait ma déposition, je suis allé au Ship's Galley, vers neuf heures et demie, et j'y ai trouvé Tom Blakely en train de se beurrer.

— De se beurrer ?

— Oui, de se soûler. Il marmonnait quelque chose au sujet d'une fille qui lui avait posé un lapin. A mon avis, il y était déjà depuis un bon moment. Puis, il devait être dix heures passées, ils ont refusé de le servir, et il est parti, sans doute pour rentrer se coucher.

— Oui, c'est ce qu'il avait de plus sensé à faire, admit Lanigan. Savez-vous ce qu'il a comme voiture ? »

Dunstable secoua la tête en signe de dénégation. « Je peux facilement le savoir.

— Ce n'est pas la peine, aucune importance. Vous m'avez été très utile, brigadier. »

40.

Le rabbin Small s'installa confortablement dans un fauteuil en face du commissaire Lanigan. « J'ai rencontré Paul Kramer qui m'a indiqué que quelqu'un était venu vous voir...

— C'est exact. Une fille affirmant qu'elle a passé toute la nuit avec lui.

— Alors, qu'allez-vous faire maintenant ?

— Rien du tout. De quel droit ? L'affaire n'est plus entre mes mains. Elle est du ressort du procureur.

— Lui en avez-vous fait part ?

— Bien entendu. Et il doit informer l'avocat de la défense. Je suppose qu'il l'a fait.

— Que va-t-il se passer maintenant ?

— Cela dépend de l'avocat. Il peut s'adresser au procureur pour lui demander d'abandonner les poursuites ou attendre l'audience au tribunal pour faire valoir ce fait nouveau.

— Je ne comprends pas. N'est-il pas innocenté ? Dès lors qu'elle déclare avoir passé toute la nuit avec lui et qu'il n'a pas quitté la maison...

— Mais le procureur n'est pas obligé de la croire, David, expliqua Lanigan. L'avocat de Paul peut également être sceptique, auquel cas il préfèrera attendre l'audience pour plaider l'acquittement au bénéfice du doute.

— Une fille peut-elle être prête à ternir sa réputation en déclarant avoir passé la nuit avec un jeune homme simplement pour lui éviter une condamnation pénale ? interrogea le rabbin.

— Parfaitement, David. Vous ne connaissez pas les jeunes d'aujourd'hui. Ce n'est plus comme de votre temps. C'est une espèce différente.

— J'ai eu à faire à eux. J'ai donné des cours à des adolescents...

— C'est tout à fait différent. Ils viennent à vos cours pour des raisons religieuses. Vous êtes rabbin et par conséquent ils font un effort pour bien se conduire et ne rien dire qui puisse vous offenser. Moi, je les vois quand ils ont des problèmes. Vous partez du principe que la fille aurait dû être gênée en reconnaissant avoir passé toute la nuit avec un garçon...

— Paul semblait également gêné, interféra le rabbin.

— Certainement, parce que les garçons, particulièrement quand ils sont encore adolescents, ont tendance à être conservateurs, au moins en ce qui concerne le sexe. Par contre, les jeunes femmes ont changé. Cela ne les embarrasse nullement d'admettre qu'elles ont couché avec un homme. Tout au contraire, elles auraient plutôt honte de reconnaître qu'elles sont vierges. Aux yeux de leurs amies, elles passeraient derechef pour bégueules et sans attrait. Le fait d'être venu me raconter cette histoire ne constituait pas un sacrifice pour cette fille, pas davantage que si elle m'avait raconté qu'elle avait dormi chez sa copine Beth McAllister. Pour elle, ça n'a aucune espèce d'importance. »

Il mit les deux mains sur la table et enchaîna.

« Qu'avons-nous ? Une histoire que rien ne vient corroborer. Elle prétend avoir passé la nuit avec lui. Cependant, on ne peut pas demander à sa mère si c'est vrai, car pour sa mère elle a passé la nuit chez Beth McAllister. Si l'on interroge Mlle McAllister, quelle réponse peut-on espérer ? Si elle admet avoir servi de couverture à Fran, vous apprendrez qu'on lui avait communiqué un numéro de téléphone où elle devait appeler, si jamais la mère de Fran voulait parler à sa fille. Quel numéro ? Elle ne s'en rappelle pas. Elle l'a noté sur un bout de papier que bien entendu elle n'a pas estimé utile de conserver. Et quand bien même elle aurait le numéro de Paul, qu'est-ce qui nous démontre qu'elle ne l'aurait pas reçu après que Fran et Paul eurent mis sur pied leur histoire ? Quant à Fran Kimball, elle dit elle-même que personne ne l'a vue entrer dans la maison de Paul le soir, ni en sortir le lendemain matin.

« Mais même si on accepte de croire qu'elle a passé la nuit avec Paul, celui-ci n'en est pas disculpé pour autant. Cela ne prouve pas pour autant qu'ils n'ont pas quitté la maison. Je vais vous tracer un scénario : Elle vient chez lui pour réviser ; vers dix heures, l'un d'entre eux suggère de faire un tour. Ils vont déguster quelque part un hamburger avec une bière ou un café. Sur le chemin du retour, ils passent par la Glen Lane et là se produit l'accident. Ensuite... (Il s'interrompit avec un large sourire, comme s'il venait d'avoir une illumination.) Mieux que cela. Une supposition, c'est *elle* qui conduisait et *elle* a eu l'accident. Elle était naturellement paniquée à l'idée que la police soit mise au courant. Elle le supplia de ne pas la dénoncer et il y consentit à condition qu'elle passât la nuit avec lui.

Ensuite, quand il fut arrêté il lui demanda d'aller me trouver. Qu'en pensez-vous ?

— Je pense que votre " mieux que cela ", c'est tant pis pour les deux, dit le rabbin sèchement. Avez-vous envisagé la possibilité que les deux disent la vérité ? Si Paul avait été responsable de l'accident, ou la fille, ou tous les deux, serait-il venu se garer Glen Lane, alors qu'il lui était facile de mettre la voiture dans son garage ?

— Il pouvait être ivre ou drogué.

— Même s'il avait été ivre ce soir-là, pourquoi aurait-il fait remplacer son phare dans notre ville ? Ceci le lendemain après-midi, alors qu'il était certainement dessoûlé.

— Pas nécessairement, répliqua Lanigan. Si c'était de l'alcool oui, mais si c'étaient des drogues, il pouvait encore être sous leur influence le lendemain. Mais, question pour question, pourquoi quelqu'un, jouissant de ses facultés mentales, s'ingénierait-il à compromettre un tiers dans un accident, alors qu'il lui suffit de prendre la fuite, ni vu ni connu ? Et, apparemment, le verre de phare de l'auteur de l'accident ne se serait pas cassé. Ce qui plus est, il pouvait se faire repérer alors qu'il cassait le phare, puis en rebroussant chemin pour se pencher et répandre les débris de verre autour du corps. Pourquoi quelqu'un aurait-il pris tous ces risques ?

— Il aurait pu...

— Ne me racontez pas qu'il aurait pu être soûl ou drogué, car je viens de me servir de ces arguments.

— J'allais vous dire qu'il aurait pu haïr Paul, dit le rabbin sur un ton pincé.

— Et voulait se venger d'un affront que celui-ci lui aurait fait subir ? Possible, mais très invraisemblable.

Cela impliquerait un enchaînement de circonstances peu banal. Tout de suite après avoir causé un grave accident, il aperçoit à quelques centaines de mètres la voiture de son ennemi, garée dans la rue alors qu'il fait nuit noire et que personne ne se trouve dans les parages. En outre, il eût fallu que ce soit quelqu'un de la ville, car il y a peu de chances qu'un étranger s'égarât dans la Glen Lane. Or, les Kramer n'habitent ici que depuis quelques mois. Il y a donc peu de risques qu'ils se soient fait des ennemis. Et si c'était le cas, Paul ne l'aurait-il pas su ? Cependant, quand vous êtes allé le voir, il a accusé la police d'avoir monté l'accusation contre lui. S'il s'était connu un tel ennemi, n'aurait-il pas pensé en premier lieu à celui-ci plutôt qu'à la police en parlant d'un coup monté ? Accuser quelqu'un à tort d'avoir commis un homicide est très répréhensible, n'êtes-vous pas de cet avis ?

— Bien sûr que si, répondit le rabbin. Nous considérons probablement une telle action comme plus grave que vous. C'est une infraction au Commandement « Tu ne porteras point de faux témoignage » et nous le punissons très sévèrement.

— Oui ?

— Selon le principe de la loi biblique, si quelqu'un a rendu un faux témoignage “ alors tu agiras envers lui, comme il a proposé que l'on agisse envers son prochain ”. »

Lanigan acquiesça. « Cela semble logique. Notre législation n'est pas particulièrement tendre pour les parjures. Mais, je crois que cela s'applique uniquement pour ceux qui ont porté un faux témoignage en justice. En l'occurrence, nous pourrions uniquement inculper le coupable de destruction volontaire de biens d'autrui.

— Et le fait d'avoir amené des débris de verre auprès du corps de la victime ?

— Probablement, nous pourrions également l'inculper pour avoir gêné la police dans son travail. Mais, à mon avis toute cette hypothèse est très invraisemblable.

— Voudriez-vous quand même faire des recherches à ce sujet ? »

Lanigan secoua lentement la tête. « Ce n'est plus entre mes mains, David. Dorénavant c'est le procureur qui s'en occupe. Evidemment, si de nouveaux éléments intervenaient, je les examinerais avant de les transmettre au procureur. Mais je ne peux pas me permettre de faire des recherches supplémentaires pour le cas où il y aurait des faits encore inconnus, pas avec le dossier en béton existant contre Kramer. Je ne dispose pas d'un nombre suffisant d'hommes pour ceci.

— Tâcherez-vous au moins de garder les yeux ouverts ?

— Je m'y efforce toujours. »

Le rabbin se leva pour se diriger vers la porte, quand Lanigan lui demanda : « Comment va Jonathan actuellement ?

— Très bien. Pourquoi me le demandez-vous ?

— Je le vois souvent en ville l'après-midi.

— Après le lycée, il va au siège du parti républicain. Il y exécute de petits travaux, fait des courses, histoire de gagner un peu d'argent de poche. (Il eut un large sourire.) Pour le moment, il prétend vouloir se destiner à la politique.

— Il a laissé tomber la neurochirurgie ? Espérons que sa lubie actuelle ne le tiendra pas longtemps.

— Je l'espère également », fit le rabbin.

41.

Halperin rit aux éclats en entendant au bout du fil une voix lui annoncer sur un ton profond, solennel et liturgique : « Rabbin Halperin à l'appareil. »

— Salut Herb, cria-t-il allègrement, ce n'est que moi ; tu n'as pas besoin d'être cérémonieux.

— Morris ! (Du coup, il était monté d'une octave.) Comment vas-tu ? Il n'y a pas de pépin, dis ?

— Le seul pépin, c'est que je suis ici alors que mon petit frère est dans un trou perdu dont tout le monde ignore l'existence et que l'on ne trouve sur aucune carte. Écoute-moi bien, Herbie, j'ai une proposition pour toi.

Il lui expliqua la situation telle qu'elle se présentait à la synagogue. Son frère l'écouta avec patience avant de dire :

— Morris, j'aimerais bien accepter, mais je ne peux pas. Je ne peux pas m'associer à une action visant à priver un gars de son emploi. En plus, votre rabbin Small n'est pas n'importe qui ; c'est un vrai érudit. Il y avait un article de lui dans le dernier numéro du *Quarterly*...

— Écoute, mon petit, tu n'es pour rien dans son départ. Nous voulons nous débarrasser de lui parce que nous en avons marre. Il se peut qu'il soit érudit, mais il n'arrive pas à s'entendre avec la communauté, pratiquement depuis qu'il a pris son poste. Il a réussi à se maintenir au dernier moment une bonne demi-douzaine de fois. Si tu ne prends pas le poste, ce sera quelqu'un d'autre, alors pourquoi pas toi ?

— Puis, il y a également cette histoire de mariage.

— Nous devons tous trouver de temps à autre des accommodements avec le ciel. Et n'as-tu pas célébré un mariage de ce genre quand tu étais le directeur de la maison des étudiants juifs, Hillel ? Lorsque la fille du doyen a épousé le professeur...

— C'était tout à fait différent. Sa grand-mère était juive, donc sa mère était juive...

— Oui, elle était autant juive que moi je suis irlandais.

— Je veux dire selon la Halakha *...

— Je connais la Halakha et tout le tremblement. Tu t'es arrangé avec ta conscience et tu le sais. Tout ce que je te demande, c'est de faire la même chose ici. Personne ne le saura. S'il y a un faire-part dans un journal, ton nom n'y apparaîtra pas ou il sera orthographié de travers. La cérémonie sera célébrée dans la maison de la mariée. Laisse-moi en parler à Dolly...

— Je suis à l'autre appareil, intervint l'épouse du rabbin.

— Très bien, alors tu sais de quoi il en retourne. Il faut que tu travailles Herbie au corps ; c'est la chance de sa vie. Le gars dont il s'agit, notre président, sais-tu qui c'est ? C'est Howard Magnuson. Le Magnuson de Magnuson & Beck. Pour te dire le genre de gars qu'il est, il m'a confié trois dossiers, et j'ai encaissé davantage d'honoraires là-dessus que l'ensemble de mes honoraires de l'année dernière. Il m'a mis en garde de ne pas lui demander trop peu, parce que cela lui donnerait mauvaise figure. Maintenant, Herbie a l'occasion d'entrer en contact avec lui.

— Oui, mais tu as dit qu'il ne s'agissait que d'une place temporaire. Temporaire, cela signifie quelle durée ?

— Tu connais ce genre de choses, Dolly. Période d'essai serait plus adéquat que temporaire ; une telle période s'impose, car notre commission des rites ne vient par le jauger préalablement à son embauche. Je vais leur montrer la bande vidéo que vous m'avez adressée, mais il n'en reste pas moins que personne ne l'aura vu ici avant son entrée en fonctions. Mais, s'il ne fout pas le bordel, s'il se conduit convenablement, alors c'est du tout cuit, crois-moi. C'est une grande chance pour Herbie. Il pourrait avoir à attendre longtemps avant qu'une telle chance ne se présente de nouveau.

— Nous avons plusieurs fers au feu, Morris.

— Tu parles. Vous êtes dans le Kansas et le Kansas mène à l'Arkansas. Moi, je te parle de la côte Est. Ici, on est à une demi-heure de Boston et de Cambridge. Il y a des théâtres, des concerts et une foule d'universités.

— Bon, tu nous laisses réfléchir et nous te ferons connaître notre décision d'ici la fin de la semaine.

— Ah, non ! Écoute, il est dix heures maintenant. Vous me rappelez ce soir encore autour de onze heures. Pas plus tard. Je reste à portée du téléphone dans l'attente de la réponse.

Il était onze heures pile quand Dolly appela. « C'est entendu, Morris, nous sommes d'accord. Que devons-nous faire ?

— Rien, ma chère. Pour le moment, vous ne bougez pas. Je vous rappellerai dimanche soir si j'arrive à mettre le train sur les rails d'ici là, sinon ce sera le dimanche suivant. A mon avis, Herbie devrait venir seul dans un premier temps ; il pourrait habiter chez nous. Ensuite, si tout se passe bien, tu viens avec les enfants et tu te mets à la recherche d'un logis. Mais ne dites rien à quiconque avant que vous ayez eu de mes nouvelles. D'accord ?

— C'est toi le patron, Morris. »

Ayant jeté un coup d'œil sur sa montre, Morris décida qu'il n'était pas trop tard pour téléphoner à Magnuson. « Tout est réglé, annonça-t-il. Il fallait, en quelque sorte, que je vende ma proposition et je ne pense pas que j'aurais pu y arriver sans l'assistance de ma belle-sœur, cependant mon frère a fini par donner son accord.

— Et mon premier problème ?

— J'ai expliqué que cela faisait partie du marché. Je lui ai promis qu'il ne serait fait aucune publicité au sujet de sa participation à la célébration du mariage qui aura lieu dans votre maison. Donc, si votre fille met une annonce dans les journaux, elle ne devra pas mentionner le nom de l'officiant ou, le cas échéant, elle pourra parler d'un révérend Halperin, ce qui fera penser à un pasteur. Après tout, elle a recours à un rabbin pour tenir la promesse faite à sa grand-mère, laquelle n'est plus de ce monde. D'accord ? En conséquence, il n'y a aucune raison pour qu'elle fasse de la publicité autour.

— Tout cela se dessine très bien, jugea Magnuson. J'ai regardé la bande vidéo et il me produit bonne impression. En fait, je pense qu'il est exactement le genre d'homme dont nous avons besoin. Bien entendu, je ne suis pas habilité à prendre la décision tout seul et il me faut l'accord du Conseil d'administration. Est-ce que vous pourrez venir demain ou après-demain soir avec quelques-uns des administrateurs pour un petit dîner, oh, pas grand-chose, des sandwichs avec des boissons, pour que je leur projette la bande vidéo et, s'ils sont d'accord, nous évoquerons ce point à la prochaine réunion du conseil.

— Vous ne voulez pas tous les membres du conseil ?

— N...non. Je crois qu'il vaut mieux commencer par ceux dont la réaction sera probablement favorable. Cela nous donnerait la majorité, non ?

— Je crois, mais je n'en suis pas sûr. Quant aux autres, nous pourrions organiser pour eux une seconde séance le lendemain ou...

— N'en faites rien, Morris. Permettez-moi de vous apprendre quelque chose sur la façon de mener les débats dans un aréopage. Dès qu'on a l'appui d'un certain nombre de votes, on fait adopter le projet en vitesse. Ce n'est pas tout à fait démocratique, mais c'est très efficace. »

42.

Voyant que le rabbin s'apprêtait à mettre ses phylactères *, Myriam demanda : « Ne vas-tu pas à la synagogue, David ?

— Non, pas ce matin. »

Elle le regarda, les yeux écarquillés, tandis qu'il mettait ses phylactères et son châle de prière, puis se tournait en direction de l'Est avant de réciter le rituel du matin. Ensuite, elle alla dans la cuisine pour préparer le petit déjeuner. Il ne pleuvait pas. L'air était vif ce dimanche matin, le temps idéal pour faire la petite marche qui le séparait de la synagogue. À une ou deux reprises, elle jeta un coup d'œil à travers l'entrebâillement de la porte, essayant de discerner dans son apparence ou son attitude s'il était en colère ou incommodé.

Alors qu'ils étaient assis à la table du petit déjeuner, elle dit : « Il y a bien une réunion du Conseil d'administration, aujourd'hui ?

— Exact. Le président m'a demandé de ne pas y venir. »

Avec une pauvre petit sourire, elle risqua : « Une nouvelle augmentation ?

— J'en doute. Ce serait plutôt le contraire. Notre

président a clairement indiqué qu'il ne voulait plus de moi aux réunions du Conseil d'administration.

— Pourquoi, que s'est-il passé ?

— Je lui ai dit qu'il devrait démissionner.

— David ! Tu n'as pas fait ça.

— Parfaitement, je l'ai fait. » Il lui raconta toute l'histoire.

Elle secoua la tête, perplexe. « Tu as un don spécial pour te mettre les gens à dos, non ?

— Non, je ne pense pas, répondit-il d'une voix égale. J'admets avoir eu durant les années avec les présidents successifs des dispu... des différends. Cela s'est toujours tassé, cependant.

— Mais avec Magnuson c'est une autre paire de manches.

— Vraiment ? De quelle façon ?

— Tu te rappelles ce que Morton Brooks t'a expliqué : Magnuson ne réalise pas ce que représente un rabbin. De son point de vue, tu n'es ni plus ni moins qu'un employé de la communauté.

— Bon, d'autres présidents avaient la même appréciation.

— Mais Magnuson avait à faire à des employés durant toute sa vie. Lorsqu'il tombe sur quelqu'un de récalcitrant ou de rouspéteur ou qui simplement manifeste son désaccord, il le fiche à la porte sans autre forme de procès.

— C'est parfait.

— Comment, alors... »

Le rabbin posa sa tasse de café et s'essuya les lèvres avec sa serviette. « Je suis incapable de vivre de cette manière. Je ne puis admettre que ma situation, mon bien-être dépendent de l'humeur d'un homme et que je doive consacrer toute mon énergie à lui plaire, voire à éviter de l'offenser. Si ce doit être ainsi la nature de mes relations avec Howard Magnuson, autant y mettre fin tout de suite.

— Mais s'il te demande de démissionner ?

— Je refuserais, bien entendu. Et si le Conseil d'administration émet un vote réclamant ma démission, j'exigerais qu'il en indique la raison afin que je puisse plaider ma cause devant l'assemblée générale des membres et...

— Allons, David, Howard Magnuson ne se laissera jamais attirer dans une conférence ouverte avec toi par-devant l'assemblée générale. Il se contentera de persuader la majorité du Conseil d'administration de refuser le renouvellement de ton contrat. Que feras-tu alors ? »

Il haussa les épaules. « Dans ce cas, j'indiquerai au séminaire que je suis libre et à la recherche d'un autre poste. À moins que je ne change mon fusil d'épaule pour m'essayer à autre chose, l'enseignement, ou peut-être une place de lecteur chez un éditeur, ou encore une place de journaliste spécialisé dans les questions du judaïsme, ou...

— Mais tout cela implique que tu te mettes sous la coupe d'un homme, un doyen ou président d'université, un éditeur ou directeur de journal, qui pourrait se révéler être un autre Magnuson.

— Alors, je prendrais mes économies pour créer ma propre affaire.

— Quel genre d'affaire veux-tu créer ?

— Je ne sais pas. Je pourrais ouvrir une école où l'on enseignerait l'hébreu aux adultes, ou... ou un quelconque commerce, un magasin de chaussures ou de confiserie, ou... ou...

— Un rabbin se lançant dans la vente des bonbons ?

Une lueur narquoise s'alluma entre ses cils. « Pourquoi pas ? Sans doute pas une confiserie, car avec mon amour des sucreries je boufferais l'ensemble des bénéfices. À la différence d'un abbé ou d'un pasteur, je ne suis pas voué aux choses de la religion. En tant que rabbin, j'appartiens au siècle. Gagner ma vie en faisant des affaires ou en exerçant une profession serait tout à fait conforme à la tradition. Dans l'Antiquité beaucoup de rabbins illustres ont gagné leur vie comme menuisiers, forgerons ou bûcherons. Plus récemment, en Pologne et en Russie, certains rabbins gagnaient leur vie en exerçant une quelconque profession séculière. Mon propre grand-père, quand il était le rabbin de son chtettel *, avant sa venue en Amérique, gérait une boutique ; il est vrai toutefois que la communauté lui octroyait un traitement de faveur en limitant la concurrence.

« En un certain sens, c'est même la juste voie, étant donné que notre tradition veut qu'on ne se serve pas de son savoir comme d'un outil. Actuellement, on justifie la rémunération des rabbins par un tour de passe-passe casuistique en vertu duquel la communauté ne rénumère pas le rabbin pour son savoir et son enseignement, mais en fonction du temps qu'il dépense dans l'exercice de sa fonction rabbinique et durant lequel il ne peut pas gagner sa vie.

— Dis-moi, David, en as-tu marre d'être rabbin ?

— Pourquoi me poses-tu cette question ?

— Parce que cela fait vingt ans que tu es rabbin. Si tu t'étais dirigé dans une autre voie, le droit ou les affaires, je suis persuadée que nous aurions été nettement mieux lotis sur le plan financier. Alors, si maintenant tu laisses tomber, on ne me sortira pas de la tête que ces vingt ans ont été en quelque sorte gaspillés.

— Non, Myriam, je n'en ai pas marre d'être rabbin.

Tout compte fait, ces vingt ans ont été très agréables. (Il se frotta le menton pour activer ses fonctions cérébrales.) Mais si un rabbin s'occupe vraiment de sa communauté et si celle-ci ne se compose pas d'un troupeau de moutons le considérant comme leur berger, alors il se produit occasionnellement une dispute. Tout comme dans un bon mariage », ajouta-t-il.

Elle gloussa de rire. « Chaussures hommes ou femmes ? demanda-t-elle.

— Comment ?

— Dans ton magasin, vendras-tu des chaussures pour hommes ou pour femmes ?

— Pour femmes naturellement, et uniquement les petites tailles afin d'attirer les jeunes et jolis nanas ! »

Ils entendirent quelqu'un dévaler les marches de l'escalier et Jonathan se présenta, bâillant et s'étirant. « Dis, Papa, on y va en voiture ou à pied ? »

Sans laisser à son mari le temps de répondre, Myriam dit : « Ton père ne va pas à l'office aujourd'hui, Jonathan, je pense que tu ferais mieux de prononcer également tes prières du matin à la maison.

— OK ! je remonte. » Jonathan faisait sa prière à la maison, sauf les samedis et les dimanches, quand il n'avait pas classe, où il accompagnait son père à l'office. Bien entendu, il préférait prier à la maison, car c'était plus rapide et il ne fallait pas attendre un dixième homme pour compléter le minyan *.

Quand il fut parti, le rabbin dit : « Sais-tu, Myriam, je viens de penser que Jonathan n'est pas beaucoup plus jeune que ce Paul Kramer.

— Et alors ?

— Alors, il pourrait être impliqué dans quelque chose... (Il s'arrêta au milieu de la phrase et demeura silencieux un bon moment. Puis, il dit :) Je crois que je vais prendre la voiture pour faire un tour du côté de la Glen Lane. »

Le rabbin conduisait tout le long de la Glen Lane jusqu'à la route principale, puis fit demi-tour pour repasser sur le même chemin à une vitesse extrêmement réduite. En arrivant à l'endroit où d'Angelo s'était garé, il s'arrêta et sortit de sa voiture. Bien que la route ne lui fût pas inconnue, il réalisa en marchant qu'elle était plus longue qu'il ne pensait. En outre, il y avait un raidillon assez abrupt à peu près à mi-chemin de la Maple Street et il ne l'avait pas remarqué en conduisant. Une fois arrivé au sommet de la côte, il avait une vue complète jusqu'à la Maple Street. Il s'en retourna jusqu'à l'endroit où il avait laissé sa voiture en comptant le nombre de ses pas.

43

— J'ai le rapport du laboratoire concernant la voiture de Halperin, annonça l'inspecteur Jennings en s'asseyant.

— Et ? demanda Lanigan avec empressement.

— Une des empreintes est considérée comme positive.

— Qu'est-ce que cela signifie ?

— Cela signifie que si on découvre d'autres empreintes positives, on pourra utiliser celle-ci.

— L'utiliser pour quoi ?

— Pour expliquer la position de la victime sur le capot ; dans quelle position elle a pu tomber.

— Et sans une autre empreinte positive ?

Jennings secoua la tête en signe de dénégation. « Rien. Si, il y a quelque chose. Une des fibres de tissu prélevées sur le carter du phare de la voiture de Halperin correspond aux fibres de tissu prélevées sur le carter du phare de Kramer. (Il cessa de regarder le rapport.) Ce dossier comprend deux éléments : d'une part, le choc avec la victime en concomitance avec le délit de fuite ; d'autre part, le bris du verre de phare de Kramer. Il est évident que le même individu est l'auteur des deux méfaits ; par conséquent, si nous prouvons qu'il a cassé le phare, nous prouvons par la même occasion qu'il a commis l'homicide involontaire et le délit de fuite. En l'occurrence, l'indice s'appelle fibres de tissu éponge.

— Épatant, fit Lanigan d'un air dégoûté. Il suffit que vous nettoyiez votre verre de phare ou que l'employé d'une station-service le fasse, pour que l'on trouve des fibres de tissu éponge autour. Je vous parie qu'on en trouve sur votre voiture ou la mienne.

— Sans doute, reconnut Jennings d'un air découragé. Alors, faut-il éliminer la piste Morris Halperin ?

— Disons plutôt que pour le moment nous la mettons à l'arrière-plan. Actuellement, c'est Tom Blakely que je prends dans le collimateur.

— Ah ?

— Hier soir je suis allé à Maple Street pour m'arrêter devant la maison des Desmond. Là, assis dans ma voiture, je pouvais voir dans le rétroviseur l'ensemble du trajet jusqu'à la maison des Kramer.

— Alors ?

— Alors, disons que Tom Blakely a rendez-vous avec Aggie Desmond. Nous le savons puisqu'il l'a raconté au Ship's Galley ; Billy Dunstable l'a entendu. Il arrête sa voiture au même endroit où je me suis garé hier soir, pour attendre Aggie. Sur ce, tandis qu'il est assis dans sa voiture, il voit passer la fille Kimball. Il se peut qu'il l'ait hélée ; il fut un temps où elle était son béguin. Peut-être lui a-t-elle fait un signe amical de la main, ou un simple signe de la tête, tout en continuant son chemin. Il la suit du regard dans son rétroviseur pour la voir pénétrer dans la maison des Kramer.

— O.K. !

— La fille Desmond lui pose un lapin ou vient lui dire qu'elle ne peut pas sortir avec lui. Il en veut à la fille Desmond, mais sans doute aussi à la fille Kimball pour l'avoir plus ou moins ignoré. Quand j'ai demandé à cette dernière si en allant chez Kramer elle n'avait rencontré personne de sa connaissance, elle a manifesté une petite hésitation avant de répondre négativement.

— Bon.

— Selon Dunstable, il reste au Ship's Galley jusqu'à dix heures environ, heure à laquelle il part car on refuse de le servir. Dunstable pense qu'il est probablement rentré. S'il l'a fait, il s'est conduit autrement que la quasi-totalité des ivrognes. Pour ma part, j'estime que bien plus probablement il s'est remis au volant pour chercher un autre établissement où on accepterait de le servir. A Barnard's Crossing, ses chances étaient réduites, car nous sommes très à cheval sur ce point. Il n'en est pas de même dans les petites boîtes de nuit à Lynn ou à Revere où on vous sert à boire tant que vous ne roulez pas sous la table...

— Dans certaines de ces boîtes il fait tellement noir qu'on ne se rend pas compte que quelqu'un est étendu par terre tant que l'on n'a pas trébuché sur lui.

— Quoi qu'il en soit, j'ai pensé qu'il valait la peine de vérifier ce point. J'ai donc remis à l'un de nos gars une photo de Blakely pour aller enquêter dans ces boîtes.

— Où avez-vous trouvé cette photo ?

— Dans l'annuaire du collège à la bibliothèque de la ville. J'ai fait plusieurs photocopies. C'est très ressemblant, bien qu'il ait été de cinq ans plus jeune.

— Et ?

— On a tapé dans le mille. Il a été parfaitement identifié dans l'une des boîtes. Au début ils étaient un peu imprécis, mais ensuite ils ont estimé qu'il a dû arriver vers dix heures et repartir autour de onze heures. qu'en déduisez-vous, Hugh ?

— La base de plusieurs suppositions.

— Par exemple.

— Je suppose que pour rentrer chez lui, Blakely a emprunté la Glen Lane. Étant pris de boisson, il voulait dans la mesure du possible éviter les rues fréquentées. Par ailleurs, c'est un léger raccourci.

— Très bien. Je suis de votre avis.

— Et il a heurté la victime sur le raidillon et…

— Minute.

— L'heure est concordante. Il accélère pour monter la côte quand soudain il voit apparaître de façon impromptue un piéton sur la chaussée. Comme il est ivre, ses réflexes sont ralentis.

— Tout cela est plausible.

— Il prend peur. Il ne peut pas déclarer l'accident, même si le piéton était fautif, même si celui-ci s'est jeté contre la voiture, car, comme il est ivre, la présomption jouera automatiquement contre lui. En tout cas, il aura une suspension de permis. Comment peut-on travailler dans un garage sans permis ? Même si ce travail ne l'emballe pas, avec le chômage qui sévit…

— O.K. ! Vous voulez dire qu'il préfère prendre la fuite plutôt que de déclarer l'accident à la police. Jusque-là je vous suis toujours.

— Il file donc en suivant la Flen Lane et alors qu'il s'approche de la bifurcation, je suppose qu'il aperçoit une lumière. (A cet instant, Lanigan, visiblement content de sa démonstration, se carra sur son siège et se croisa les mains sur le ventre.)

— Quelle lumière ?

— Une lumière dans la maison des Kramer, à l'étage, probablement dans une chambre donnant sur la

Glen Lane. Peut-être a-t-il reconnu l'ombre de la fille derrière les rideaux, peut-être les rideaux n'étaient-ils pas tirés, car il n'y a aucune maison faisant face de ce côté, de sorte qu'il l'aurait effectivement vue, ou peut-être l'a-t-il simplement imaginée là-haut...

— Alors, il s'énerve et... »

Lanigan acquiesça. « Et décide de se venger. Il casse le phare de Kramer car, dans sa tête d'ivrogne, celui-ci lui a volé sa fille. Puis, il retourne sur le lieu de l'accident pour éparpiller les débris de verre. Le lendemain, il est tout heureux de pouvoir aider Billy Dunstable à retrouver le véhicule dont le phare a été cassé.

— Bien entendu, Hugh, vous n'avez pas l'ombre d'une preuve.

— Non. Mais mon histoire tient debout et si j'en mets les morceaux bout à bout pour ensuite convoquer Blakely afin de la lui servir toute chaude, ça peut marcher. Nous disposons de plusieurs angles d'attaque. Nous pourrions inspecter sa voiture et découvrir que le pare-chocs est bosselé. Il arguerait qu'il s'agit d'une vieille bosse, mais peut-être Glossop se souviendra-t-il que ce n'est pas le cas. Il y a de bonnes chances pour qu'il ait lavé sa voiture le lendemain et, ça, Glossop devrait s'en rappeler.

— Il ne doit pas s'en rappeler. Ils lavent beaucoup de voitures dans la journée. Ils ont une machine qui nettoie le moteur à la vapeur, lave et revêt la carrosserie d'une couche de cire.

— Il pourrait s'en rappeler si c'est inhabituel. Ensuite, je demanderai à cette Aggie Desmond à quelle heure Blakely s'est présenté chez elle le soir en question. J'ai également l'intention de revoir cette fille Kimball. J'aimerais savoir à quelle heure elle est allée au lit, dans quelle pièce ils se sont couchés, si la lumière était allumée ou éteinte quand ils se sont déshabillés et si les rideaux étaient tirés.

— Vous pourriez interroger Kramer.

— Non, il est inculpé. Je ne puis l'interroger sans l'accord de son avocat.

— Normalement Scofield devrait être d'accord, si vous lui expliquez que vos recherches ne visent pas son client, voire qu'elles tentent à le disculper.

— Possible, admit Lanigan. Il s'agit de bâtir un dossier aussi solide que possible avec une foule de petits détails assemblés grâce aux témoignages des uns et des autres, avant de demander à Dunstable de m'amener Blakely afin que celui-ci me fasse une déposition.

— Une déposition à quel sujet ?

— Par exemple, comment il pouvait savoir où Kramer avait garé sa voiture, dit Lanigan sur un ton dégagé. Le genre de chose que l'on peut produire devant un tribunal. Je le cuisinerai un bon moment, le temps qu'il devienne inquiet et s'énerve, et là je lui demanderai comment il en est venu à casser le phare de Kramer. Souvenez-vous, nous avons utilisé la même technique contre Slocumb dans cette affaire de cambriolage alors que nous n'avions pas la moindre preuve

— Et que faites-vous des dispositions du code de procédure pénale ? »

Lanigan regarda son lieutenant d'un air innocent. « Mais je ne l'accuserai de rien ; je lui demanderai simplement comment il en est arrivé à casser le phare d'un tiers. »

44.

A la table du dîner, le rabbin Small, regardant la place vide à sa droite, questionna : « Où est Jonathan ?

— Il a téléphoné pour dire qu'on lui a demandé de travailler tard au quartier général du parti républicain. Ils ont beaucoup à faire actuellement.

— Il se prend pour une grosse huile, fit Hepsibah avec venimosité.

— Sibah !

— Je n'aime pas qu'il manque le dîner.

— Il a dit qu'on lui donne des sandwichs et du lait, expliqua Myriam.

— Je veux dire que je n'aime pas qu'il manque le dîner à la table familiale. Je me demande si c'est une bonne chose pour lui que de travailler là-bas, dit le rabbin.

— Pourquoi ? C'est mieux payé que le baby-sitting et il trouve que c'est plus gratifiant. Par ailleurs, il prétend apprendre beaucoup à ce travail et être devenu du coup le meilleur de sa classe en éducation civique.

— Bon. Il n'y en a plus que pour deux ou trois semaines jusqu'aux élections. Comment a-t-il l'intention de rentrer ? A-t-il pris sa bécane ?

— Il y est allé directement en partant du lycée. Il rentrera à pied ou prendra peut-être le bus...

— Ou téléphonera peut-être pour me demander de venir le prendre, enchaîna le rabbin.

— Il peut aussi trouver quelqu'un qui l'emmène de là-bas.

— A-t-il précisé quand il compte avoir terminé ? demanda le rabbin.

— Il a parlé de huit heures-huit heures et demie. Tu sembles exagérément soucieux, David. Après tout, c'est un garçon de dix-sept ans.

— Très malléable. Il y a toujours une foule de traîne-savates au quartier général de comité du parti républicain à discourir et à boire, surtout le soir ; je ne pense pas que ce soit une influence bénéfique pour un adolescent.

— Tu n'as qu'à lui dire que tu ne veux pas qu'il travaille là-bas en fin de journée et que tu tiens à ce qu'il dîne tous les soirs à la maison, fit Myriam, se rangeant aux raisons de son mari.

— C'est bien ce que je compte faire. »

Huit heures, puis huit heures et demie passèrent, et Jonathan n'était pas rentré. A neuf heures, Myriam, n'y tenant plus, téléphona au quartier général républicain. Après avoir raccroché, elle expliqua : « J'ai parlé au responsable qui m'a dit avoir envoyé Jonathan faire une course au bas de la rue, il y a une heure environ, avant huit heures. Il est probablement sur le chemin de la maison. Voudrais-tu prendre la voiture pour aller à sa rencontre ?

— Non. S'il est parti avant huit heures, il ne tardera pas à être là. »

Le commissaire Lanigan leva le verre de whisky que son épouse venait de lui tendre pour lui porter un toast, dans un geste automatique et de pure forme. Après avoir bien dîné, Amy était bonne cuisinière, il se relaxait en parcourant le journal du soir avant d'allumer la télé. Il était neuf heures ; maintenant, il voulait se mettre en pyjama pour aller lire au lit. Mais Amy était d'humeur causante.

— Y a-t-il eu quelque chose de spécial aujourd'hui chez toi ?

— Rien de particulier, la routine. Puis, par politesse, il ajouta : Et pour toi ?

— Cet après-midi, je suis tombée sur Mary Hagerstrom.

— Ah.

— Tu te souviens d'elle.

— Hagerstrom ?

— Elle est cuisinière et gouvernante chez les Magnuson.

— J'y suis.

— Je lui ai demandé pourquoi elle n'est pas venue à la réunion de l'association paroissiale l'autre soir. Elle m'a répondu que M. Magnuson lui avait demandé de rester pour préparer des sandwichs pour un groupe d'hommes qu'il avait invités.

— Hum !

— Hugh, as-tu vu David Small dernièrement ?

Ce soudain changement de sujet, qui pouvait parfois être exaspérant, ne surprenait pas Lanigan. Il y était habitué. Ce qui plus est, il était certain que tôt ou tard Amy établirait un rapport entre les Magnuson, Mary Hagerstrom et le rabbin Small. Aussi, se contenta-t-il de répondre : « Non, pas ces derniers temps.

— A-t-il des ennuis ?

— Qui ? David Small ? Pas que je sache. Certainement pas avec la police.

— Je veux dire avec sa communauté ?

— J'ai entendu certaines rumeurs. J'en entends depuis qu'il est là. J'ai l'impression que les juifs ne rendent pas la vie facile à leurs rabbins.

— Je parle d'un complot destiné à le vider.

— Non, je n'ai rien entendu à ce sujet, ces jours-ci. Pourquoi ? »

Il posa son journal et devint très attentif.

— Selon Mary Hagerstrom, ces hommes pour lesquels elle avait préparé les sandwichs s'étaient assemblés...

— Au fait.

— Pour voir une cassette vidéo montrant un rabbin.

— Ils avaient une cassette vidéo sur le rabbin Small ?

— Non, pas sur le rabbin Small. Sur un autre rabbin, un jeune. Il est apparu, vêtu d'une robe avec une écharpe et coiffé d'une petite calotte, comme les évêques en portent, mais noire. On le voyait en chaire, prononcer un sermon. Tout en servant des sandwiches et du café, Mary a entendu des commentaires louant ses qualités et sa bonne apparence.

— Mary Hagerstrom t'a raconté tout cela ? Pourquoi ?

— Elle ne l'avait mentionné qu'incidemment, et ensuite je l'ai pressée.

— Où veux-tu en venir, Amy ?

— Je pense que ces hommes sont les patrons de la communauté, dont, comme tu le sais, M. Magnuson est le président. Je crois qu'ils veulent vider le rabbin et engager cet autre à sa place. Mary Hagerstrom m'a dit que lorsqu'ils étaient sur le départ, M. Magnuson leur a recommandé de garder cela sous le sceau du secret, et de ne même pas en parler à leurs femmes.

— Il se peut qu'ils cherchent à doter Small d'un

assistant, une sorte de vicaire, suggéra-t-il, mais son ton indiquait un manque de conviction.

— Dans ce cas, le rabbin Small devrait être au courant, non ?

— Je le suppose.

— Pourquoi ne pas lui téléphoner pour le lui demander ?

— Oui, c'est ce que je vais sans doute faire.

Il alla à l'appareil. Quand il eut Myriam au bout du fil, il se présenta :

— Hugh Lanigan.

— Bonsoir. Désirez-vous parler à David ?

— Oui. Non, écoutez Myriam. Êtes-vous seuls à la maison et avez-vous l'intention de ne pas bouger ?

— Oui, chef. Aimeriez-vous venir nous voir ?

Il quitta ses pantoufles pour des mocassins et mit un pull.

— Je serai de retour dans un petit moment, Amy. Je ne peux pas lui demander cela au téléphone.

Dès que Myriam l'entendit entrer sur le parking, elle ouvrit la porte. « Nous allions prendre un thé quand vous avez appelé, annonça-t-elle. Nous vous avons attendu.

— Merci Myriam. Je boirais bien une tasse. »

— Ce n'est que quand le thé, accompagné de petits fours, fut versé que Lanigan demanda : « Avez-vous des ennuis avec la communauté, David ?

— Oh, David a tout le temps des ennuis avec la communauté, intervint Myriam avec désinvolture. Ça fait partie du paysage. »

Le rabbin enchaîna : « Pourquoi le demandez-vous ? »

Portant son regard de l'un à l'autre, Lanigan leur raconta ce qu'il avait appris. Le sourire figé de Myriam trahissait son désarroi. Son mari, toutefois, se contenta de hocher la tête en souriant avant de dire : « Ceci prouve combien il est utile d'avoir une grosse huile à la tête d'un organisme. Il y a eu précédemment plusieurs tentatives tendant à me virer. En général, les dissidents commençaient par essayer de gagner la majorité du Conseil d'administration à leurs vues ; simultanément, une opposition notable se formait composée d'une part de gens qui m'appréciaient, d'autre part de gens qui n'avaient pas de sympathie pour ceux qui voulaient m'éliminer et, en dernier lieu, sans doute les plus nombreux, de ceux qui ne voulaient pas de remous. Car mon élimination créait *ipso facto* un vide jusqu'au moment où ils auraient trouvé un autre rabbin ; par ailleurs comment pouvaient-ils être certains que le nouveau rabbin leur conviendrait davantage ? Mais avec un p.-d.g. de l'acabit de Howard Magnuson, c'est le règne de l'efficacité. On commence par s'assurer le concours d'un autre rabbin, puis on se construit une majorité, et on garde le secret pour éviter la constitution d'une opposition.

— Ne pouvez-vous rien faire pour contrecarrer ce plan ? demanda Lanigan.

— Je ne suis pas sûr d'y tenir.

— Vous n'y tenez pas ?

— Non. Je ne puis admettre que mon gagne-pain et le bien-être de ma famille dépendent du bon vouloir d'un homme. Si je consens à cela, je ne m'appartiens plus. Je devrais passer le reste de ma vie à m'inquiéter si ce que je vais dire lui plairait ou pas. Je ne puis vivre de cette façon.

— Cet homme est-il Howard Magnuson ?

— Évidemment.

— Mais il ne peut pas agir seul. Ne lui faut-il pas une majorité dans votre Conseil d'administration ?

— Ce n'est pas un problème pour lui. C'est un magnat, un milliardaire.

— Voulez-vous dire qu'il leur graisse la patte ou qu'ils lui vendent leurs votes…

— Pas leurs votes, uniquement leurs âmes. Prenez le cas d'un petit commerçant désirant accéder à un prêt bancaire ou à un grossiste intéressant. Magnuson peut arranger ça d'un coup de fil. Ou disons le membre d'une profession libérale, un médecin, dentiste ou avocat… ; ils ont tous un portefeuille boursier. " Qu'en pensez-vous monsieur Magnuson ? Dois-je vendre ? Y a-t-il quelque chose de vrai dans ces bruits de fusion des sociétés X et Y ? " Même si l'on n'a jamais besoin de lui pour un service, il est bien de pouvoir dire à ses copains, ne serait-ce que pour s'en vanter : J'ai un ami milliardaire. Non, tout ça est entièrement son œuvre. Voyez-vous, je connais le pourquoi et le comment. Sa fille…

Il stoppa net en entendant une voiture s'arrêter devant la maison. « C'est probablement Jonathan, dit-il. Il a dû trouver une voiture pour le ramener. »

Myriam et le rabbin se précipitèrent tous les deux vers la porte ; Lanigan, surpris de leur inquiétude, les accompagna.

— Il a dit qu'il serait rentré à huit heures et il n'a pas encore dîné, expliqua Myriam.

A la lumière des lampes du salon, ils aperçurent la voiture couleur saumon de Scofield, surmontée du panneau électoral sur le toit. Ils virent Jonathan sortir de la voiture, en faire le tour pour dire au chauffeur : « Merci, maître Scofield.

— C'est moi qui vous remercie », fit Scofield avant de repartir.

Quand Jonathan fut entré, Myriam demanda : « Pourquoi viens-tu si tard ? Qu'as-tu à la main ? »

Jonathan leva sa main droite entourée d'un mouchoir. « Je me suis éraflé ; ce n'est rien.

— Laisse-moi voir.

— Allons, maman, ce n'est rien te dis-je. Me Scofield avait une roue à plat devant son quartier général où M. Chisholm m'avait envoyé chercher du matériel électoral. Je lui ai naturellement donné un coup de main pour changer la roue. Je me suis éraflé en mettant la main dans le coffre pour en extraire une clé ; il y avait tout un tas de saloperies dans ce coffre.

— Laisse-moi voir ça.

— Allons, Maman. (Cependant, il enleva le mouchoir.)

— Ce n'est pas une éraflure, c'est une coupure. Tu vas me faire le plaisir d'aller te laver tout de suite au savon et à l'eau chaude. Puis, tu y mettras du mercurochrome et un sparadrap. Ensuite, tu iras dîner à la cuisine.

— O.K. ! O.K. ! Mais je n'ai pas faim. J'ai mangé plusieurs sandwichs au fromage.

— Comme tu voudras. Tu peux aussi prendre du lait avec des petits fours.

— Était-ce la voiture de Scofield ? Je veux dire s'en sert-il habituellement ou l'utilise-t-il uniquement pour sa campagne électorale ? demanda le rabbin Small à Lanigan tandis que Jonathan montait à la salle de bains.

— Non, c'est la seule voiture qu'il a, pour autant que je sache.

— Mais cette couleur ! »

Lanigan eut un rire sonore. « C'est la seule de cette couleur que j'aie jamais vue !

— Alors, ça pourrait être cela, s'exclama le rabbin.

— Qu'est-ce qui pourrait être cela ? demanda Lanigan. De quoi parlez-vous ?

— Cela pourrait être la raison pour laquelle il a cassé le phare de Kramer pour amener les débris de verre sur le lieu de l'accident. »

Lanigan écarquilla les yeux et Myriam, qui s'était levée pour ranger le plateau avec le service à thé, se rassit. « Si vous heurtez quelqu'un avec votre voiture sur une voie obscure et déserte comme la Glen Lane, continua le rabbin, et que vous ne voulez pas déclarer l'accident par peur des conséquences, que faites-vous ?

— Eh bien, je suppose...

— Vous partez aussi vite que possible, enchaîna le rabbin. C'est la seule chose évidente et sensée que vous puissiez faire. Mais ensuite, en vous approchant de la Maple Street, vous ralentissez, car quelqu'un pourrait vous voir déboucher de la Glen Lane et s'en rappeler après la découverte de la victime. Vous pouvez même vous arrêter pour sortir afin d'examiner s'il n'y a aucune trace du choc sur votre voiture, telle qu'une bosse sur le capot ou des traces des habits de la victime au pare-chocs. Il se peut que vous remarquiez qu'une aile avant est légèrement rouillée ; la peinture a pu s'écailler. Certes, la rouille est sans doute ancienne, mais il est possible qu'il y ait des reliefs de peinture par terre à côté du corps. En plus, il s'agit d'une peinture caractéristique, dont aucune autre voiture n'est revêtue dans les parages, de sorte que la police n'hésitera pas à vous retrouver. Cependant, vous ne pouvez pas retourner sur le lieu de l'accident pour déceler et effacer les traces de peinture ; cela vous prendrait des heures. A ce moment, vous voyez une voiture, garée à l'angle des deux voies et semblant avoir été placée là par la providence.

— Vous en profitez pour mettre la police sur une piste aussi éclairante qu'un phare cassé, dit Lanigan. Oui, cela justifie que vous preniez la peine de vous retourner et...

— Précisément, vous ouvrez le coffre de la voiture pour y prendre votre lampe de poche... non, celle-là vous l'avez dans la boîte à gants...

— Cela pourrait être une de ces grosses lanternes comme celle qu'avait l'électricien qui est venu ici l'autre jour, suggéra Myriam.

— Oui, une lanterne électrique, enchaîna son mari, et également une clé ou une manivelle de cric...

— Et vous prenez un journal pour recueillir les débris de verre, rétorqua Lanigan.

— A moins qu'il y ait eu un vieux pull dans le coffre, comme chez David... souffla Myriam.

— Ou un vieux chiffon de tissu éponge servant normalement à enlever la graisse ou la poussière, dit le rabbin. Il amortit également le bruit. Vous enveloppez le phare avec ce chiffon, puis donnez un bon coup avec votre outil, ramassez les débris de verre et mettez le tout sur le siège du passager. Ensuite, vous faites demi-tour jusqu'à la victime pour éparpiller autour d'elle les débris, secouez votre chiffon, puis retournez sur la route principale pour rejoindre Barnard's Crossing. Bien entendu, après la découverte du corps, la police cherchera le propriétaire du véhicule au phare brisé.

— Mais ne courait-il pas quand même un risque, David ? demanda Myriam. Admettons que Paul Kramer fût allé au cinéma avec un groupe de copains ; la police se serait aperçue qu'il s'agissait d'une fausse piste.

— Pas tout de suite, dit le rabbin avec un coup d'œil furtif au commissaire. Ils auraient commencé par vérifier son alibi auprès de ses copains. " Où étiez-vous assis par rapport à Paul ? Ne s'est-il levé à aucun moment pendant le déroulement du film ? Par exemple pour acheter du pop-corn ? C'est un bon ami à vous, s'il était dans la mouise, ne lui donneriez-vous pas un coup de main pour l'en sortir ? » Puis, si son alibi tient, ils se seraient mis à vérifier l'emploi du temps des ennemis de Paul. Ceux qui lui en voulaient assez pour l'enfoncer de cette façon. Supposons qu'il se soit agi de la voiture de Samuel Perkins, celui qui écrit ces lettres incendiaires paraissant dans *le Courrier*.

— Samuel Perkins ? Ciel, il aurait fallu contrôler la moitié de la ville, dit Lanigan éclatant de rire.

— La main de Jonathan ! s'écria Myriam.

Les deux hommes la regardèrent, étonnés. « Qu'y a-t-il avec la main de Jonathan, questionna Lanigan. Que vient faire...

— Il s'y est coupé ! Il s'y est coupé en aidant Scofield à changer sa roue ce soir, exposa-t-elle, visiblement en proie à une grande excitation. Qu'a pu faire Scofield du chiffon en tissu éponge ? Pourquoi l'aurait-il jeté ? Il l'aura balancé dans son coffre et quand Jonathan a voulu y prendre une clé, il s'est coupé.

— Je vais retourner au commissariat, dit Lanigan en se levant brusquement. J'ai beaucoup de travail. En premier lieu, je veux jeter un coup d'œil sur la voiture de Scofield.

— Mais comment ferez-vous...

— Il se gare dans la rue. Je vais la faire prendre en fourrière. A partir du premier novembre et pendant tout l'hiver, il est interdit de se garer dans la rue pendant la nuit. »

Il s'avança vers la porte. Alors qu'il tenait la poignée, il dit : « Est-ce cette couleur saumon qui vous a donné l'idée ?

— J'y ai réfléchi depuis que j'avais vu Paul Kramer. Moi, je croyais à ce qu'il me disait. Pendant un temps, j'ai soupçonné Morris Halperin.

— Morris Halperin ? Pourquoi lui ?

— Parce qu'il avait signalé l'accident à la police. Mais quand j'ai appris que Scofield avait accepté de se charger de la défense de Kramer, ceci sans avance d'honoraires, j'ai commencé à penser à *lui.* »

Lanigan sourit. « C'est peut-être là la différence entre un policier et un rabbin. J'ai tendance à avoir une bonne opinion de mes concitoyens. Je pensais qu'il avait accepté cette défense parce qu'il avait bon cœur. »

45.

Le rabbin était en train de terminer son petit déjeuner quand Lanigan l'appela au téléphone. Il exultait. « Je pense que vous méritez de savoir. Nous avons placé Scofield sous écrou ce matin. Vous avez tapé dans le mille avec votre supposition.

— Ce n'était pas simplement une supposition. J'ai abordé l'affaire par l'autre bout.

— Que signifie l'autre bout ? Non, laissez ; on ne va pas en discuter au téléphone. Je vais venir vous voir. Ici, comme les choses ne tarderont pas à être connues, il faudra que je réponde à un million de questions. »

Très content de lui, Lanigan commença son exposé aussitôt qu'il eut franchi le seuil de la maison. « J'ai saisi la voiture à une heure du matin. J'ai ouvert le coffre...

— Vous l'avez forcé ?

— Non, je n'ai pas eu besoin de le faire. Il y a une manette de déverrouillage qui s'actionne de l'intérieur. J'ai trouvé le chiffon de tissu éponge et des traces de verre y étaient visibles. J'ai chargé un de mes hommes de le porter à Boston au labo, que j'avais avisé entre-temps en demandant une analyse d'urgence. Mon homme est resté sur place pour attendre les résultats.

Ils ont trouvé quatorze bouts de verre dont un morceau long de plus de deux centimètres et large de trois millimètres. (Il s'arrêta brusquement pour demander :) Quel est le groupe sanguin de Jonathan ?

— Le même que le mien : AB.

— Cela concorde. Il y avait du sang AB sur le morceau de verre d'ampoule qui correspond exactement à la douille récupérée au garage. (Il rit.) Ce matin, Scofield a téléphoné pour indiquer que sa voiture avait été volée. J'ai pris la ligne et lui ai expliqué qu'un agent novice l'avait prise en fourrière parce qu'elle était en stationnement interdit en vertu de l'arrêté afférent aux mois d'hiver. Je lui ai demandé de patienter quelques minutes. À mon avis, il s'imaginait que nous allions lui rendre la voiture avec de plates excuses. Mais je lui ai envoyé Eban Jennings pour qu'il me l'amène. Maintenant, dites-moi ce que vous entendiez par aborder l'affaire par l'autre bout.

— Bon, la police a commencé son enquête à partir de l'accident…

— Naturellement.

— Mais l'accident constituait la fin, l'aboutissement. Moi, je me suis d'abord intéressé à ce que la victime, ce d'Angelo, pouvait faire en cet endroit. Que faisait-il à se promener au milieu de la chaussée à une heure si tardive ?

— Il passait là. Son véhicule était garé sur le petit emplacement à proximité immédiate du croisement avec la route principale.

— D'accord, alors pourquoi est-il passé là-bas ? Pourquoi a-t-il bifurqué dans la Glen Lane, alors que cette voie est à peine perceptible à partir de la route principale ?

— Nous pensons qu'il voulait satisfaire un besoin naturel.

— Dans ce cas, pourquoi se trouvait-il au milieu de la chaussée à une bonne centaine de mètres de l'endroit où sa voiture était arrêtée ? Je suis descendu sur les lieux dimanche dernier ; il y a une bonne centaine de mètres. Si c'était pour se soulager, il aurait pu s'arrêter n'importe où. La route principale est bordée tout le long jusqu'à la Maple Street des deux côtés d'arbres et de buissons.

— Eh bien...

— Je suis parti du point de vue qu'il devait rencontrer quelqu'un, formula le rabbin.

— Il aurait pu s'arrêter là pour piquer un roupillon. Il avait conduit et pouvait se sentir fatigué...

— Alors pourquoi marchait-il au beau milieu de la chaussée ?

— Soit, disons qu'il devait rencontrer quelqu'un, concéda Lanigan.

— Alors, il fallait que cette rencontre soit tenue secrète, que par conséquent il était dangereux, ou pour le moins inopportun pour les deux d'être vus ensemble. À ce point du raisonnement, je me suis demandé qui pouvait être l'autre homme.

— Ce pouvait être n'importe qui, non ?

— Nous pouvons réduire un peu le champ d'investigation, affirma le rabbin. En premier lieu, essayons de déterminer le but de la rencontre. Il ne pouvait s'agir d'une simple conversation qui aurait pu se tenir par téléphone, à la rigueur à partir d'une cabine, si l'un des deux craignait d'être sur écoute, le secret étant tout autant sauvegardé. J'ai supposé que l'un devait remettre quelque chose à l'autre. Très probablement de l'argent, un paiement devant passer inaperçu.

— Une rétribution ?

— C'est cela. Une rétribution qu'on ne peut pas expédier par la poste ou confier à un messager. Et là je me suis demandé quel genre d'homme pouvait devoir une rétribution tenue secrète.

— Vous pensiez sans doute à un chantage. Cela peut concerner n'importe qui, à mon avis.

— J'ai moins été frappé par le facteur chantage que par le secret absolu que l'auteur du paiement tenait à garder. (Le rabbin se leva pour marcher de long en large en continuant sa démonstration sous forme de mélopée talmudique.) Ça ne pouvait pas être un médecin. Tout le monde peut aller voir un médecin et il est facile de lui remettre de l'argent à l'intérieur de son cabinet. Il ne pouvait pas s'agir non plus d'un avocat, qui lui aussi reçoit de nombreuses personnes dans son étude entre quatre yeux. De même pour un homme d'affaires. En conclusion, j'ai admis que ce ne pouvait être qu'un politicien, détenteur d'un mandat ou candidat à un mandat. Si ledit politicien était avocat, il devait également veiller à ne pas recevoir n'importe qui à son étude. Aussi quand j'ai lu dans le journal le nom de la victime, comment s'appelait-elle encore ?

— D'Angelo. Tony d'Angelo.

— C'est ça. Quand j'ai lu dans les journaux que son activité s'exerçait dans les cercles politiques et Boston, j'étais sûr d'avoir raison. Il n'occupait aucune fonction, ni élective ni administrative, car les journaux en auraient fait part. Même s'il avait été un petit fonctionnaire dans un quelconque bureau, la presse l'aurait mentionné. « Exercer son activité dans les cercles politiques » signifie pour quelqu'un n'ayant officiellement aucune fonction, ni emploi régulier, servir d'homme à tout faire ou de second couteau à un patron politique et se faisant payer pour des parcelles d'information ou des petits services plus ou moins avouables.

— Oui, je crois que cela s'appliquait à d'Angelo, reconnut Lanigan.

— À partir de ce point, j'ai utilisé mon imagination, continua le rabbin.

— Bon Dieu, qu'est-ce que vous aviez utilisé jusque-là ?

— Jusque-là, j'avais employé un raisonnement déductif, rétorqua le rabbin sur un ton sévère. Je vois d'Angelo, assis dans sa voiture, fumant cigarette sur cigarette. Puis, il vient peut-être à penser que le lieu de rendez-vous se situait à l'autre extrémité de la Glen Lane. Je pense que c'est pour cette raison qu'il a marché jusqu'au sommet du raidillon. Si c'était simplement pour se dégourdir les jambes, il ne serait sans doute pas allé aussi loin. Par contre, s'il voulait voir si la voiture de l'interlocuteur qu'il attendait n'était pas à l'autre bout de la rue, il fallait qu'il aille jusqu'au sommet de la côte. Je vois Scofield, une liasse de billets de banque dans la poche, bifurquer de la route principale dans la Glen Lane. Il se peut qu'il n'aperçoive pas la voiture arrêtée dans le renfoncement. Peut-être la voit-il et il ralentit ou stoppe, puis constatant qu'elle est inoccupée redémarre. Je pense qu'il roule en phares et très lentement pour ne pas louper son homme. Puis l'ayant repéré au sommet de la côte, il accélère pour se porter à sa hauteur, lui remettre l'argent et filer aussi vite que possible.

— Mais ne peut-on pas imaginer que le marché prévoyait un quelconque troc, la remise d'une lettre ou d'une photo compromettante. Dans ce cas, il fallait qu'il s'arrête.

— Manifestement, ce n'était pas le cas, puisqu'on

n'a rien trouvé sur la victime et il paraît invraisemblable que Scofield se soit arrêté pour la fouiller. Non, ce devait être un paiement pour solde de tout compte, destiné à mettre une fin définitive à une affaire.

— Tout cela tient parfaitement debout.

— Scofield remarque que d'Angelo est aveuglé par ses phares. Peut-être a-t-il levé une main pour protéger ses yeux ? À ce moment, Scofield se dit soudainement que, s'il renverse d'Angelo, il en serait définitivement débarrassé sans avoir rien à lui payer. Par conséquence, il appuie à fond sur la pédale de l'accélérateur.

— Oui, mais il se pourrait aussi que ce n'ait été qu'un accident.

— Certes, mais comme Scofield avait un rendez-vous en cet endroit avec la victime, il lui aurait été difficile d'en faire la preuve. À mon avis, il ne se serait même pas arrêté pour apprécier la gravité des blessures. Cela aurait été dangereux pour lui, car si l'homme était resté conscient, il l'aurait reconnu.

— Mais n'aurait-il pas su en tout cas que Scofield l'avait renversé ? objecta Lanigan.

— Comment pouvait-il le savoir ? Comment pouvait-il reconnaître la voiture alors qu'il était ébloui par les phares ?

— Oui, je pense que vous avez raison.

— Mais... mais si Scofield savait de qui il s'agissait, et s'il avait rendez-vous avec lui, n'est-ce pas un assassinat ? interrogea timidement Myriam.

— Pour le moins un meurtre, si on exclut la préméditation, précisa Lanigan. Je ne sais pas si nous arriverons à le prouver. Je présume que les avocats de la défense s'opposeront à notre offre de preuves en faisant valoir que nous avons enfreint les dispositions du Code de procédure pénale ; cependant, je pense que le procureur prendra en considération la gravité des faits. (Se levant pour partir, il formula :) Savez-vous, David, je regrette votre prochain départ de notre ville du fait que vous allez être remplacé.

— Merci. Vos paroles me font du bien, mais je crois qu'il y a de bonnes chances que je reste encore un moment.

— À cause de cette histoire ?

— Exactement.

— Ce Magnuson avait-il un quelconque lien avec Scofield ?

— Il voulait que je célèbre le mariage de sa fille avec celui-ci. C'est de là qu'est né tout ce litige entre lui et moi.

— Et vous ne mariez pas les gens n'appartenant pas à votre religion. Nous observions la même règle, mais notre Église l'a assouplie ces dernières années.

— Pas nous.

— Et c'était donc la cause du litige, eh ? (Il secoua la tête admirativement :) Tout ce que je puis dire, c'est que vous êtes un homme chanceux. »

Le rabbin sourit. « Nous croyons à la chance.

— Je pense que tout le monde y croit, non ?

— Pour nous, c'est différent. Chance et malchance font partie de notre philosophie pratique. Je dirais presque que chez nous c'est un élément de la religion.

— Vraiment ? Que voulez-vous dire par là ?

— Eh bien, si une personne est malade ou pauvre, nous ne pensons pas qu'elle est maudite ou qu'elle a péché. Nous pensons qu'elle est malchanceuse.

— Bien entendu, mais...

— Il suffit que j'ouvre la télé le dimanche matin pour entendre un prédicateur assurer que quiconque se repent de ses péchés et donne son cœur à Jésus sera débarrassé de sa maladie et de ses misères. Habituellement, ces prédications sont accompagnées de témoignages de gens racontant comment la prière les a délivrés d'horribles souffrances ou comment leur foi en Jésus les a rendus prospères. Ceci implique évidemment qu'en règle générale la maladie et la misère sont le résultat du péché ou d'un manque de foi.

— Ah, ces sectes protestantes! dit Lanigan en faisant un geste de la main comme pour les écarter.

— L'Église catholique s'est également engagée sur ce terrain. Regardez ces nombreux saints que vous implorez afin qu'ils intercèdent en votre faveur. Il semble que l'acte de prière, par le repentir qu'il implique, élimine le péché ayant motivé la mauvaise fortune. La différence fondamentale entre l'Église catholique et les différentes Églises protestantes réside dans le fait que les catholiques délèguent la majeure partie du travail aux saints. Ce système me semble logique eu égard à cette comptabilité, où le péché figure d'un côté et la grâce de l'autre, et dont le résultat déterminera votre destination : paradis, enfer ou purgatoire. Nous ne croyons pas à tout cela, ce qui nous permet d'être réalistes.

— Et si vous aviez été licencié ? demanda Lanigan.

— Ce serait parce que j'aurais été malchanceux ; non que j'aurais péché ou eu tort ; j'aurais simplement été malchanceux. »

Lanigan sourit de toutes ses dents. « Eh bien, je suis content que vous ayez été chanceux. (Il rit.) On dit que la chance est contagieuse. »

46

Laura reposa le téléphone et dit, comme hébétée : « Ils l'ont arrêté. Ils ont arrêté Jack.

— Qui l'a arrêté ? Qu'est-ce que tu racontes ? demanda son père. A qui as-tu parlé ?

— J'ai appelé l'étude de Jack et j'ai parlé à la secrétaire. Elle m'a dit qu'il avait téléphoné pour annoncer qu'il avait été arrêté et qu'il voulait que J.J. Mulcahey, l'avocat le plus ancien de l'étude, vienne l'assister au commissariat de police de Barnard's Crossing. J.J. Mulcahey n'étant pas encore à l'étude, elle l'a appelé chez lui, eu égard à l'urgence, et il avait dit qu'il irait immédiatement au commissariat. Or, il est presque onze heures et il n'est pas encore venu à l'étude.

— A-t-elle précisé pourquoi il a été arrêté ?

— Elle n'en sait rien. Je vais y aller de ce pas.

— Non, Laura. Moi, j'y vais. Je suis mieux placé pour obtenir des renseignements de la police que toi.

— Pourquoi ? » Elle se méfiait de son père ; elle sentait qu'il n'éprouvait pas un enthousiasme débordant pour Scofield.

— Parce que je verse chaque année une contribution appréciable au fonds d'entraide des policiers.

— Quand iras-tu ? demanda-t-elle, toujours méfiante.

— Je pars tout de suite et je reviendrai dès que j'aurai appris quelque chose.

Au commissariat, Magnuson n'eut aucune difficulté à voir Lanigan. En effet, celui-ci se trouvait à côté du brigadier de service à la réception. En voyant Magnuson il dit : « Bonjour, monsieur Magnuson. Qu'est-ce qui vous amène ici ?

— Vous me connaissez ? demanda Magnuson, surpris et flatté. Puis-je vous parler... en... euh...

— Certainement. Venez dans mon bureau ; nous y serons tranquilles. Un café ?

— Euh... Non, merci. » Une fois qu'ils furent assis, il formula : « Écoutez ; j'aimerais savoir ce que vous avez contre Jack Scofield. »

Lanigan écarta les mains et haussa les épaules. « Cette affaire est entre les mains du procureur.

— Je ne vous questionne pas par simple curiosité. Ma fille est liée à cet homme.

— Oui, je sais. Elle a dirigé sa campagne électorale.

— Il s'agit de bien plus. Elle est presque fiancée à lui. Alors, si vous l'avez arrêté pour une infraction mineure, quelque chose qu'il a fait ou pas fait, peut-être en liaison avec la campagne, soit. Mais si vous l'avez arrêté pour quelque chose de sérieux, un acte vraiment répréhensible, il faut que je le sache pour Laura, ... pour le bien de ma fille. Je suppose que d'ici demain la radio et les journaux en parleront, alors pourquoi ne pas me donner l'information en primeur ? Peut-être pourrais-je même vous prêter assistance »

Lanigan se pinça les lèvres, puis acquiesça. « Soit. Il y a quelque temps un accident mortel, suivi d'un délit de fuite, s'est produit Glen Lane. L'automobiliste fautif était Scofield. Est-ce quelque chose de sérieux ? »

Magnuson encaissa le coup. Il est très grave de ne pas s'arrêter après un accident pour constater l'état de la victime et lui porter secours. Par ailleurs, il pouvait comprendre que Scofield ait pu être paniqué, compte tenu du contexte. « Est-ce tout ? demanda-t-il.

— En outre, pour égarer la police, il a cassé le phare d'une voiture stationnée un peu plus loin et amené les débris de verre pour les éparpiller autour de la victime. Je pense que de tels faits peuvent être pour le moins qualifiés de répréhensibles.

— Est-il établi qu'il est l'auteur de ces actes ?

— Parfaitement. Voyez-vous, il a ramassé le verre dans une vieille serviette-éponge qu'il avait dans le coffre de sa voiture. Quelques fragments de ce verre sont restés collés à la serviette. Ces fragments correspondent exactement aux morceaux de verre recueillis autour du cadavre.

— Cette voiture en stationnement appartenait-elle à quelqu'un avec qui il avait un litige ?

— Non, elle était là tout à fait par hasard.

— Il s'agit donc d'un homicide involontaire avec délit de fuite et tentative d'égarer la police.

— C'est tout ce que nous sommes en mesure de prouver pour le moment. Mais nous avons de bonnes raisons de supposer que Scofield connaissait la victime, qu'il s'est rendu à Glen Lane pour la rencontrer et qu'il s'agissait non d'un accident, mais d'un acte délibéré.

— Vous voulez dire...

— Oui. Nous pensons que la victime avait accompli pour Scofield quelque basse besogne politicarde, et que le rendez-vous de Glen Lane avait été pris pour la remise de la rémunération.

— Mais c'est un meurtre ?

— C'est bien notre appréciation. »

Magnuson hochait la tête. « Je vois. » Il pensait à Laura et à sa réaction en apprenant la nouvelle. C'était une fille sensible, elle aimait cet homme, elle pourrait estimer devoir rester loyale envers lui. Peut-être trouverait-elle des excuses au délit de fuite en invoquant sa faiblesse de caractère et un état de panique, à la rigueur aussi pour la tentative de diriger la police sur une voie erronée. Mais pour un meurtre ? Certainement pas. Toutefois... Il prit une décision.

— Après que Laura m'eut annoncé qu'elle s'intéressait à Scofield, j'ai examiné son compte en banque, exposa-t-il calmement. Je suis le directeur du principal établissement bancaire de Boston. Le lendemain de l'élection, Scofield a retiré trois mille dollars en cash, soit la moitié de son capital.

— Réellement ?

— Et il a déposé à nouveau la même somme le surlendemain.

— Très intéressant. Nous allons vérifier ces éléments et les inclure au dossier. Merci beaucoup, monsieur Magnuson.

Mettre Laura au courant fut moins pénible qu'il avait craint. Dans un premier temps, elle était stupéfaite, puis elle s'était mise à pleurer sans que son père ait pu déterminer si c'était sur Scofield ou sur elle-même.

— Je suis coupable, s'accusait-elle. Si je ne lui avais pas dit qu'il était parti pour gagner... si je ne l'avais pas poussé... Je savais qu'il manquait d'énergie, cependant je pensais qu'à nous deux nous formerions une équipe de premier plan. Vois-tu, c'est un faible...

— Les faibles ne sont pas uniquement faibles dans un seul domaine ; ils sont faibles dans tous les domaines.

— Il faut que je le voie.

— Non, Laura. C'est la seule chose que tu ne dois pas faire. Je tiens à ce que désormais tu restes à distance respectable de lui. En ce qui nous concerne, il est un poison.

— Mais il le faut. Ne serait-ce que pour... Il y a des choses à régler en liaison avec la campagne électorale... des factures à payer... des lettres auxquelles il faut répondre.

— Je veux que tu restes en dehors de toute cette histoire ; cela pourrait être dangereux pour toi. Je demanderai à Morris Halperin de s'en occuper. Il prendra contact avec ce Mulcahey qui défend Scofield et à eux deux ils feront le nécessaire.

— Oh, Papa, ce serait se comporter comme les rats qui quittent le navire en perdition.

— Non, Laura. Il s'agit essentiellement de veiller à contourner un bourbier.

— Mais que deviendrai-je durant tout le temps qu'il...

— Je te propose d'aller à Paris avec ta mère. Il se peut que je vienne également. Il y a une éternité que je n'ai pas vu mon frère.

47.

— Écoute mon vieux, dit Mulcahey, si tu veux prendre un autre avocat, je n'y vois aucun inconvénient. Mais si tu veux que je te défende, il faut que tu me racontes tout.

— J'aimerais que tu t'en occupes, mais...

— Écoute, mon petit. J'ai plaidé dans des affaires de viol, de meurtre, d'inceste. Je ne m'érige pas en juge. Quand tu me parles, c'est comme si tu parlais à un dictaphone, quel que soit l'acte que tu as commis. Tout ce qui m'intéresse est d'établir un plan adéquat afin d'obtenir une relaxe. Mais je ne supporte pas les mauvaises surprises au tribunal. Alors, soit tu me racontes tout, soit tu te choisis un autre avocat.

— D'accord, J.J., je comprends. Vois-tu, la campagne ne s'est pas déroulée dans d'excellentes conditions et je ne pensais pas avoir une chance de l'emporter. J'avais une foule de factures à régler et je n'ai rien perçu de cet effet de publicité gratuite dont tu m'avais parlé ; cela ne m'a procuré aucune nouvelle affaire. Sur ces entrefaites, ce gars est venu me voir.

— D'angelo ?

— Oui. Il semblait être très bien renseigné. Il m'a raconté connaître toutes les grosses huiles à Boston. A l'entendre, ils m'avaient dans le collimateur, car j'étais un nouveau venu tandis que Baggio et Cash étaient des politiciens ordinaires sans relief. Nous avons évoqué la campagne et il m'a dit que Baggio était l'homme que je devais battre, que je n'avais pas à m'en faire pour Cash, ce dernier ne pouvant pas gagner car eux ne le permettraient pas. Puis, il m'a affirmé disposer d'un moyen me permettant de battre Baggio, étant entendu que cela me coûterait un peu d'argent.

« Je lui ai demandé combien d'argent, il m'a répondu quelques milliers de dollars. Comme je lui ai dit ne pas disposer de cette somme, il m'a indiqué qu'il ne fallait pas que je le paye tout de suite ; il se contenterait de quelques centaines de dollars dans l'immédiat, le solde devant lui être versé après l'élection. J'avais toujours peur de payer pour rien si je perdais, de sorte que la somme réclamée viendrait s'ajouter aux nombreuses factures à régler. Finalement, nous avons convenu d'un versement immédiat de deux cents dollars, suivi d'un solde de trois mille dollars si je gagnais les primaires. Si je perdais, je n'aurais rien à lui payer. Le marché me semblait tentant. J'avais le sentiment de pouvoir en tirer quelque chose.

— Qu'as-tu obtenu pour ton argent ?

— Il avait une photo d'un groupe de gangsters en smoking, et parmi eux Baggio. Il s'était engagé à diffuser cette photo sur un tract mentionnant le nom de chacun des gars et les méfaits pour lesquels il avait été condamné et en dessous, en lettres capitales, « Est-ce là le genre de compagnie que vous désirez pour votre sénateur ? » Bien entendu, ce n'est pas lui personnellement qui éditait le tract, c'était une association créée pour les besoins de la cause : « Le Comité des citoyens vigilants ».

— Ah, ce comité c'était donc *lui*. Pourtant, tu t'étais distancé de ce tract.

— Oui, sur l'insistance de Laura. Elle estimait que c'était un tour de cochon. J'étais de son avis ; mais tu connais le dicton : La fin justifie les moyens...

— La fin justifie peut-être les moyens en amour et à la guerre, mais non en politique, formula Mulcahey.

— On peut considérer que c'était en amour, car je tenais beaucoup à Laura et j'avais le sentiment que, si je perdais cette élection, je n'avais aucune chance de la garder.

— Soit, mais ce n'était pas très intelligent de ta part.

— Pourtant, j'ai gagné les primaires, argua Scofield.

— Sans doute. Mais si jamais cette affaire était découverte, tu étais empoisonné pour le restant de tes jours. Tu ne dois pas jouer de sales tours aux membres de ton propre parti. Dès lors que tu as gagné les primaires, tu comptes sur leur soutien pour remporter l'élection. Les sales tours sont réservés uniquement au parti adverse. Ceci étant dit, que s'est-il passé ensuite ? Il t'a téléphoné pour te réclamer le paiement ?

— Pas tout de suite. Il n'avait pas été clairement défini si ce paiement serait déjà dû après les primaires ou seulement après l'élection définitive. Toutefois, Baggio a fait un foin terrible, et pour cause, ce n'était pas lui sur la photo mais quelqu'un de ressemblant. Il pouvait prouver qu'il n'avait pas mis les pieds au banquet où cette photo a été prise, car à l'époque il se trouvait à des milliers de kilomètres. Il a déposé une plainte auprès de la Commission des élections, au sein de laquelle il a des amis, car ladite commission s'est mobilisée sans délai.

— Il a un beau-frère qui en fait partie.

— Tiens ? Voilà qui est clair. Là-dessus, d'Angelo

m'a appelé pour m'indiquer que les limiers de la Commission étaient en train de fureter chez les imprimeurs et qu'il craignait que tôt ou tard ils le découvriraient. Il estimait devoir d'absenter pendant un certain temps, sans doute jusqu'après les élections, en attendant que l'affaire se tasse. Bien entendu, j'étais d'accord. Il affirmait avoir l'intention de partir le lendemain matin, mais il lui fallait, selon son expression, l'argent du départ. Il voulait passer le jour même chercher l'argent soit à mon étude soit à mon domicile. Eu égard aux circonstances, je ne tenais naturellement pas à être vu en sa compagnie, aussi lui avais-je suggéré de le rencontrer Glen Lane. Je lui ai demandé de m'attendre là-bas à partir de dix heures du soir, car, comme pratiquement tous les soirs, j'étais invité à manger chez Laura, et j'ignorais l'heure précise pour laquelle je pourrais me libérer. Vois-tu, j'étais un peu gêné aux entournures, car je lui avait remis un chèque pour les deux cents dollars, établi non à son ordre mais à celui de ce Comité des citoyens...

— Était-ce un chèque à toi ou un chèque de ton fonds de campagne ?

— Je ne pouvais pas lui donner un chèque du fonds de campagne, car Laura s'occupait des extraits bancaires et je ne voulais pas qu'elle soit au courant. Mais quand en recevant mon extrait personnel, je remarquais qu'il n'avait pas encaissé mon chèque, je commençais à m'inquiéter. Du moment, qu'il avait été établi que la photo était un faux, je craignais d'être impliqué dans la magouille. Aussi, étais-je heureux de sa décision de quitter la ville. Je me suis rendu à la banque pour y retirer trois mille dollars en numéraire. Ce soir-là, en arrivant chez Laura, j'ai dit que je devais partir tôt ; d'habitude je reste jusqu'à onze heures environ, mais là je suis parti peu après dix heures. Tout en roulant en direction de la Glen Lane, je me suis mis à gamberger au sujet de la situation. Et s'il avait convoqué un photographe pour immortaliser la scène au cours de laquelle j'allais lui remettre l'argent ? Car, connaissant le type, je savais ce dont il était capable.

— Je te suis.

— Je suis entré dans la Glen Lane du côté de la Salem Street, en roulant très lentement, car je ne voulais pas le manquer. Puis, j'ai aperçu en même temps sa voiture dans le petit renfoncement et lui-même un peu plus loin à pied au milieu de la chaussée. A partir de là, j'ignore ce qui s'est passé. Il m'est venu à l'esprit qu'il aurait toujours prise sur moi, même après l'élection, à cause de ce chèque que je lui avais donné. Quoi qu'il en soit, j'ai appuyé sur l'accélérateur...

— Et tu l'as renversé. Qu'as-tu fait ensuite ? T'es-tu arrêté ?

— Très probablement. Ce dont je suis sûr, c'est d'avoir ralenti, car j'ai regardé à l'arrière et l'ai vu étendu, la face contre terre. J'allais faire une déclaration à la police ; réellement. J'aurais fait une déclaration d'accident. Je pouvais dire qu'il a surgi brusquement, sortant du bosquet, de sorte que je l'avais vu trop tard pour éviter le choc. Mais tu sais comment la police se comporte au sujet des accidents de voiture. Tu peux imaginer l'effet que cela aurait eu sur l'élection. Or, si je perdais l'élection, je perdais Laura et... tout. Alors, je pensais m'arrêter pour faire un appel téléphonique anonyme à la police. De cette façon, on se serait occupé de D'Angelo sans que je subisse un dommage. Après tout, il avait exercé un chantage sur moi. Je m'étais arrêté au pied de la montée, exactement à l'angle de la

Glen Lane avec la Maple Street, pour examiner ma voiture...

— L'examiner pourquoi ?

— N'as-tu pas vu ce téléfilm où le médecin légiste a découvert l'auteur d'un délit de fuite en procédant à l'analyse chimique de traces de peinture relevées sur le lieu de l'accident ? Il a pu démontrer qu'elles provenaient de la voiture de l'inculpé. Aussi voulais-je vérifier si mon pare-chocs avait perdu des traces de peinture et s'il était bosselé.

— Et ?

Scofield secoua la tête d'un air affligé. « Je n'ai rien pu constater, car le pare-chocs était rouillé. Mais comme ma voiture est la seule dans toute la ville à avoir cette couleur saumon, je me suis fait du mauvais sang. C'est là que j'ai remarqué qu'une voiture stationnait un peu plus loin ; alors, l'idée m'est venue d'orienter les recherches de la police dans une autre direction. Ne voyant de lumière dans aucune des maisons, je pensais pouvoir tenter ma chance. J'ai pris dans le coffre de ma voiture une clé ainsi qu'une vieille serviette-éponge. Après avoir enveloppé un phare de l'autre voiture avec la serviette, je l'ai enfoncé avec la clé ; puis j'ai ramassé le verre tombé dans la serviette, pour mettre le tout dans ma voiture avant de faire demi-tour jusqu'à l'endroit où se trouvait le corps de la victime ; là j'ai éparpillé le verre autour d'elle. Ensuite, je suis rentré.

— Et comment t'ont-ils pris ?

— Ils ont mis ma voiture en fourrière pour stationnement irrégulier. En principe, il est défendu de laisser la voiture la nuit dans la rue à Barnard's Crossing durant l'hiver pour ne pas entraver le déneigement. Pourtant, il a fait si doux...

— La voiture était-elle verrouillée ? »

Scofield secoua la tête. « Non, je ne pense pas. D'habitude je ne la ferme pas. Je ne pense pas qu'elle risque d'être volée. Avec sa couleur saumon, elle est si facilement reconnaissable...

— O.K. ! continue.

— Là-dessus, je suppose qu'ils ont trouvé la serviette-éponge dans le coffre.

— Tu l'as gardée ?

— Bien sûr ; je ne pensais pas que des morceaux de verre y étaient encore collés.

— Mais le coffre était certainement verrouillé.

— Bien entendu.

— Par conséquent, ils ont forcé la serrure.

— Non, il y a un machin sous le tableau de bord pour l'ouvrir. Quelle importance cela a-t-il ?

— Nous aurions pu faire valoir qu'il y avait perquisition sans mandat. Bon, je vais vérifier ce point. Qui t'a arrêté ce matin ?

— L'inspecteur Jennings est venu avec un autre flic. Il m'a dit qu'ils avaient trouvé des fragments de verre dans mon coffre qui correspondaient exactement aux morceaux de verre relevés sur la chaussée autour du corps de la victime.

— Je vois. Et qu'as-tu fait de l'argent ?

— Quel argent ?

— Les trois mille dollars que tu n'as pas donnés à d'Angelo.

— Je les ai à nouveau déposés à la banque le lendemain.

— Est-ce là tout l'argent dont tu disposes ?

— Non, j'ai trois mille dollars en plus à la banque. Pourquoi ?

— Cela fait six mille. Très bien, ça suffira pour un premier acompte.

— Qu'entends-tu par premier acompte ?

— Ecoute, mon vieux, je veux bien ignorer mes propres honoraires, mais il y a des frais, des tas de frais : détectives, experts de ceci et de cela, psychiatres. Avec tes six mille dollars, tu n'iras pas loin à l'heure qu'il est. Où peux-tu encore obtenir de l'argent ?

— Si les Magnuson me soutiennent...

— Ils n'en feront rien. Tu peux les oublier. Si le procureur t'inculpe pour meurtre, un gars comme Magnuson ne voudra jamais que son nom soit lié au tien.

— Alors je ne sais pas. Peut-être ma sœur...

— Réfléchis-y. Tu as tout ton temps. Je vais voir le substitut qui s'occupe de ton dossier. S'ils ignorent que tu étais en rapport avec d'Angelo, tu seras inculpé pour homicide involontaire avec délit de fuite. Dans ce cas, notre stratégie sera de plaider coupable. Tu as paniqué ; c'est tout.

— Qu'en est-il du fait que j'ai cassé ce phare ?

— Je vais essayer de disjoindre cette affaire du délit de fuite. Je vais tâcher d'obtenir deux jugements séparés.

— Quel est l'intérêt de cette façon de procéder ?

— Parce que tout ce qu'on te reprochera là c'est d'avoir essayé d'égarer la police, ou peut-être un outrage à la police. Mais si jamais le procureur découvre que tu étais en rapport avec d'Angelo, il t'inculpera certainement pour meurtre, et alors nous plaiderons une alinénation mentale temporaire. Je te dis les choses crûment, car comme tu es toi-même avocat, il est inutile que je te raconte des histoires. À mon avis, il serait judicieux que tu retires ta candidature pour le Sénat. Je vais rédiger une déclaration que tu signeras.

Quelque chose dans le genre « volonté de laver ton nom en premier lieu de toute accusation. » Et quoi que tu fasses, ne parle à personne de l'affaire, même pas à Laura, ni à son père. M'as-tu compris ?

48.

Avant son départ pour Paris, Howard Magnuson faisait part de ses instructions à Morris Halperin. « Voilà les clés de Laura pour le magasin. Elle dit que les contrats de location des appareils loués se trouvent dans le tiroir supérieur de la table de bureau dont voici la clé. Vous prendrez contact avec Me Mulcahey pour la résiliation de la location du magasin et pour que le mobilier soit rendu à qui de droit. Je vous remets un pouvoir signé de la main de Laura. Il vous permettra de prélever de l'argent sur le fonds de campagne pour le règlement des factures restant dues. Habituellement, elle signait tous les chèques. Mais il se peut que Mulcahey, en sa qualité de conseil de Scofield, demande à participer aux opérations.

— Il le demandera.

— Alors, ne bataillez pas avec lui. Je veux que cette affaire soit liquidée aussi rapidement que possible. S'il n'y a pas assez d'argent sur le compte du fonds de campagne pour couvrir le solde, j'interviendrai pour le déficit dans la mesure du raisonnable. Le cas échéant, il vous suffira de vous mettre en rapport avec mon bureau de Boston pour le paiement. Y a-t-il encore quelque chose ?

— Qu'en est-il pour mon frère, monsieur Magnuson ?

— Eu égard aux circonstances, vous comprendrez que nous ne pouvons pas exécuter le plan primitivement élaboré par nos soins. A-t-il démissionné de son poste dans le Kansas ?

— Non, mais...

— Écoutez, Morris, ce sont des choses qui arrivent. Vous m'avez dit une fois que votre frère était malchanceux. En l'occurrence, le rabbin Small lui est chanceux. Je vous conseille de téléphoner à votre frère pour lui expliquer la situation et lui dire que je le remercie pour son désir de coopérer, que je me considère comme redevable envers lui et que je lui viendrai en aide dans la mesure de mes moyens. Et qui sait, peut-être un jour le rabbin s'en ira.

GLOSSAIRE
des termes hébreux et yiddish

AMIDA : Mot hébreu, littéralement « station debout » ; prière récitée debout.

BAR-MITZWA : Locution hébraïque, littéralement « fils du commandement ». Cérémonie de confirmation par laquelle le jeune juif accède à la majorité religieuse, en principe à treize ans.

CASHER : Mot hébreu signifiant bon, utile ; adjectif qualifiant les règles diététiques de la loi mosaïque.

CHTETTEL : Mot yiddish signifiant bourgade. Au XIXe siècle, le tsar expulsa les juifs des villes et des villages, de sorte que ceux qui habitaient l'empire russe ne pouvaient se fixer que dans les bourgades.

DAVÈNEN : Mot yiddish pour prier.

HALAKHA : Mot hébreu signifiant littéralement « marche à suivre » ; jurisprudence talmudique.

KADDISH : Mot hébreu. Prière de sanctification prononcée par les fidèles en deuil ou lors des anniversaires de deuil.

MAZAL TOV : Locution hébraïque signifiant bonne chance. Souhaits de bonheur exprimés lors des naissances, mariages etc.

MYNIAN : Mot hébreu signifiant quorum. Pour célébrer un office collectif, il faut un « mynian », c'est-à-dire la présence d'au moins dix fidèles ayant atteint leur majorité religieuse.

PHYLACTÈRES : (du grec *phullatein* protéger ; en hébreu *tefiline*) ; petits étuis en cuir renfermant un morceau de parchemin où est inscrit le credo juif que les fidèles portent attachés au front et au bras gauche durant la prière du matin des jours non fériés.

TALMUD : Mot hébreu signifiant « étude, enseignement ». Vaste recueil d'interprétations et de commentaires sur la Tora.

TORA : Mot hébreu signifiant loi. Il s'agit du Pentateuque, les cinq livres de Moïse constituant la première partie de la Bible et le code écrit du judaïsme.

YOM KIPPOUR : Locution hébraïque, Jour du Grand Pardon. Pendant toute une journée allant d'une tombée de la nuit à la suivante, les fidèles se privent de toute nourriture et se consacrent à la prière, au repentir et à la méditation.

Achevé d'imprimer en octobre 1990
sur les presses de l'Imprimerie Bussière
à Saint-Amand (Cher)

— N° d'édit. 2047. — N° d'imp. 2700. —
Dépôt légal : novembre 1990.

Imprimé en France